एक वायलिन समंदर के किनारे

एक वायलिन समंदर के किनारे

कृश्न चंदर

राजकमल प्रकाशन

ISBN : 978-81-267-0839-0

मूल्य : ₹150

पहला संस्करण : 1962
छठा संस्करण : 2019

प्रकाशक : राजकमल प्रकाशन प्रा. लि.
1-बी, नेताजी सुभाष मार्ग, दरियागंज
नई दिल्ली-110 002

शाखाएँ : अशोक राजपथ, साइंस कॉलेज के सामने, पटना-800 006
पहली मंजिल, दरबारी बिल्डिंग, महात्मा गांधी मार्ग, इलाहाबाद-211 001
36 ए, शेक्सपियर सरणी, कोलकाता-700 017

वेबसाइट : www.rajkamalprakashan.com
ई-मेल : info@rajkamalprakashan.com

मुद्रक : बी.के. ऑफसेट
नवीन शाहदरा, दिल्ली-110 032

EK VIOLIN SAMANDAR KE KINARE
Novel by Krishan Chander

1

एलोरा के पश्चिमी कोने में एक ऊँची चट्टान के गहरे फ्रेम में आज से हज़ारों वर्ष पहले के किसी संगीतकार की प्रतिमा खड़ी थी, पत्थर की प्रतिमा। किंतु सिर से पाँव तक संगीत और माधुर्य में डूबी हुई। उसके हाथ में एक वीणा थी और उसके बाल कंधों से उड़ रहे थे और उसके नेत्रों में किसी गहन विचार की प्रतिछाया थी। ऐसा ज्ञात होता था, जैसे इस पत्थर की प्रतिमा के नेत्र हर देखनेवाले के हृदय में उतर जाएँगे।

बंबई से आनेवाली कॉलेज की लड़कियों का एक झुंड उस प्रतिमा के सामने खड़ा उसे बहुत प्रशंसात्मक दृष्टि से देख रहा था।

''हाय, कितना सुंदर है!'' कुदसिया गुलाम हुसैन के मुँह से अनायास निकल गया।

''इसकी आँखें तो देखो!'' चंपा रमोलकराम बोली, ''कैसी समझनेवाली आँखें हैं! इनकी दृष्टि कितनी कोमल है!'' इतना कहकर अचानक चंपा रमोलकराम ने अपने सीने को दुपट्टे से ढाँप लिया।

विमला कपूर बहुत देर से मंत्र-मुग्ध खड़ी उस प्रतिमा को तक रही थी। तकते-तकते एक आह भरकर बोली, ''इसका सीना देखो! इसकी दृढ़ गरदन का झुकाव देखो! चीते-जैसी कमर के नीचे जाँघों और पिंडलियों की पुष्टता देखो! एक ओर झुके हुए सिर से उठे हुए पाँव की नोक तक—पुरुष लगता है।''

कहने को तो विमला कह गई, किंतु कहते-कहते उसका चेहरा शर्म से लाल हो गया। फिर एकदम वह वहाँ से भाग गई और दूसरी मूर्तियों को देखने लगी।

रजनी बोली, ''आजकल के संगीतकार तो बिलकुल पुरुष ज्ञात नहीं होते। या तो सारंगी की तरह बेडौल दिखाई देते हैं, या इकतारे की तरह सूखे-सड़े नजर

आते हैं।''

आइरीन अपने भड़कीले रंगवाले फ्रॉक को सीने पर से ठीक करते हुए बोली, ''किंतु यह है कौन ?''

सब लड़कियाँ एक-दूसरे का मुँह देखने लगीं, सिवाय एक के। वह सबसे अलग खड़ी थी। चंपई रंग की सुंदरी! मोरवर्णी ब्लाउज और आसमानी रंग की कांजीवरम की सूती साड़ी पहने हुए, स्वयं भी एलोरा की एक सुंदर प्रतिमा दीख पड़ती थी।

दूसरे क्षण सभी लड़कियों की निगाह उसी लड़की पर जम गई। आइरीन अपने जामुनी रंग के फ्रॉक के अंदर-ही-अंदर, सुंदर भावभंगिमा दिखाते हुए झूमते हुए बोली, ''रंभा, तुम तो हिस्ट्री की माहिर हो और हिंदू माइथालोजी घोलकर पिए बैठी हो। ज़रा बता दो हमें, यह सुंदर मूर्ति किसकी है।''

रंभा अपने स्थान से हिली, तो ऐसा मालूम हुआ जैसे कई तारीक साये-से वहाँ से लरजकर कहीं दूर चले गए। वह मुस्कराते हुए उस प्रतिमा के निकट आई और उसकी आँखों में आँखें डालकर बोली, ''यह केशव की प्रतिमा है। आज से दो हजार वर्ष पूर्व केशव हमारे देश का सबसे बड़ा वीणावादक था। लोग कहते हैं कि उसकी उँगलियों के नीचे वीणा न केवल गाने लगती, बल्कि बोलने भी लगती थी।''

''खैर, यह तो एक भ्रम है,'' आइरीन व्यंग्यात्मक स्वर में अपनी नाक चढ़ाते हुए बोली, ''साज तो तारों की जुबान से बोलता है। भला वह इंसान की जुबान से कैसे बोल सकता है!''

''नहीं...!'' चंपा रमोलकराम धीरे-से बोली, ''ऐसा आदमी यदि पत्थर को भी छू ले, तो वह भी बोलने लग जाए...सच...।''

''इसके मौन में शब्द बोलते हैं!'' कुदसिया एक आह भरकर बोली।

रंभा ने अपने भूरे बालों की एक लट अपने चंपई कपोलों से हटाई। उसकी बड़ी-बड़ी आँखों के कमल-कटोरे किसी अनजानी शोखी से लरजने लगे। वह बोली, ''अब ऐसा भी क्या! पत्थर की एक प्रतिमा की प्रशंसा में इतनी फिजूलखर्ची ठीक नहीं। अब अगर मर मिटने ही पर तुली हो तो अपने पीछे घूमकर तांडव नृत्यराज को देखो...। तुमने कभी पत्थर को नृत्य करते हुए न देखा हो, तो आज देख लो।''

सब लड़कियाँ रंभा के कहने पर घूम गईं। अब उन सबकी पीठ केशव की मूर्ति की ओर थी। और वे बड़े ध्यान से नाचते हुए शिव की मनुष्याकार मूर्ति को देख रही थीं। आश्चर्य और प्रसन्नता के रंग उनके चेहरों पर बिखर रहे थे।

''हाँ, यह बात हुई!'' कुदसिया गुलाम हुसैन स्वीकार करते हुए बोली।

''जी चाहता है, इस नृत्य करते हुए शिव को उठाकर अपने ड्राइंगरूम में ले जाऊँ,'' रजनी ने हठात कहा।

चंपा रमोलकराम ने फौरन कहा, ''तुम्हारा तो हर चीज पर अधिकार जमाने को जी चाहता रहता है। तुम्हारा बस चले, तो पूरा एलोरा उठाकर अपने घर ले जाओ।''

चंपा और रजनी की क्लास में भी चलती थी। इस समय रजनी ने चंपा को कोई उत्तर देने के बजाय उसका मुँह चिढ़ा दिया और चंपा उसे मारने के लिए दौड़ी। दोनों दौड़ते-दौड़ते केशव की मूर्ति के पास चली गईं। रंभा उनके निकट जाकर उन्हें हाथापाई से मना करने लगी।

''देखो, तुम्हें भी चोट आ जाएगी, जैसे इस मूर्ति को चोट आ गई है।''

''कहाँ?'' चंपा और रजनी दोनों हठात संगीतकार की प्रतिमा की ओर देखते हुए बोलीं।

''वह देखो, वीणा के पास—जिस हाथ से संगीतकार ने वीणा को थाम रखा है, उस हाथ की दो उँगलियाँ टूटी हुई हैं।''

''यह कैसे हुआ?'' रजनी गौर से मूर्ति को देखते हुए बोली, ''मालूम होता है, किसी ने हथौड़े से इसके हाथ को तोड़ दिया है।''

''या यह मुआ संगीतकार स्वयं ही किसी से लड़ गया होगा अपने जीवन में और मूर्तिकार ने इसकी दो उँगलियाँ बनाई ही नहीं।'' रंभा अपनी कलात्मक उँगलियाँ नचाते हुए बोली; और फिर उसी अनजाने शोख अंदाज में पत्थर की मूर्ति को मुँह चिढ़ा दिया।

अचानक विमला एक कोने से भागते हुए उन लड़कियों के पास आई और तेज-तेज साँसों में बोली, ''वहाँ पर···उधर···ऊपर···।''

''क्या है?'' रंभा बेचैनी से बोली, ''कुछ बोलोगी भी कि हाँफती ही जाओगी।''

विमला बड़ी कठिनता से अपनी साँस को काबू में करते हुए बोली, ''उधर···उधर के कोने में स्त्री और पुरुषों की मूर्तियाँ हैं, जो···जो···'' विमला

शर्माकर चुप हो गई।

''जो क्या ?'' चंपा बेताबी से बोली।

''दे आर किसिंग ईच अदर,'' विमला ने अंत में कह ही दिया।

''नो !...'' आइरीन के मुँह से अनायास निकला। दूसरे ही क्षण वह उसी कोने की ओर भागी। बहुत-सी लड़कियाँ भी उसके पीछे भागीं। केवल कुदसिया और रंभा पीछे रह गईं।

रंभा ने गंभीर दृष्टि से केशव की मूर्ति की ओर देखकर कहा, ''कहते हैं, केशव ने जीवन-भर किसी से प्रेम नहीं किया। किसी स्त्री से विवाह नहीं किया। जीवन-भर अपनी वीणा के सिवाय किसी की ओर आँख उठाकर नहीं देखा।''

''तभी तो वह इतना बड़ा संगीतकार बन सका,'' कुदसिया मूर्ति को सिर से पाँव तक ताकते हुए बोली। ''भले पुरुष की दृष्टि तो एक ही होती है। वह चाहे स्त्री पर बिखर जाए, या अपनी कला पर निखर जाए।''

रंभा की आँखों में एक चंचल-सी चमक उत्पन्न हुई। बोली, ''मैं नहीं मानती। स्त्री तो वह अग्नि है, जो धीमे-धीमे सुलगनेवाली कला को अंगारे की तरह भड़का देती है।''

फिर वह अग्निमयी दृष्टि से मूर्ति को निहारती हुई बोली, ''बड़ा मूर्ख था, जी !''

कुदसिया हँसकर बोली, ''चलो, अब पत्थर की मूर्ति को गाली कब तक देती रहोगी ?''

''...चलो, चलके अब प्राचीन युग का हालीवुड भी देख लें !''

दोनों सहेलियाँ आगे बढ़ गईं। पत्थर की मूर्ति अकेली रह गई। अँधेरे साये गहरे होते गए। थोड़ी देर के बाद चंचल लड़कियों के चमकोले कहकहे दूर शून्य में डूब गए। चारों ओर सन्नाटा छा गया।

जब आधी रात इधर हुई और आधी रात उधर हुई, तो एलोरा की चट्टानों में हलचल-सी पैदा हुई। शिव जी महाराज गहरी नींद से जागे। पहले तो उन्होंने सिर से पाँव तक एक लंबी अंगड़ाई ली। फिर मुस्कराए और मुस्कराकर डमरू बजाने लगे।

डमरू की गूँज सुनकर एक-एक करके पत्थर की मूर्तियाँ चट्टानों से सरकने

लगीं और शिव जी के चरणों की ओर बढ़ने लगीं। देवी और देवता, यक्ष-यक्षणियाँ, गंधर्व और अप्सराएँ, कलाकार, ऋषि और ज्ञानी—सब शिव जी के चरणों में आकर बैठ गए।

आज अमावस्या की रात्रि है। आज चारों ओर घुप्प अँधेरा है। आज कोई नहीं देख सकता। इसलिए आज शिव नाचेंगे, क्योंकि वह उसी समय नाचते हैं, जब उन्हें कोई नहीं देख सकता।

शिव तांडव की एक मुद्रा में खड़े हो गए और बोले, "केशव, वीणा बजाओ!"

केशव एक कोने में अपनी वीणा पर झुका बैठा था। शिव की आज्ञा पाते ही उसके हाथ वीणा पर बढ़ गए। किंतु वीणा से कोई आवाज न निकली।

"क्या बात है, केशव?" शिव ने बड़े गंभीर स्वर में पूछा।

सबकी दृष्टि केशव पर केंद्रित थी।

"महाराज, अब इस वीणा में से कोई आवाज न निकलेगी" केशव ने उसी प्रकार सिर झुकाए हुए मंद स्वर में कहा।

"क्यों?" शिव ने क्रोध से पूछा।

"मुझे प्रेम हो गया है।"

"किससे?"

"वह, लड़की, जो आज आई थी।"

"कौन-सी लड़की? आज तो डेढ़ सौ लड़कियाँ आई थीं। तुम किस लड़की की बात करते हो?"

"वह जो भूरे बालोंवाली थी। जिसका रंग चंपई था और जिसका नाम रंभा था...।"

सब स्तंभित रह गए। मूर्तियों के गले से एक आह निकली। शिव ने भयंकर क्रोध से कहा, "अभागे, तुम तो समय के उस दौर में हो, जो गुजर चुका है।"

केशव बोला, "मैंने सुना है कि प्रकृति एक भँवर है, जिसमें चक्कर काटती हुई हर लहर लौटकर उसी स्थान पर आती है। तो फिर क्या यह असंभव है शिव, कि अतीत फिर से आ जाए?"

शिव बोले, "तुम मर चुके हो। तुम्हारा शरीर शून्य में घुल चुका है। केवल तुम्हारा विचार शेष है, जिसे पत्थर का रूप दे दिया गया है। तुम पत्थर को अपना-आप कैसे समझ सकते हो?"

केशव ने उत्तर दिया, "तो जब तक विचार शेष है, मैं कैसे मर सकता हूँ ? बिचार सबसे आवश्यक है, सबसे महत्वपूर्ण है, चाहे वह विचार पत्थर में तराशा गया हो, या सरगम की तान में···।"

शिव मुस्कराए, "तो पत्थर के इस फ्रेम में जड़े-जड़े प्रेम करते रहो, मैं कब मना करता हूँ!···आखिर एलोरा में सैकड़ों लोग प्रतिदिन आते हैं और तुम्हें प्रशंसात्मक दृष्टि से देखते हुए गुजर जाते हैं। वह निगाह, जो दो हजार वर्ष पहले को पलटती है; अतीत की स्मृति को ताजा करती है, वह अतीत नहीं बन सकती। इंसान पत्थर नहीं हो सकते, पत्थर इंसान नहीं बन सकते। तुम्हारे और तुम्हारी चाहत के बीच दो हजार वर्ष ऊँची दीवार खड़ी है।"

"तुम शिव हो," केशव ने बड़े अनुनय-भरे स्वर में कहा, "तुम्हारे लिए कोई बात असंभव नहीं है। मैं तुम्हारे पाँव छूता हूँ। मुझे फिर से जीवन प्रदान कर दो! मैं तुम्हारे नृत्य करते हुए पाँव का स्पर्श पाकर दो हजार वर्ष आगे लाँघ जाऊँगा।"

यह कहकर केशव आगे बढ़ा, किंतु शिव ने वहीं रोक दिया, "तुम मुझे अनहोनी को होनी करने के लिए कहते हो। अभागे, अपने प्यार में ऐसे अंधे हो चुके हो कि प्रकृति के नियमों को हटाने पर तुल गए हो। मैं चाहूँ, तो अभी अपनी तीसरी आँख खोलकर तुम्हें सदा के लिए भस्म कर सकता हूँ।"

शिव के क्रोध से एलोरा की दीवारें काँप गईं। देवी-देवता, यक्ष और अप्सराएँ सभी भय से साँस रोककर, सिर झुकाकर खामोश खड़े-के-खड़े रह गए। अचानक सरस्वती बोली, "महादेव, यह अनजान है, मूर्ख है। इसने अपने जीवन में किसी स्त्री से प्रेम नहीं किया; इसलिए इसका ज्ञान अपूर्ण रहा, इसका खयाल अधूरा रहा। वह खयाल अपनी पूर्णता चाहता है, इसके पत्थर के सीने में तड़पन है। तुम, जो इंसान के सीने की तड़प सहन नहीं कर सकते, यह पत्थर के सीने की तड़प कब तक सहन करते रहोगे ? इसकी खामोश वीणा का दुख कब तक सहार सकोगे ? दिन-रांत यह तुम्हारे सामने अपनी आँखों की चाहत लिए खड़ा रहेगा। इंसान की आँखें रो भी सकती हैं, किंतु पत्थर की आँखें तो रो भी नहीं सकतीं। फिर इसका रोना तुमसे कैसे देखा जाएगा ?"

पार्वती शिव के कंधे से लगकर बोली, "हाय! इसने कभी प्रेम नहीं किया! यह तो मुझे मालूम ही नहीं था···बेचारा केशव!"

पार्वती केशव की ओर दयालु दृष्टि से देखती हुई बोली, "तभी मैं सोचती

थी, क्या बात है ? केशव की वीणा में हिमालय के बर्फ की महानता तो है, किंतु वह आह नहीं है, जो कैलाश पर भटकती हुई हवाओं में होती है। ...इसे फिर से जीवन दे दो, भोलानाथ !"

"तुम दोनों स्त्रियाँ नहीं जानतीं हो कि तुम क्या कह रही हो," शिव ज़रा गुर्राकर बोले। किंतु उनका क्रोध थम गया था।

"हम केवल यह जानती हैं कि इसने कभी प्रेम नहीं किया। इसलिए इसे फिर से जीवन दे दो !"

पार्वती ने अपना सिर शिव के कंधे पर रख दिया।

"यदि यह प्रेम चाहता है तो कृष्ण के पास जाए। मेरे पास क्या माँगने आता है। मैं कृष्ण नहीं, शंकर हूँ।"

सरस्वती ने मुस्कराकर कहा, "कृष्ण और शंकर में क्या अंतर है ? शंकर को उलटा कर दो, तो कृष्ण बन जाता है।"

शिव सरस्वती की व्याख्या पर हँस पड़े। उनका सारा क्रोध दूर हो गया। केशव की ओर देखकर बोले, "मूर्ख, तू नहीं जानता कि तू अपने-आपको किस संकट में डाल रहा है... अब भी मान जा !"

"क्या करूँ भगवान, मुझे रंभा से प्रेम हो गया है ?" केशव ने हाथ जोड़कर शिव का अनुनय करते हुए कहा। और फिर अपना सिर शिव जी के सामने झुका दिया।

शिव ने अपना दाहिना पाँव ऊपर उठाया और बोले, "अच्छा, मैं तुझे एक वर्ष का जीवन देता हूँ। इस एक वर्ष में तूने रंभा का प्रेम प्राप्त कर लिया, तो तुझे एक सौ वर्ष जीवन के और दे दूँगा। किंतु यदि तू रंभा का प्रेम इस एक वर्ष में प्राप्त न कर सका, तो तुझे एक वर्ष के बाद ठीक इसी अमावस्या की रात्रि को, इसी समय, इसी स्थान पर लौट आना पड़ेगा। समझा ?"

"जो आज्ञा !" कहकर केशव ने धीरे-से इस बात पर सिर हिलाया और फिर अपना सिर शिव के चरणों में झुका दिया। शिव ने केशव के झुकते ही अपना दाहिना पाँव उसके सिर से लगा दिया।

अचानक एक जोर का कड़ाका हुआ। गहरे अँधेरे में कहीं जोर से बादल गरजे और लहकती हुई बिजली की एक कौंध केशव को सिर से पाँव तक छूती हुई गुजर गई। प्रकाश और अँधेरा, सन्नाटे और गरज की टकराहट में से निर्माण अपने नए चिन्हों को बनाता हुआ चट्टानों के सीने में लरजता रहा। फिर

लरज-लरजकर गुजरता गया। फिर चारों ओर गहरा अँधेरा और गहरा सन्नाटा छा गया।

सुबह की पहली किरन ने देखा कि शिव की मूर्ति के सामने की चट्टान पर से केशव की मूर्ति गायब है और उस चट्टान के फ्रेम के नीचे एक आदमी एक बहुत पुरानी वीणा पर सिर रखे सो रहा है।

सुबह की पहली किरन ने ज्यों ही उसके माथे को छुआ, वह आदमी हड़बड़ाकर जागा। कुछ क्षण उसने बड़े आश्चर्य से अपने चारों ओर पत्थर की मूर्तियों को देखा। फिर उसकी दृष्टि उस चट्टान पर पड़ी, जहाँ केशव की मूर्ति थी। उस चट्टान के गहरे फ्रेम को खाली देखकर उस आदमी के सारे शरीर में अनायास एक झुरझुरी-सी आई और उसे कुछ याद हो आया। और जब कुछ याद आया, तो वह आप-ही-आप मुस्कराने लगा।

उसने अपने सारे शरीर पर दृष्टि डाली, खाली चट्टान की ओर देखा और फिर अपने शरीर की ओर देखा। फिर उसने अपने हाथों से अपने शरीर को छुआ और अपने शरीर के नर्म-गर्म और मांसल स्पर्श से देर तक उल्लसित होता रहा। फिर अचानक उसे खयाल आया और उस खयाल के आते ही वह घबराकर उठा। उसने अपनी बूढ़ी वीणा उठाई। शिव की मूर्ति को प्रणाम किया और धीरे-धीरे लड़खड़ाते हुए कदमों से चलते हुए, एलौरा के अँधेरे से गुजरते हुए, बाहर की दुनिया की रोशनी में चला गया।

2

आसमान साफ खुला और नीला। धरती भूरी, काली और मटियाली। घास की पत्तियाँ ओस की चादर में सोई हुईं। किसान बैलों को हाँकता हुआ, हल पर झुका हुआ। वही हल, वही किसान, वही जमीन, वही आसमान। केशव ने सोचा, 'इन दो हजार वर्षों में कुछ भी तो नहीं बदला।' उसके हृदय में प्रसन्नता की एक

लहर-सी उठी और वह लंबे-लंबे डग भरता हुआ, ढलवान से उतरता हुआ किसान के पास जा पहुँचा और उससे कहने लगा, "बंबई जाना चाहता हूँ। मुझे एक रथ चाहिए। कहाँ से मिलेगा?"

किसान ने अपने सामने प्रश्न करनेवाले को ध्यान से देखा—लंबा कद, गोरा रंग, लाल दाढ़ी, लाल जटाएँ कंधों तक बिखरी हुईं, आँखें गहरी नीली, चौड़ा सीना, मजबूत हाथ-पाँव, कमर में एक महीन मलमल की गेरुए रंग की धोती, हाथ में सुनहरे रंग की वीणा। अजनबी कोई साधु, जोगी या ऋषि मालूम होता था।

किसान ने हाथ जोड़कर प्रणाम करते हुए कहा, "महाराज, कहीं बहुत दूर से पधारे हैं?"

"नहीं," केशव ने उत्तर दिया, "मैं तो तुम्हारे बहुत निकट रहता हूँ।"

किसान ने अनुनय-भरे स्वर में कहा, "किंतु, महाराज को देखा नहीं था अब तक। शायद अलोप रहे होंगे या तपस्या में मग्न होंगे?"

"ऐसा ही समझ लो," केशव ने ज़रा बेचैन होते हुए कहा, "किंतु अब तुम ज़रा जल्दी से बताओ कि बंबई जानेवाला रथ कहाँ से मिलेगा?"

"आजकल रथ नहीं चलते, महाराज, रेलगाड़ी चलती है।"

केशव ने पूछा, "क्या कहा? बैलगाड़ी?"

"बैलगाड़ी नहीं, महाराज, रेलगाड़ी!" किसान ने मुस्कराते हुए उत्तर दिया, "औरंगाबाद से चलती है।"

केशव ने सोचा, रेलगाड़ी भी बैलगाड़ी की किस्म की कोई सवारी होगी। इस मूर्ख किसान से अधिक पूछना बेकार है उस गाड़ी के बारे में। लिहाजा केशव ने केवल इतना पूछा, "तो औरंगाबाद तक कैसे जाना होगा, बस इतना बता दो?"

"बस से चले जाइए।"

"मैं बस इतना मालूम करते ही चला जाऊँगा। मगर तुम बता दो!"

"कह तो रहा हूँ, बस से जाइए!"

'बस जाइए? कैसे बस जाइए? यह किसान तो मुझे कुछ पागल मालूम होता है,' केशव ने अपने मन-ही-मन में सोचा। फिर उससे कहने लगा, "अरे भलेमानस, बस तू बस-बस ही करता रहेगा या कुछ बताएगा भी? औरंगाबाद कैसे जाऊँ?"

किसान ने अपने दिल में कहा, 'अजब घामड़ जोगी से वास्ता पड़ा है ! जाने किस गुफा में सोता रहा है। इसे दुनिया का कुछ मालूम ही नहीं।' मगर किसान प्रकृति से शरीफ था और पत्नी भी उसकी धर्म-कर्मवाली थी। इसलिए वह जोगियों से किसी हद तक डरता भी था। अतः उसने फिर हाथ जोड़े और बड़े भोले स्वर में कहा, "महाराज, इन खेतों को पार करके उस सड़क पर चले जाएँ वह जो सामने नजर आती है।"

"वह काली-सी सड़क ?"

"जी हाँ ! बस वहीं से मिलेगी, उसी से चले जाइए।"

'फिर वही 'बस' !' केशव ने अपने दिल में कहा। किंतु उसने किसान से और अधिक कुछ पूछना बेकार समझा और खेतों को जल्दी-जल्दी पार करके सड़क पर जा पहुँचा और उस पर पैदल चलने लगा।

'अजब सड़क है यह ! कैसी कठोर और पथरीली है यह ! हमारे समय में सड़कें कैसी नर्म हुआ करती थीं ! उनकी भूरी मिट्टी पाँव को नहीं चुभती थी। इस सड़क पर चलते-चलते तो पाँव तप जाते हैं। शायद छाले भी पड़ जाएँगे ··· मालूम होता है, इन दो हजार वर्षों में राज्य का कार्य बहुत बिगड़ चुका है, तभी तो ऐसी बुरी सड़कें बनने लगी हैं। ···खैर, अब क्या कर सकते हैं ? जैसे-तैसे इसी सड़क पर चलकर औरंगाबाद जाना होगा। यंह औरंगाबाद क्या नाम हुआ ? औरंग ? ··· औरंग ? ···शायद गौरंग का बिगड़ा हुआ नाम होगा। खूब ! इन दो हजार वर्षों में इन लोगों ने पुराने नामों की मिट्टी भी पलीद कर दी है। ऊँह ! गौरंग को औरंग कर दिया ··· छिः !'

इस तरह सोचता हुआ केशव कोलतार की पक्की सड़क पर चलता रहा। थोड़ी देर के बाद उसके कानों में घूँ-घूँ की आवाज आने लगी। उसने पीछे मुड़कर देखा, तो वहीं आश्चर्य से सड़क के बीच खड़े-का-खड़ा रह गया। हाथी से भी एक बड़ा जानवर काले देव की तरह गरजता हुआ, बड़ी तेजी से दौड़ता हुआ, उसकी तरफ चला आ रहा था। उसकी आँखें सफेद और बड़ी भयावनी थीं और वह जोर-जोर से चिल्लाता हुआ इतनी तेजी से आ रहा था कि आज तक केशव ने किसी घोड़े या हाथी को भी इतनी गति से दौड़ते नहीं देखा था। किंतु केशव ने सोचा, इस जानवर से डरना गलत होगा। उसके गुरु ने सिखाया था कि जब हाथी बदमस्त हो जाए, तो उससे भागना बड़ी भारी गलती होती है। ऐसा बदमाश, बदमस्त हाथी केवल संगीत से ही काबू में किया जा सकता है।

यह सोचते ही केशव वहीं सड़क के बीच आलथी-पालथी मारकर बैठ गया और वीणा पर बदमस्त हाथी को काबू करने का संगीत बजाने लगा। इस संगीत से उसने दो बार बदमस्त हाथी को काबू में कर लिया था। केशव ने अपनी आँखें बंद कर लीं और वीणा के तार झनझनाने लगा।

अचानक एक अजीब घड़घड़ाहट-सी अनुभव हुई, जैसे धरती काँप रही हो। किंतु केशव ने अपनी आँखें न खोलीं और वैसे ही अपनी वीणा बजाता रहा। फिर भौं-भौं की बहुत तेज आवाज आई। फिर जोर की एक चीख-सी सुनाई दी और केशव को ऐसा लगा कि जैसे कोई बहुत भारी-सी चीज उसके सामने आकर रुक गई हो। उसके कानों में आवाज आई, ''अबे उल्लू के पट्ठे ! यह क्या हरकत है ?''

केशव ने अपनी आँखें खोल दीं। उसके सामने वह हाथीनुमा भारी जानवर खड़ा था, केवल तीन फुट के अंतर पर और उसके सिर पर एक ड्राइवर खाकी पतलून और खाकी कमीज पहने चिल्ला रहा था, ''अबे जोगी के बच्चे ! अगर मैं ऐन वक़्त पर ब्रेक नहीं मारता, तो यह बस मल्हार राग गाती हुई तेरे सिर पर से गुजर जाती !''

केशव ने मुस्कराकर कहा, ''कैसे गुजर जाती ? मैंने अपनी वीणा से बड़े-बड़े बदमस्त हाथियों को काबू कर लिया है ! देख लो, यह जानवर भी खड़ा हो गया है !''

'अबे, यह जानवर नहीं है, यह बस है, बस। जानवर तो मुझे तू मालूम होता है। जाने किस जंगल से चला आ रहा है !''

''यह बस है ?'' केशव ने चीखकर पूछा और उसे किसान की बात याद आ गई। और बात याद आते ही जब उसने ध्यान से देखा, तो उसे इस बस के अंदर बहुत-से लोग बैठे नजर आए। वह शीघ्र अपने स्थान से उठ बैठा और ड्राइवर से पूछने लगा, ''यह बस है ? गोया वह रथगाड़ी है, जो औरंगाबाद जाती है ?''

''यह रथगाड़ी नहीं है, डी-लक्स स्पेशल है, बाहर से आनेवाले टूरिस्ट लोगों के लिए। यह सीधी बंबई जाती है। चल, इसके अंदर चल के बैठ। तुझे अगले स्टाप पर पुलिसचौकी के हवाले करूँगा। अगर तुझे मरना ही है, तो पुलिस में बयान देकर मर ! मेरी, बस के नीचे आकर क्यों मरता है ?''

ड्राइवर ने केशव को गर्दन से पकड़ा। केशव ने फौरन उसके हाथ को झटका देकर अपनी गर्दन छुड़ा ली और बड़े गर्व से बस में सवार हो गया और बोला, ''जो अमर हैं वे मरने से नहीं डरते। केवल अशिक्षित और मूर्ख उससे डरते हैं, जो अटल है। मैं तो मरने के लिए इस सड़क पर नहीं चल रहा था। मैं तो बंबई जाने के लिए इस सड़क पर यात्रा कर रहा था!''

कंडक्टर ने उससे कहा, ''बंबई जाना चाहते हो, तो बंबई का टिकट लो।''

''टिकट क्या होता है?''

''तुम बनते हो या वाकई कुछ नहीं जानते?'' कंडक्टर ने उसकी ओर ध्यान से देखते हुए कहा।

''नहीं भई,'' केशव ने बड़ी कोमलता से उत्तर दिया, ''जहाँ से मैं आया हूँ, वह स्थान यहाँ से दूर है। न वहाँ ऐसी सड़कें हैं, न इतनी तेज चलनेवाली गाड़ियाँ हैं।''

कंडक्टर ने उसे अपने चमड़ेवाले थैले में लगे तरह-तरह के टिकट दिखाए और कहा, ''अगर बंबई जाना चाहते हो, तो एक टिकट भी ले लो।''

''दे दो!'

कंडक्टर ने उसे टिकट देकर दाम माँगे।

केशव बोला, ''मेरे पास पैसे नहीं हैं।''

''तो टिकट क्यों कटाया?''

''मुझे क्या मालूम था कि इसके दाम होंगे। जहाँ से मैं आया हूँ, वहाँ कोई संगीतकार से दाम नहीं लेता, कोई टिकट नहीं माँगता। मेरी वीणा ही मेरा टिकट है। लोग मेरी वीणा सुनते थे और मुझे मेरी मंज़िल तक पहुँचा देते थे। तुम्हें मालूम है, आज से दो हजार वर्ष पहले मेरे-जैसे वीणावादक का मुँह मोतियों से भर दिया जाता था?''

''एक घूँसा दूँगा तुम्हारे मुँह पर!'' कंडक्टर ने गुस्से से कहा, ''या तो पैसे दो, वरना टिकट वापस करो!''

केशव ने उसी सीधे स्वभाववाले स्वर में, बिना किसी क्रोध के कहा, ''मेरे पास दाम नहीं हैं, मेरे पास तो केवल राम हैं और उनका दिया हुआ संगीत है। दाम को छोड़ दो और राम को ले लो। और सुनो वीणा पर यह संगीत—भज मन राम रे...''

केशव वीणा बजानेवाला ही था कंडक्टर ने ड्राइवर को संकेत करके यानी

घंटी बजाकर, गाड़ी रुकवा दी और बोला, "इस बेवकूफ को पुलिस के हवाले करने से भी क्या होगा, ठाकुरसिंह ? मैं इसे यहीं बस से नीचे उतारे देता हूँ।"

"हाँ, ठीक है।"

"उतर जाओ !" कंडक्टर ने केशव से कहा।

केशव उठ खड़ा हुआ। डी-लक्स स्पेशल के यात्री उसे ध्यान से देख रहे थे। केशव ने कहा, "अगर कोई यात्री मुझे बंबई तक का टिकट ले दे, तो मैं उसे ऐसा संगीत सुनाऊँगा, जिसकी हर लय, हर सुर हमेशा के लिए उसकी आत्मा में गूँजता रहेगा। दाम क्या है... कौड़ियाँ... धातु के टुकड़े ! ...नहीं, एक साधन, एक आसरा, एक माध्यम किसी तक पहुँचने का... चाहे वह रोटी हो या वेश्या हो। एक साधन तो मेरे पास भी है—मेरा संगीत। तुम्हारे दाम से किसी तरह कम नहीं है, बल्कि उससे कहीं अधिक है, क्योंकि एक दिन आता है, जब दाम चले जाते हैं और जेब खाली हो जाती है, किंतु जो संगीत मैं देता हूँ, उससे आत्मा की जेब कभी खाली नहीं हो सकती !"

"गैट आउट !" कंडक्टर गुस्से से झल्लाकर बोला।

केशव चुपचाप बस से नीचे उतर गया।

वह नंगे पाँव उसी कठोर और काली सड़क पर चलता गया और उसके सिर पर सूर्य तपता गया और सड़क की सतह से तंदूर की-सी गर्म आँच आने लगी और उसकी आँखों के आगे तिरमिरे-से नाचने लगे और उसकी गोरी पिंडलियों पर सूर्य की किरणें सुइयों की तरह चुभती गईं और उसका सारा शरीर पसीने में तर हो गया। किंतु वह अपनी वीणा उठाए पैदल उसी सड़क पर चलता गया, यहाँ तक कि दोपहर ढल गई और शाम आ गई। फिर उसे दूर से घने पेड़ों के एक झुंड के पीछे से उठता हुआ किसी मंदिर का सुनहरा कलश नज़र आया। और उसने उसी दिशा में अपने कदम तेज कर दिए, क्योंकि सुबह से उसने न तो कुछ खाया था, न पिया था और अब वह भूख और प्यास, दोनों से निढाल होकर अपना रास्ता छोड़कर मंदिर की ओर जा रहा था।

सड़क से उतरकर एक छोटी-सी ढलवान आती थी। ढलवान उतरकर एक छोटा-सा मैदान आता था। उस सूखे मैदान में स्थान-स्थान पर काली चट्टानें एक-दूसरे पर रखी हुई विचित्र-विचित्र शक्लें बनाती थीं। एक बत्तख, एक

हाथी, दो पहलवान कुश्ती करते हुए ... एक मेंढक, एक मजाकिया मुँह चिढ़ाता हुआ ... एक नाग बल खाता हुआ, एक आदमी खड़े होकर पेशाब करता हुआ ... एक स्त्री बच्चे को दूध पिलाती हुई ... ।

ये सब यहाँ नहीं हैं, किंतु नजर आते हैं । केशव ने अपने दिल-ही-दिल में सोचा, किसी मूर्तिकार ने इन चट्टानों को नहीं तराशा है, किंतु प्रकृति के हाथों ने उन्हें इस प्रकार रख दिया कि वही सूरतें दीख पड़ती हैं, जो न ये हैं और न प्रकृति का कोई ऐसा इरादा है । फिर भी इरादे और वास्तविकता के न होते हुए भी ये कुछ और भी हैं—अर्थात, एक ऐसी वास्तविकता का प्रतिबिंब हैं, जो इंसान की जिंदगी में हैं, लेकिन इन चट्टानों में नहीं है अर्थात वह वास्तविकता, जो कल्पना बनकर इंसान की आँख से उतरती है और इन चट्टानों की वास्तविकता पर छा जाती है । जाने यह चट्टान का मजाकिया समझता है या नहीं कि उसकी हस्ती केवल मेरी दृष्टि तक सीमित है, वरना यहाँ तो कुछ नहीं है । केवल तीन चट्टानें हैं, जो इत्तफाक से एक-दूसरे से इस कोण पर मिल गई हैं कि मेरी आँख में एक मुँह चिढ़ाता हुआ मजाकिया पैदा हो जाता है, अन्यथा वास्तव में वह मजाकिया है कहाँ ?

केशव ने आगे बढ़कर मजाकिए के सिर पर हाथ फेरा, तो अब उसे इतने निकट से वह मजाकिया नजर न आया, केवल तीन बेडौल चट्टानें नजर आईं । विचित्र बात है । ज्यों-ज्यों कोण बदलता है, वास्तविकता भी बदलती जाती है । किंतु मेरे गुरु ने तो ऐसा नहीं बताया था ... यह कोण सब मिथ्या है, माया है । अन्यथा वास्तविकता तो केवल चट्टान है ।

यूँ ही सोचता हुआ वह आगे बढ़ गया । चट्टानों के पीछे उसे फिर ढलवान को पार करना पड़ा । ढलवान उतरकर उसे अपने सामने एक छोटा-सा टीला नजर आया । टीले के कदमों में आम, पीपल और जामुन के पेड़ों का एक झुंड था और उस झुंड के दाईं तरफ मंदिर का ऊँचा चबूतरा था और उस चबूतरे के कदमों में जटरेंडा का एक पेड़ था, जिसकी डालियों पर कासनी रंग के फूलों के हजारों अंगारे-से लपक रहे थे और उन कासनी फूलों की अर्द्ध-चंद्राकार स्थिति में तने से टेक लगाए हुए एक लड़की खड़ी हुई थी ।

शाम के चाँद की तरह पीली और उदास ! गोल चेहरा, किन्हीं अनबीन्ही भावनाओं के धुँधलकों में खोया हुआ, दूर शून्य में तकता हुआ । एक हाथ की गोल कलाई में कंगन अटका हुआ-सा, एक उदास धुन की तरह काँपता

हुआ-सा। वह सीना, आँचल के अंदर झिझकता हुआ-सा, जैसे दोराहे पर यात्री राह भूल जाए। वह कमर का कोमल झुकाव, जैसे किसी नदी का मोड़ सामने आ जाए। एक पाँव दूसरे पाँव के आगे ज़रा उठा हुआ-सा, दो भिन्न सुरों की तरह उलझा हुआ-सा···

केशव की दृष्टि सिर से पाँव तक उसका निरीक्षण करती हुई फिर उसके चेहरे पर जम गई।

उन पतले होंठों की वह भावना-भरी चमक जैसे किसी उतरती हुई तान की गमक···

3

केशव का दिल धक-धक करने लगा।

कौन है यह ?

कौन है यह ?

केशव ने लंबे-लंबे डग भरे और उस लड़की के पास जाकर खड़ा हो गया। ज्योंही वह लड़की के पास जाकर खड़ा हुआ, वह लड़की मुँह फेरकर चल दी। केशव भी उसके पीछे-पीछे चलने लगा। लड़की चौतरे की सीढ़ियों पर चढ़कर मंदिर के दरवाजे पर पहुँची। केशव भी उसके पीछे-पीछे था।

मंदिर का फाटक बहुत बड़ा था। लकड़ी बहुत पुरानी थी, ज़िस पर स्थान-स्थान पर पीतल के छोटे-छोटे पतरे लगे हुए थे। सूर्य की अंतिम किरणों ने उन्हें छू लिया था और वे पुराने जमाने की ढाल की तरह चमकने लगे थे। किंतु फ़ाटक के अंदर अँधेरा था और एक स्थान पर केशव ने ठोकर भी खाई। किंतु वह लड़की के पीछे-पीछे चलता रहा। अंत में अँधेरा समाप्त हो गया और पत्थर की सीढ़ियाँ नजर आईं। केशव ने देखा कि उसके सामने अब मंदिर का खुला आँगन है, जिसके चारों ओर पत्थरों की एक विशाल चारदीवारी है। एक कोने में कुआँ है। बाईं तरफ़ फिर एक चबूतरा है, जिसके ऊपर बड़े-बड़े सफेद

स्तंभों से घिरा हुआ मंदिर का ऊँचा भवन है, जिसकी ऊँची चोटी पर सुनहरा कलश चमक रहा है।

लड़की खामोशी से सीढ़ियाँ उतर गई और कुएँ की जगत की ओर चली गई। डोल कुएँ में डालकर चरखी घुमाने लगी। थोड़ी देर में पानी से छलकता हुआ डोल ऊपर आ गया। लड़की डोल पर झुक गई और डोल से रस्सी अलग करने लगी।

केशव जगत के नीचे गीले पत्थरों के फर्श पर झुक गया। उसने अपनी खाली ओक आगे बढ़ा दी। लड़की डोल का कोना नीचा करके ओक में पानी डालने लगी।

केशव दिन-भर का प्यासा था और पानी खूब ठंडा था। केशव ने पेट-भरकर पानी पिया। अपने पाँव धोए, हाथ धोए, मुँह धोया, सिर पर पानी डाला। फिर पीठ मोड़कर अपनी धोती का एक कोना निकालकर अपना सिर और मुँह पोंछने लगा कि लड़की ने धीरे-से कहा, "मेरे बापू आपकी बाट देख रहे हैं।"

"कौन बापू? वह मेरी बाट क्यों देख रहे हैं? वह मुझे कैसे जानते हैं? वह कौन हैं?"

'इसके बापू? यह लड़की कौन है? इन लोगों को कैसे मालूम हुआ कि मैं यहाँ आ रहा हूँ?' बहुत-से प्रश्न केशव के दिल में उभरे, किंतु उसने लड़की से कुछ न पूछा। वह लड़की के पीछे-पीछे चलता गया। चौतरे की सफेद सीढ़ियाँ चढ़कर वह सफेद स्तंभोंवाले मंडप में जा पहुँचा, जहाँ आराधना का घंटा पुरानी जंजीर से लटका हुआ झूल रहा था। मंदिर के द्वार खुले थे और फर्श के चबूतरे के बीचोंबीच शिवलिंग स्थापित था, पानी और दूध से भीगा-भीगा, चमकदार, महके हुए, गीले फूलों का मुकुट पहने हुए। जानी-पहचानी, पुरानी सुगंधों के महके हुए धुएँ में गुजरता हुआ केशव शिव को देखकर दिल-ही-दिल में मुस्कराया। फिर वह गंभीर हो गया और आराधना के घंटे के निकट जाकर रुक गया। लड़की भी उसे रुकते देखकर रुक गई और एक सफेद स्तंभ का सहारा लेकर खड़ी हो गई। केशव ने घंटा बजाया, होंठों-होंठों में शिव की स्तुति दोहराई और मंदिर की चौखट के सामने दंडवत् प्रणाम किया।

फिर वह उलटे कदमों वापस आया। वह लड़की के निकट चला गया। लड़की उसे बड़े ध्यान से देख रही थी और ज्योंही उसे मालूम हुआ कि केशव ने

उसे ध्यान से देखते हुए उसे देख लिया है, वह घबराकर जल्दी से पलटी और तेज-तेज कदमों से बाईं तरफ मुड़कर, स्तंभोंवाले मंडल से बाहर निकलकर, तुलसी के चबूतरे से गुजरकर मंदिर के पिछवाड़े की तरफ चलने लगी।

पिछवाड़े के चबूतरे की सीढ़ियाँ उतरकर फिर तंग-सी चारदीवारी आती थी, जिसमें जंगली घास से भरा हुआ एक आँगन था। उस आँगन के सिरे पर कोठरियों की एक कतार-सी चली गई थी। बहुत-सी कोठरियों के दरवाजे बंद थे और बाहर से कुंडियाँ लगी हुई थीं। केवल अंतिम कोठरी का दरवाजा खुला था और उसमें से एक कमजोर, पीली-सी रोशनी बाहर झाँक रही थी, झाँक रही थी और काँप रही थी।

लड़की दरवाज़े के निकट पहुँचकर ठिठकी। एक क्षण के लिए उसने सरस दृष्टि से केशव की ओर देखा और एक क्षण के लिए उसके हाथ हठात अपने धड़कते हुए सीने पर गए। केशव को ऐसा लगा, जैसे अब वह गिरने ही वाली है। केशव उसे सँभालने के लिए आगे बढ़ा कि लड़की शीघ्रता से कोठरी के अंदर चली गई।

थोड़ी-सी देर रुकने के बाद केशव भी अंदर चला गया। लड़की ने कहा, "बापू यह आ गए!"

सफेद दाढ़ीवाला एक बूढा एक पुरानी, बदसूरत खाट पर कोठरी के कोने में लेटा था। दीवार के आले में मिट्टी का एक दीया जल रहा था। उसकी धीमी-धीमी रोशनी में केशव को यह पहचानने में ज़रा देर न लगी कि बूढ़ा जीवन की अंतिम घड़ियाँ गिन रहा है।

बूढ़े ने केशव की ओर देखकर, मुस्कराने का प्रयत्न करते हुए बड़ी धीमी आवाज में कहा, "तुम आ गए, बेटा?...मैं कब से तुम्हारी प्रतीक्षा कर रहा था।"

"मेरी प्रतीक्षा?" केशव की आवाज में आश्चर्य था।

"हाँ, बेटा। बस तुम्हें देखने के लिए यह कुछ साँसें गले में अटक रही थीं। तुम आ गए। अच्छा किया, बहुत अच्छा किया! देखने में तुम वही दिखाई दे रहे हो, जिसकी भगवान ने मुझसे प्रतिज्ञा की थी। अब मैं अपने जीवन की अंतिम घड़ी में निश्चितता से प्राण त्याग दूँगा। मेरे निकट आओ, बेटा। तुम भी पास

आओ, बेटी !"

वह आगे बढ़ी। झिझकते हुए, केशव के निकट आते हुए अचानक उसका मुख लाल हो गया। केशव ने आगे बढ़कर बूढ़े से पूछा, "आपको मेरी प्रतीक्षा कैसे हो सकती थी ? मैं तो यों ही इधर चला आया हूँ। आपको अवश्य कोई धोखा हुआ है।"

"कोई धोखा नहीं। वास्तव में तुम्हें शिव ने मेरे पास भेजा है।"

"शिव ने ?" केशव के सारे शरीर में एक झुरझुरी-सी दौड़ गई।

"हाँ, कल रात शिव मेरे ध्यान में आए थे," बूढ़े ने धीरे-से कहा, "वह तो सदा ही मेरे ध्यान में रहते हैं। किंतु रात को उन्होंने मुझे साक्षात दर्शन दिए और बोले, बस, तुझे यही चिंता है न कि तेरे मरने के बाद तेरी बीस वर्षीया पुत्री, शोभा, का क्या होगा ? चिंता न कर ! कल शाम को सूरज ढलते समय एक राही मंदिर पर आएगा। बस, वही तेरी बेटी का पति होगा। बस, उसी के हाथ में अपनी बेटी का हाथ देना और चिंता किए बिना इस संसार से स्वर्ग-धाम के लिए विदा हो जाना। सो, वह घड़ी अब आ पहुँची है।"

बूढ़े ने अंतिम प्रयत्न करते हुए, खटिया पर उठकर बैठते हुए कहा। उसने लड़की का हाथ अपने हाथ में लेकर केशव के हाथ में देकर कहा, "शिव ने जीवन का भार मुझसे लेकर तुझे सौंपा है। इसे स्वीकार कर और मुझे जाने दे !"

"किंतु पुजारी जी, मेरी बात भी सुनिए !" केशव ने घबराकर कहा। किंतु, वह आगे कुछ न कह सका, क्योंकि उठकर बैठने के प्रयत्न में बूढ़े का मुख एकदम पीला पड़ गया था। उसकी साँस रुककर दो-तीन बार बड़ी तेजी से आई। फिर उसके गले से एक विचित्र खड़खड़ाहट सुनाई दी। उसके दाँत एक साथ खटखटाने लगे और उनके अंदर एक भिंची हुई हिचकी-सी सुनाई दी। दूसरे क्षण उसका सिर उठकर खाट से जा लगा।

लड़की जोर से चीखी।

बूढ़ा समाप्त हो गया था।

बहुत देर बाद वे दोनों फीकी-फीकी चाँदनी में सफेद स्तंभोंवाले चबूतरे पर पाँव लटकाए बैठे थे। शोभा के आँसू सूख गए थे, किंतु फिर भी उसके सीने से रुँधी-रुँधी कोई आह निकल जाती थी। केशव के कंधे से लगी, रह-रह उससे

सट जाती। और वह जब उससे सट जाती, तो किसी कमजोर लता की तरह काँपने लग जाती। केशव शोभा की ओर नहीं देख रहा था, न उससे प्यार कर रहा था। वह केवल आश्चर्यचकित था। उसकी समझ में नहीं आ रहा था कि शिव ने यह क्या किया? यह कैसे संभव हो सकता है?

"क्या सोच रहे हो?" शोभा ने अंत में पूछा।

"यही तुम्हारे पिता जी के स्वप्न के विषय में सोच रहा हूँ।"

"ऊँह!" शोभा ने जलकर कहा, "कोई स्वप्न देने नहीं आया था मेरे बापू को। पिछले छह-सात वर्षों से, जब से मैं जवान होने लगी, मेरे लिए रिश्ते आने आरंभ हुए, क्योंकि मैं मंदिर के पुजारी की इकलौती बेटी थी। जो मुझे ब्याहेगा, वही मंदिर का पुजारी भी होगा। और यह मंदिर बहुत बड़ा है और यहाँ प्रत्येक वर्ष मेला भी लगता है। प्रतिदिन का चढ़ावा तो कुछ नहीं है, किंतु उस मेले में सारे वर्ष की कसर निकल जाती है। फिर इस मंदिर के साथ बहुत-सी जमीन भी है। सो, यों समझो कि मैं बहुत भाग्यवाली हूँ, और लोगों को इसका पता भी है। इसलिए वे दिन-रात रिश्ते लाते रहते थे और मेरे बापू को तंग करते रहते थे। किंतु मेरे बापू मुझे ब्याहने के लिए तैयार न होते थे।"

"क्यों?" केशव ने पूछा।

"मेरा ब्याह करते ही उन्हें एक तरह से अपने दामाद को मंदिर की गद्दी देनी पड़ती, उसे अपना उत्तराधिकारी बनाना पड़ता। और मेरे पिता जी यह नहीं चाहते थे। वह इस मंदिर पर और इस मंदिर की संपत्ति पर और इस मंदिर से संबद्ध अपने तमाम अधिकारों पर और उन तमाम अधिकारों पर भी, जो उन्हें मेरे संबंध में प्राप्त थे, अपने जीते-जी किसी दूसरे को सौंपकर हाथ फैलानेवाला बनने के लिए तैयार न थे। इसलिए वह जीवन के अंत तक टालम-टोल करते रहे, रिश्ते अस्वीकार करते रहे। लोगों से खुशामद और चापलूसी कराते रहे। यहाँ तक कि लोग निराश हो गए और लोगों ने आना छोड़ दिया और रिश्तेदारों ने एक सिरे से बिलकुल संबंध तोड़ लिए और वे बिलकुल अकेले पड़ गए। बीमार तो वह एक समय से थे, किंतु कुछ दिनों से हालत खराब थी। वैद्य जी ने भी जवाब दे दिया था। तब कल रात उन्होंने क्रोध से मेरी ओर देखकर कहा, कल शाम तक जो भी इस मंदिर के द्वार पर आएगा, मैं उससे तेरा विवाह कर दूँगा, चाहे वह कोई हो। बस, चली जा इस समय मेरे सामने से! और मैं रोती हुई उनकी कोठरी से बाहर चली गई और आज तीसरे पहर से मंदिर के बाहर

खड़ी थी।"

"यह देखने के लिए कि कौन आता है?" केशव ने पहली बार शोभा की ओर देखकर पूछा।

शोभा ने धीरे-से सिर हिलाया।

"और जो आया, वह क्या था?" केशव ने फिर पूछा।

उत्तर में शोभा ने नजर भरकर एक क्षण के लिए केशव की ओर देखा। शरमाकर सिर झुका लिया। उसकी डबडबाई हुई आँखों में प्रसन्नता की गहरी चमक थी। उसने सिर झुकाकर शरारत-भरे स्वर में कहा, "तुम तो मेरे बापू के सपने से भी अधिक सुंदर हो!"

वह घबराकर कह तो गई, किंतु इतना कहकर वह और भी घबरा गई और अपनी घबराहट को छिपाने के लिए शीघ्रता से उसके पास से उठ गई और सफेद स्तंभों के पीछे जा छिपी।

चाँदनी ज़रा खिल गई थी। मौलसिरी के फूलों की सुगंध गहरी हो गई थी। झींगुरों के राग में एक लय आ गई थी। केशव ने सोचा कि यह उचित होगा कि मैं इस लड़की के साथ इस समय जाऊँ और इसे अपनी गोद में लेकर इसके आँसू चूम लूँ। किंतु मेरा दिल तो ठंडा है और अब जबकि यह सपना भी झूठा है, तो मुझ पर किसी तरह का दायित्व नहीं आता। शिव मुझे कैसे धोखा दे सकते थे? किंतु मैं उस बूढ़े की आत्मा को क्या करूँगा जिसने इस लड़की का हाथ मेरे हाथ में थमा दिया। इस कोमलांगी को क्या कहूँ, जो अपने हृदय में मुझे अपना पति समझती है? कैसे इसे बताऊँ कि मैं इस संसार का नहीं हूँ? उस संसार से आया हूँ, जो पत्थर का हो चुका है और मेरा जीवन केवल एक वर्ष के लिए है। यदि मैं इसका पति बन गया, तो एक वर्ष के बाद यह अवश्य विधवा हो जाएगी। मैं इसे धोखा कैसे दे सकता हूँ?

केशव अभी तक यों सोच रहा था कि इतने में मंदिर के बड़े दरवाजे से पाँच आदमी लाठियाँ लिए हुए प्रकट हुए और सीढ़ियाँ उतरकर मंदिर के बड़े आँगन में उतर आए।

आहट पाकर शोभा भी चौंकी और सफेद स्तंभों की आड़ से निकलते हुए भागती हुई चबूतरे पर आ गई और फिर केशव के समीप खड़ी हो गई, जो अभी

तक उसी प्रकार चबूतरे पर पाँव लटकाए बैठा था।

"कौन हैं ये लोग ?" केशव ने धीमे से पूछा।

शोभा बोली, "साथवाले गाँव के हैं और बापू की जात-बिरादरी के हैं। इनमें दो तो वे हैं, जिनके बेटों के रिश्ते मेरे लिए आए थे। और तीन को मैं नहीं जानती।"

लाठियाँ उठाए वे लोग केशव के समीप आ गए। एक नवयुवक ने शोभा से पूछा, "तेरे बापू कहाँ हैं ? हम उनसे मिलना चाहते हैं ?"

"इसके बापू बेचारे मर गए। अभी कुछ घंटे हुए उनका देहांत हो गया," केशव ने कहा।

"तुम कौन हो ?" एक नवयुवक ने तीखी दृष्टि से केशव को ताकते हुए पूछा।

अचानक शोभा बोल पड़ी, "यह मेरे पति हैं और आज से इस मंदिर के पुजारी हैं।"

"यह तुम्हारे पति कैसे हुए ? और मंदिर के पुजारी कैसे हुए ? किसने इन्हें पुजारी बनाया ? कब तेरा लग्न हुआ ? कब फेरे लिए ? झूठ बोलती है, हरीफा ! बाप के मरते ही अपने यार को कहीं से उठाके ले आई है और उसे मंदिर का पुजारी बना रही है ? लेकिन इस मंदिर पर आज तक सिर्फ हमारी बिरादरी के ब्राह्मणों का हक रहा है और हम किसी बाहरवाले का हक नहीं मानेंगे !"

वे सब लोग बारी-बारी बोलने के बजाय, इकट्ठे बोल रहे थे। फिर भी उनके प्रश्न और उनके प्रश्नों के पीछे छिपा हुआ क्रोध और उस क्रोध के पीछे छिपी हुई संपत्ति की लालसा एक बेहया स्त्री की टाँगों की तरह नग्न हो चली थी। इससे पहले कि केशव उनके प्रश्नों का उत्तर देता, उन लोगों ने उसे चबूतरे के नीचे घसीट दिया। शोभा के मुँह से जोर से एक चीख निकली। दो-तीन लट्ठबंद नवयुवकों ने केशव को पकड़ लिया।

एक बोला, कहाँ से आए हो ?"

केशव ने कहा, "मैं एलौरा से आया हूँ।"

"क्या नाम है तुम्हारा ?"

"केशव।"

"कौन जात हो ?"

"मेरी जात है पत्थर !" केशव ने बड़े गंभीर स्वर में कहा।

"तुम्हारी जात तो उसी समय पता चलेगी, जब इस लठिया से तुम्हारा सिर कुचल दिया जाएगा !"

एक नवयुवक ने लाठी घुमाई। केशव ने झुककर उसका वार खाली कर दिया। फिर उसने पलटकर एक नवयुवक से लड़कर उसकी लाठी छीन ली और चौमुखी लड़ने लगा। लेकिन वह अकेला और वे पाँच थे और वे उसे मारते-मारते उस आँगन से बाहर निकाल ले गए, फिर मंदिर के बड़े द्वार से बाहर ले गए। मंदिर की बाहर की सीढ़ियों पर भी वे उसे मारते रहे। जटरेंडा के पेड़ के नीचे उन्होंने उसे मार-मारकर अधमुआ कर दिया। फिर वे उसे उठाकर दूर तक बाहर ले गए। और गाँव के बाहर जानेवाली कोलतार की कठोर सड़क पर फेंक गए।

"रात को भेड़िये आएँगे और इसकी हड्डियाँ तक नोंच कर खा जाएँगे," एक नवयुवक ने अपने बूढ़े बाप से बहुत विश्वास से कहा।

फिर वे मंदिर की तरफ लौट गए। दूर गाँव में कुत्ते भौंक रहे थे। सड़क सुनसान और खाली थी। और केशव उस पर मूर्च्छित और अधमरा पड़ा था। उसके सिर से पाँव तक ख़ून बह रहा था और रात का सन्नाटा सफल अत्याचार के समान गहरा होता जा रहा था। और कहीं दूर शिव हँस रहे थे।

4

जब केशव होश में आया, तो उसने अपने-आपको एक अत्यंत स्वच्छ हवादार और खुले कमरे में सफेद चादरों के बीच में लिपटा हुआ एक पलँग पर लेटा हुआ पाया। उसके सिर पर पट्टी बंधी हुई थी और उसके बाजुओं पर भी पट्टियाँ थीं। पट्टियाँ उसकी टाँगों पर भी थीं। वह कुछ मिनट चुपचाप लेटा, आँखें खोल छत की तरफ देखता रहा, क्योंकि छत से लटका हुआ बिजली का एक पंखा झूल रहा था और केशव ने आज तक कोई बिजली का पंखा नहीं देखा था।

बिजली का पंखा धीरे-धीरे खुद-ब-खुद चल रहा था और केशव हैरान था

कि यह खुद चलनेवाली चीज क्या है ?

और फिर उसकी नजर अपने शरीर पर बँधी पट्टियों पर पड़ी और उसे उस रात की घटना याद आई। और घटना याद आते ही उसके मुँह से दर्द की एक हलकी-सी कराह निकली, जिसे सुनकर उसके पलँग के निकट की कुरसी पर अखबार पढ़ता हुआ एक अधेड़ आयु का आदमी ठिठका। उसने अखबार हटाकर केशव की ओर देखा, और यह मुस्कराया। केशव ने देखा कि वह लंबे कद का भारी-मजबूत शरीर का गोरे रंग का एक आदमी है, जिसकी आँखें उसकी अपनी आँखों के समान नीली हैं और उसके चेहरे पर भरे हुए जख़्मों के कई चिन्ह हैं। उसके सिर के बाल भूरे हैं और कनपटियों पर से सफेद हो चले हैं और जब वह मुस्कराता है, तो उसके दो दाँत सोने के पत्तरों की तरह चमकते हैं।

वह आदमी एक क्षण केशव की ओर देखकर मुस्कराया। फिर उसने पास की तिपाई पर पड़े हुए टेलीफोन का चोंगा उठाया और नंबर डायल कर अंग्रेजी में बोला, "कैरी, वह होश में आ गया है। जल्दी आ जाओ!"

इतना कहकर उसने चोंगा रख दिया। केशव न तो उस आदमी की भाषा समझ सका, न वह बिजली का पंखा समझ सका। न टेलीफोन ही उसकी समझ में आया। उसकी फैली हुई पुतलियों का आश्चर्य बढ़ता चला जा रहा था। वह कहाँ पर है ? यह कौन-सा स्थान है ? ये वस्तुएँ क्या हैं ? क्या वह मरकर देवताओं की घाटी में तो नहीं आ निकला ?

उसने आश्चर्य से कई बार अपनी आँखें झपकाईं। इतने में एक लड़की कमरे में प्रविष्ट हुई—लंबा कद, धीमी चाल, मुस्कराती हुई; अपने कंधों पर बादामी रंग के बालों के गुच्छे फटकाती हुई। वह इस प्रकार चलती आ रही थी, जैसे लंबी गरदनवाली सफेद हंसिनी किसी झील की सतह पर तैर रही हो।

वह जब केशव के निकट पहुँची, तो उसके नथनों में एक अजीब-सी महक आई। दूसरे क्षण वह उसके पलँग पर थी, उसका हाथ केशव के हाथ पर था और वह उससे बड़े दयालु स्वर में पूछ रही थी, "कैसे हो अब तुम ?"

वह केशव की भाषा में बात कर रही थी, किंतु उसका स्वर बड़ा विचित्र और उखड़ा-उखड़ा-सा था। केशव को समझने में ज़रा देर न लगी कि इस लड़की ने उसके देश की भाषा अपनी माँ के दूध से नहीं पाई थी...मातृभाषा का आनंद कुछ और ही होता है।

केशव ने पूछा, ''मैं कहाँ हूँ? और तुम कौन हो?''

''तुम हमारे घर में हो। मैं कैरी हूँ, कैरीलीन टॉमसन। लेकिन सब लोग मुझे कैरी कहते हैं। यह मेरे डैडी हैं।'' कैरी ने कुरसी पर बैठे हुए मिस्टर टॉमसन की ओर संकेत करते हुए कहा।

उत्तर में फिर मिस्टर टॉमसन अपने सुनहरी दाँतों से मुस्करा दिए।

केशव ने पूछा, ''आप लोग मुझे कहाँ से लाए हैं?''

कैरी बोली, ''तुम औरंगाबाद जानेवाली सड़क पर बेहोश और अधमरे पड़े हुए थे, ऐन सड़क पर। तुम्हारे शरीर से ख़ून बह रहा था। अगर हमारी कार एक घंटा बाद पहुँचती, तो शायद तुम वहीं मर जाते।''

केशव दिल-ही-दिल में मुस्कराया—'जब शिव ने मुझे जीवन का एक वर्ष दिया है, तो मैं कैसे मर सकता हूँ?' किंतु उसने कुछ कहा नहीं, चुप रहा। फिर धीरे-से बोला, ''धन्यवाद!''

लंबा, भारी-भरकम टॉमसन, अपनी कुरसी से उठा और गहरी भारी आवाज में बोला, ''म्यूज़ियम जाता हूँ। डॉक्टर शाम को आएगा। किसी चीज की आवश्यकता तो नहीं है?''

''नहीं,'' कैरी ने निश्चयात्मक स्वर में कहा।

केशव ने सोचा, 'यह लड़की कैसे नपे-तुले, दो-टूक लहजे में बात करती है! हमारे समय में स्त्रियाँ न तो इस प्रकार चलती थीं, न ऐसे कपड़े पहनती थीं, न इस प्रकार पुरुषों की आँखों में आँखें डालकर बातें करती थीं। हाय! वे बादामी आँखोंवाली स्त्रियाँ! उनकी दृष्टि लजाई हुई होती थी। उनके बोलने का ढंग कितना कोमल और मधुर होता था! वे पुरुष को देखते ही यों काँप जाती थीं, जैसे नरम, कोमल और नए पौधे तेज हवा के झोंकों से झुक जाते हैं। यह किस प्रकार की स्त्री है?'

''तुम कहाँ की रहनेवाली हो?'' केशव ने कैरी से पूछा।

''अमरीका की।''

''अमरीका! अमरीका कहाँ है?''

''जहाँ तुम लेटे हो, उसके बिलकुल नीचे—इस धरती के बिलकुल दूसरी तरफ।''

केशव समझ गया, ''अच्छा-अच्छा! तुम पाताल-देश की रहनेवाली हो?''

"हाँ !"

"अच्छा," केशव दिल-ही-दिल में मुस्कराया। फिर उसने बेझिझक पूछ लिया, "वहाँ पर मायावी लोग रहते हैं न ?"

"मायावी लोग तो कब के समाप्त हो चुके हैं, मिस्टर !" कैरी ने आश्चर्य से उसकी तरफ देखते हुए कहा, "तुम किस युग की बात कर रहे हो ?"

केशव ने क्षमा माँगती हुई दृष्टि से कैरी की ओर देखते हुए कहा, "मैंने पुराने शास्त्रों में पढ़ा था।"

"अजीब देश है यह भी !" कैरी ज़रा बेचैनी और कुछ कड़वाहट से बोली, "यहाँ पर अधिकांश लोग केवल प्राचीन शास्त्रों की बातें करते हैं, उन्हें अप-टू-डेट नहीं करते। तीन वर्ष से यहाँ आई हूँ, यही सुन रही हूँ।"

केशव ने कहा, "प्राचीन शास्त्रों में न बदलनेवाली अटल सचाइयाँ मिल जाती हैं।"

"जैसे यह कि अमरीका में मायावी लोग रहते हैं," कैरी ने व्यंग्य किया।

केशव ने कहा, "वे भी मायावी लोग थे, तुम भी मायावी लोग हो। सब भगवान की माया है।"

कैरी को ऐसा क्रोध आया कि वह हँस पड़ी। कभी-कभी क्रोध इस प्रकार का होता है कि उसमें सिवाय हँसने के कुछ नहीं किया जा सकता। और फिर यह घायल भारतीय उसे पसंद भी आ गया था। सिर की जटाएँ और दाढ़ी के लाल बाल कटा देने से उसकी सूरत ऐसी प्यारी निकल आई थी कि उसे सीने से चिपटाने को जी चाहता था।

कैरी ने पूछा, "मैंने तुम्हारा नाम तो पूछा ही नहीं ?"

"केशव !"

"क्या करते हो ?"

"वीणा बजाता हूँ।"

"सच !" कैरीलीन प्रसन्नता से उछल पड़ी।

हम लोग हार्वर्ड यूनिवर्सिटी की छात्रवृत्ति पर पाँच वर्ष के लिए भारतवर्ष आए हैं, प्राचीन भारतीय संगीत पर रिसर्च करने के लिए। हमारे रिसर्च में क्लासिकल और लोक-संगीत दोनों सम्मिलित हैं। वीणा तो बहुत प्राचीन वाद्य है, सितार और वायलिन से भी प्राचीन।"

"सितार क्या होता है ?"

"तुम सितार नहीं जानते?"

"नहीं! और दूसरा क्या नाम लिया था तुमने?" केशव ने आश्चर्य से पूछा।

"वायलिन, वायलिन!"

कैरी की आँखें आश्चर्य से खुल गईं, "तुम कैसे वीणावादक हो? सितार और वायलिन के नाम से परिचित नहीं हो। या तो तुम झूठ बोलते हो या निरे पगले हो।"

केशव ने अनुनय करते हुए कहा, "मैं जिस स्थान से आ रहा हूँ, वहाँ न तो कोई सितार को जानता है, न वायलिन को। मैं झूठ नहीं बोलता, कभी नहीं बोलता। जिस स्थान से मैं आ रहा हूँ, वहाँ झूठ बोलने से बड़ा पाप कोई नहीं है।"

"तुम कहाँ से आ रहे हो?" कैरी ने पूछा।

"बहुत दूर से," केशव ने उत्तर दिया।

"कितनी दूर से?" कैरी ने पूछा।

"दो हजार वर्ष दूर से," केशव ने सत्यता से पूर्ण स्वर में कहा।

"तुम तो पहेलियों में बातें करते हो!" कैरी ने फिर व्यंग्यात्मक स्वर में कहा, "यहाँ, तुम्हारे देश में केवल दो प्रकार के आदमी मिलते हैं कुछ तो पश्चिमी ढंग से बात करते हैं और शेष जो हैं, वे केवल पहेलियों में बातें करते हैं।"

"और तुम किस प्रकार की बातें सुनना पसंद करती हो?" केशव ने दिलचस्पी से पूछा।

कैरी केशव की बड़ी-बड़ी नीली आँखों में खो गई। धीरे-से बोली, "मेरा विचार है कि मैं खामोशी को पसंद करती हूँ।"

कैरी पलँग से उठकर एक कोने की तिपाई के समीप जाकर केशव के लिए ताजा संतरों का रस तैयार करने लगी।

इस वार्तालाप के तीसरे दिन जब केशव की हालत कुछ सुधरी, तो कैरी ने पूछा, "वे लोग कौन थे, जिन्होंने तुम्हें मारा?"

"मैं नहीं जानता।"

"नहीं जानते ? फिर उन्होंने तुम्हें क्यों मारा ?" कैरी आश्चर्यचकित होकर पूछने लगी।

केशव ने मंदिर के द्वार पर पहुँचने से मार खाने तक की कथा का वर्णन कर दिया। सारी कथा सुनकर कैरी बोली, "यदि किसी से कहो, तो कोई विश्वास ही न करे। आज की नहीं, किसी प्राचीन युग की कथा ज्ञात होती है और वह भी असत्य ? किंतु मुझे विश्वास है।"

"तुम्हें कैसे विश्वास है ?" केशव ने पूछा।

"मुझे भी तुम्हारे विषय में एक स्वप्न आ चुका है।"

"मेरे विषय में ?"

"हाँ !"

"तुम्हें ?"

"हाँ ! आश्चर्य की बात है न ! किंतु बिलकुल सत्य है। उन दिनों हम लोग हार्वर्ड में थे और डैडी भारत के लिए रवाना होनेवाले थे। वह तो अकेले ही आनेवाले थे और मेरा भारत आने का कोई विचार तक न था, किंतु एक दिन, यह कोई डैडी के भारत आने से दस दिन पहले की बात है, मैं अपने कमरे में सोई पड़ी थी कि मुझे अनुभव हुआ कि जैसे मैं अपने डैडी के साथ भारत में हूँ और हम लोग अपनी गाड़ी में यात्रा कर रहे हैं। शाम के बाद का धुँधला अंधकार है। आकाश तारों से भरा हुआ है। गाड़ी एक बंजर खेतोंवाली जमीन से गुजर रही है। काली-काली बंजर चट्टानें एक-दूसरी पर खड़ी होकर विचित्र-सी सूरतें बना रही हैं। अचानक हमारी गाड़ी एक मोड़ से मुड़ती है और अब मैं देखती हूँ कि अँधेरा बढ़ चला है और किसी पूर्वी गाँव की झिलमिलाती रोशनियाँ हैं, पेड़ों का एक अंधकारमय झुंड है और उससे परे मंदिर का एक ऊँचा कलश एक काले खंजर की नोंक की तरह आसमान के सीने में गड़ा हुआ है।

"और हमारी गाड़ी सड़क पर दौड़ती जाती है और उसकी छोटी-छोटी बत्तियों-जैसी आँखें सड़क के प्रत्येक कोने को ध्यान से देखती जाती हैं। दूर सड़क पर कोई काली-सी चीज पड़ी है। कोई जंगली जानवर है, या बड़ा अजगर है, या बड़ा-सा पत्थर है। कुछ समझ में नहीं आता। मेरे डैडी जोर-जोर से हार्न बजाते हैं, लेकिन वह चीज अपने स्थान से ज़रा भी नहीं हिलती। मेरे डैडी गाड़ी की गति धीमी करते हैं। पास आकर ब्रेक लगाते हैं, तो मैं देखती हूँ कि बीच सड़क औंधे मुँह एक आदमी पड़ा है और उसके शरीर से

रक्त बह रहा है। उसे देखकर मेरे गले से भय की एक चीख निकल जाती है। मेरी आँख खुल जाती है और मैं देखती हूँ कि मैं हार्वर्ड में अपने पप्पा के घर अपने कमरे में अपने बिस्तर पर हूँ।

''दूसरे दिन रात को मुझे फिर यही स्वप्न आया। उसी प्रकार गाड़ी को ब्रेक लगा। मैं तुम्हें देखकर चीखी और मेरी आँख खुल गई।

''जब तीसरे दिन फिर यही स्वप्न आया, तो मैंने किसी से कुछ नहीं कहा, लेकिन डैडी के साथ भारत आने का निश्चय कर लिया। विचित्र मूर्खता की बात थी। किंतु मैं मालूम करना चाहती थी और बात कुछ इतनी मूर्खतापूर्ण थी कि किसी से कह भी नहीं सकती थी। यहाँ आकर कई महीने तक अपनी यात्रा के बीच चौंक-चौंककर गुजरते हुए दृश्यों को देखती रही, लेकिन वह स्वप्नवाला दृश्य कभी दिखाई नहीं दिया। फिर भारत में घूमते हुए मुझे एक वर्ष बीत गया। और धीरे-धीरे वह स्वप्न भी मेरे मस्तिष्क से दूर हो गया। फिर दूसरा वर्ष भी गुजर गया और अब मुझे कुछ स्मरण न रहा। किंतु अचानक वही घट गया, जो आज से तीन वर्ष पहले मैंने हार्वर्ड में एक स्वप्न में देखा था। ...कितनी विचित्र बात है! ...जब हम अजंता से चले, तो कुछ स्मरण न था। ...एलोरा से आगे बढ़े, तो कुछ स्मरण न था... किंतु उस गाँव का मोड़ सामने आते ही वह तीन वर्ष पुराना स्वप्न एकदम मेरे मस्तिष्क में जाग उठा और मेरा हृदय उस सड़क, पेड़ों के उस झुंड और मंदिर के उस कलश को देखकर धक-धक करने लगा... अब भी मैं तुम्हें इस पलँग पर लेटे देखकर अपना आश्चर्य नहीं बतला सकती। यह कैसे संभव है कि मैंने उस समय इस घटना को अपने स्वप्न में देख लिया, जो तीन वर्ष पश्चात होनेवाली थी?''

''इसमें कोई विचित्र बात नहीं है,'' केशव ने धीरे-से कहा। ''समय आगे भी चलता है और पीछे भी चलता है और इसी ब्रह्मांड के चारों तरफ एक चौखटे में भी चलता है, जिस प्रकार कि तुम किसी एक बिंदु पर खड़े होकर आगे-पीछे, ऊपर-नीचे, दाएँ-बाएँ, सब ओर देख सकती हो। और जिसे तुम स्वप्न कहती हो, वह स्वप्न नहीं था। वह स्वप्न के अंदर एक और स्वप्न था।''

''आ गए अपनी पहेलियाँ बुझाने पर!'' कैरी हँसते हुए बोली, ''दर्शन के गोरखधँधे में तुम लोगों का जवाब नहीं है। भला यह स्वप्न के अंदर स्वप्न क्या होता है?''

''जैसे कोख के अंदर बेटा होता है!'' केशव ने बड़ी गंभीरता से कहा।

दस दिन और बीत गए। केशव के हाथों की पट्टियाँ खुल चुकी थीं। सिर की पट्टी बाकी थी और दोनों टाँगें भी प्लास्टर में थीं लेकिन अब वह अपने हाथों का प्रयोग कर सकता था। यद्यपि वह बिस्तर से उठ नहीं सकता था, किंतु बिस्तर पर लेटे-लेटे अपने हाथों का प्रयोग कर सकता था। इसलिए आज कैरी ने स्वयं उसके हाथों पर मालिश की थी। यद्यपि सुबह नर्स केशव के शरीर पर स्पंज करके और हाथ पर मालिश करके गई थी, तो भी उसके जाने के बाद कैरी देर तक केशव के हाथों पर मालिश करती रही। केशव के हाथों की उँगलियाँ बहुत लंबी और सुंदर थीं और उन उँगलियों की बेताबी और बेचैनी कुछ इस प्रकार की थी, जैसे वे केशव से अलग अपना एक जीवन रखती हों। हम लोग कितना कम जानते हैं अपनी आँखों के बारे में, और कानों के बारे में। हाथों और पैरों, नथनों से टखनों तक हम लोग अलग-अलग कितना कम जानते हैं! हमारे लिए वे सब एक पूर्ण और व्यवस्थित शरीर के अंग हैं। वे तो हैं, किंतु कुछ और भी हैं। उनका अपना भी एक जीवन है, जन्म से मरण तक। ये आँखें जो प्रतिदिन देखती हैं, वह सब हमें याद नहीं रहता। याद रखने की आवश्यकता भी नहीं है। किंतु इन आँखों को सब याद रहता है। इन कानों ने सबकुछ सुना है। इन हाथों ने क्या-क्या नहीं टटोला है? ये पाँव कैसे-कैसे रास्तों की मिट्टी से परिचित हैं! कभी हमने इनसे अलग-अलग करके भी पूछा है? अगर एक इंसान केवल अपनी आँखों की कहानी का वर्णन करे, केवल वह दास्तान, जो उसके कानों ने सुनी, केवल वह स्पर्श, जो उसके हाथों को प्राप्त हुए हैं, शरीर के शेष सब भागों से हटकर, तो यह कहानी वास्तव में कितनी विचित्र हो सकती है!

कैरी अजीब पगली लड़की है। उसके दिल में तरह-तरह के विचार आते थे। देर तक वह इसी प्रकार सोचती रही और केशव की उँगलियों को अपनी उँगलियों में लेकर उन पर मालिश करती रही, यहाँ तक कि केशव को एक सुखपूर्ण भावना के कारण नींद-सी आने लगी कि अचानक उसके कानों में आवाज आ गई, "वायलिन सुनिएगा?"

यह कैरी कह रही थी, "तुमने उस दिन वायलिन के विषय में पूछा था, न? मैं वायलिन बहुत अच्छा बजाती हूँ!"

केशव ने चौंककर कहा, "ऊँह!... आँह...। हाँ, जरूर सुनूँगा।"

कैरी उठकर बाथरूम में गई। उसने साबुन से अपने हाथ साफ किए, तौलिया से उन्हें पौंछा, उन्हें सूँघा। शीशे में देखकर अपने बालों के लच्छे ठीक

किए। फिर वह बाथरूम से निकलकर दूसरे कमरे में गई और कुछ मिनट के बाद एक वायलिन लेकर केशव के कमरे में आई।

केशव ने बड़ी रुचि से वायलिन की ओर देखकर कहा, "दिखाओ!"

कैरी ने वायलिन केशव के हाथ में दे दी। केशव देर तक उसे उलट-पुलटकर देखता रहा। वायलिन की कालिमायुक्त भूरी और चिकनी सतह पर हाथ फेरता रहा। फिर उसने तारों को धीरे-से छुआ और बोला, "ऊँह···यह तो आधी वीणा है!"

कैरी ने वायलिन उसके हाथ से ले ली। वह उसके पलँग से हटकर ज़रा दूर खिड़की के पास चली गई। उसने खिड़की के परदे हटा दिए और खिड़की के पट खोल दिए। फिर उसने खुली खिड़की के बाहर दूर तक देखा और जो कुछ नजर आया, वह तो केशव नहीं देख सका। लेकिन उसे इतना मालूम हुआ, जैसे कैरी की आँखों में गहरी बदलियाँ उतर आई हों और घटाओं की तरह उमड़ती हुई अलकें उसके कंधों पर बरस रही हों। उसने वायलिन अपने सीने से लगा ली है और अब एक गीत है, जो दिल खामोश किवाड़ों को खोलता हुआ दूर कहीं आत्मा के तंतुओं में रोशनी की तरह फैल रहा है।

आप-ही-आप केशव की आँखें बंद हो गईं। फिर जाने जब केशव को ऐसा महसूस हुआ, जैसे दूर कहीं आसमान की वायलिन से सुर का अंतिम फूल चमेली की तरह चटका और गिरते हुए तारे की तरह दूर शून्य में घुल गया और अब किसी का हाथ उसके हाथ पर था और कोई उसके पलँग पर बैठा हुआ, धीमी-धीमी कानाफूसी में पूछ रहा था, "कैसा लगा?"

और केशव की बंद आँखों से आँसू बह रहे थे और उसने आँखों को खोले बिना कहा, "आसमान पर सफेद बादल थे और एक बहुत बड़ी वादी थी और वादी से ऊपर एक पाटी पर एक देवदार का पेड़ था और ढलवाँ छतोंवाला एक पहाड़ी मकान था और धीरे-धीरे बर्फ गिर रही थी। धीरे-धीरे बर्फ गिर थी···धीरे-धीरे बर्फ···" वह चुप हो गया।

इत्मीनान की एक लंबी साँस लेकर कैरी ने कहा, "तुम ठीक कहते हो। यह मंगनानी का एक गीत था···क्रिसकम का दिन···"

केशव ने अपने हाथों से अपने आँसू पोंछ डाले और आँखें खोलकर कहा, "मुझे वायलिन सिखाओगी?"

कैरी की आँखें प्रसन्नता से चमक उठीं।

उसने वायलिन केशव के हाथ में दे दी।

अगले छः सप्ताह में जब केशव कैरी के बताए हुए पश्चिमी संगीत को सीख गया, तो कैरी ने उससे पूछा, "अब तुम्हें वायलिन बजाना कैसा लगता है?"

"अच्छा लगता है," केशव ने स्वीकारा, "किंतु फिर कुछ ऐसे भी लगता है, जैसे...जैसे मैं किसी अजनबी वादी में सफर कर रहा हूँ। रास्ता नया और कठिन है, किंतु दिलचस्प भी है।"

"और वीणा?" कैरी ने अचानक पूछा।

"वीणा तो मेरी आत्मा है," केशव ने अत्यंत सादगी से कहा।

"तो क्या वायलिन तुम्हारी आत्मा के तारों को नहीं छूती है?" कैरी ने प्रश्न किया।

"छूती है, किंतु उसी समय, जब वह तुम्हारे हाथों में होती है," केशव ने मुस्कराकर कहा, "मेरे हाथों में आकर उसकी संवेदना सर्द पड़ जाती है, जैसे वह अपनी आत्मा मुझे सौंपने से इनकार कर रही हो।"

"कलाकार को अपने वाद्य से प्रेम करना पड़ता है," कैरी ने कहा।

"आदमी एक ही बार प्रेम करता है, न?" केशव ने एक गहरी आह भरकर कहा।

"यह गलत है," कैरी तेजी से बोली, "आदमी एक से अधिक बार प्रेम कर सकता है और एक से अधिक वस्तुओं से प्रेम कर सकता है। वह वायलिन हो,या देश-प्रेम, कढ़ी-चावल हो,या मूर्तिकला हो।"

"लेकिन अपने-आपको खो देने के लिए एक ही प्रेम पर्याप्त होता है," केशव ने उत्तर दिया, "इसे बावर्ची भी जानता है और मूर्ति गढ़नेवाला भी।" फिर वह रुककर बोला, "क्या तुम नहीं जानती हो?"

कैरी ने मुस्कराकर पैतरा बदल दिया। बोली, "यदि तुम मेरी वायलिन से प्यार करोगे, तो यह अपनी जबान खोल देगी और तुमसे उसी प्रकार बातें करेंगी, जिस प्रकार मुझसे करती है।"

केशव ने कहा, "क्या करूँ, मेरी ज़बान दूसरी है और बहुत पुरानी है।"

"तुम गलत कहते हो," कैरी का चेहरा बहस करते हुए एकदम लाल हो उठा, "वायलिन और वीणा की जबान भी एक हो सकती है। आज मैं तुम्हें

यहूदी मनहन का एक संगीत सुनाती हूँ।"

कैरी शीघ्रता से पलँग से उठी। फिर उसने रबड़ के छोटे-छोटे पीसोंवाले पलँग को घसीटा और घसीटकर खिड़की के बिलकुल निकट ले गई। खिड़की के परदे हटा दिए। केशव के पीछे बड़े-बड़े तकिये लगाकर उसे पलँग पर बिठा दिया और बोली, "अब बाहर देखो!"

आज ही केशव के सिर की पट्टी खुली थी और आज ही उसे पलँग पर बैठने की इजाजत मिली थी। यद्यपि उसके पाँव अभी तक प्लास्टर में बँधे हुए थे, किंतु आज वह अपने पलँग पर बैठकर बाहर की दुनिया तो देख सकता था। एक विचित्र उत्सुकता से उसने बाहर झाँका।

अर्द्ध-चंद्राकार घेरे में समंदर दृष्टि-क्षेत्र तक फैला हुआ था। समंदर के किनारे-किनारे एक सड़क जाती थी, जिस पर हजारों आदमी चल रहे थे। सड़क के उधर ऊँचे-ऊँचे मकानों का एक सिलसिला था, जो सड़क के साथ-साथ घूमता हुआ चला गया था। समंदर शांत था, लेकिन किनारेवाली सड़क पर कभी-कभी एक ऊँची उछाल आती और समंदर का झाग बाँध की दीवार से उछलकर सड़क पर फैल जाता। केशव के नथनों में समंदरी हवाओं की ताजा, नमकीन महक आई और उसने कैरी से पूछा, "यह कौन-सा स्थान है?"

"यह बंबई है," कैरी ने धीरे-से कहा और वायलिन बजाने लगी।

यह बंबई है! केशव ने अपने दिल में कहा। यह बंबई है। यहाँ रंभा रहती है। संभव है, वह इसी भीड़ में कहीं हो; इसी समंदर के किनारे कहीं चहलकदमी के लिए आई हो। संभव है, इसी समय, इसी समंदर की सतह पर मेरी और उसकी निगाहें मिल गई हों।

वायलिन बज रही थी।

और कैरी सोच रही थी—तुम बहुत सुंदर हो, किसी अनजाने प्रदेश से आनेवाले अजनबी, तुम बहुत सुंदर हो, तुम पर तो भारत की जलवायु का कुछ प्रभाव नहीं हुआ। ऐसा लगता है कि तुम आज के नहीं, उस समय के हो, जब आर्य लोग पहली बार भारत आए थे। वही लाल बाल, चौड़ा माथा सुतवाँ नाक, नीली आँखें, दृढ़ जबड़ा मरदानी गरदन, चौड़ा सीना... इन सफेद बुर्राक तकियों

से लगे हुए तुम कितने सुंदर लगते हो, जैसे सूरज सफेद बादलों से निकल रहा हो !···मेरे अडोनिस !···ओ अडोनिस !

और केशव सोच रहा था—कहाँ हो तुम रंभा ? मैंने तुम्हारे लिए अमरत्व का त्याग कर दिया है और केवल एक वर्ष का जीवन लेकर तुम्हारे प्रेम की खोज में निकला हूँ । किंतु अभी तक शिव ने तुम्हारी सूरत भी नहीं दिखाई । हाय ! वह मनमोहिनी सूरत···डूब जोनवाली आँखें···होंठों की वह चंचल वक्रता।··· सुनहरा शरीर···सूरज की किरणों से तराशा हुआ ! और संगीत के प्रभाव में केशव की कल्पना ने देखा कि रंभा समंदर की सतह पर चल रही है और उसके समीप आ रही है···किंतु वातावरण में वह घुलती जा रही है···समीप आती जा रही है । किंतु छाया में परिवर्तित होती जा रही है ।

केशव ने बेचैनी से अपने दोनों हाथ खिड़की में फैला दिए । अचानक उसी समय संगीत डूब गया और संगीत के साथ रंभा की छाया भी चली गई । फिर कुछ न रहा···खाली समंदर···खाली आसमान, जिस पर दो सितारे कहीं से निकल आए थे और बिल्ली के बच्चों की तरह केशव की ओर झाँक रहे थे ।

आह ! कैरी भावनाओं के आवेग से थककर पलँग पर गिर पड़ी । किंतु केशव अपनी भावनाओं में इतना डूबा हुआ था कि उसे कैरी की यह हरकत भी अजीब मालूम न हुई ।

उसने बड़ी सादगी से पूछा, ''इस संगीत का नाम क्या था ?''

''एक रात का प्रेम,'' कैरी ने बड़े घुटे हुए स्वर में कहा । फिर अगले कुछ क्षणों में उसने अपने-आप पर काबू पा लिया । फिर वह जल्दी से अपने बाल ठीक करती हुई पलँग से उठी और तेजी से कमरे से बाहर निकल गई ।

उसके जाने के बाद केशव ने वायलिन उठाकर वही धुन धीरे-धीरे बजाने का प्रयत्न किया । किंतु संगीत की आत्मा लुप्त हो चुकी थी ।

अगले तीन मास में केशव की टाँगों का प्लास्टर दो बार खुला और दो बार फिर बँधा । किंतु तीन मास बाद दोनों प्लास्टर खोल डाले गए और अब केशव इस योग्य हो गया था कि कमरे में धीरे-धीरे चल सके । कैरी अत्यंत प्रसन्न हुई । इस प्रसन्नता में उसने इस घटना के एक सप्ताह के बाद एक बड़ी दावत करने का निश्चय कर लिया ।

''इस दावत में तुम मेरी वायलिन का संगीत सुनना। लोग हैरान रह जाएँगे कि इतनी जल्दी भी कोई कैसे सीख सकता है!''

''मैं वीणा बजाना चाहता हूँ,'' केशव ने उत्तर दिया।

''लेकिन तुम्हारी वीणा है कहाँ?''

''वह तो मंदिर में रह गई!''

अगले दो दिन कैरी ने म्यूज़िक की दुकानों पर वीणा ढूँढ़ने में छान मारे। जब उसे कहीं वीणा न मिली, तो हारकर बोली, ''वीणा किसी दुकान पर नहीं मिलती। मैंने सब जगहों पर खुद मालूम किया है। लोग कहते हैं, किसी पुराने संगीतकार के घर में मिल जाए तो मिल जाए, वरना दुकानों पर तलाश करना व्यर्थ है। इसलिए मैंने आठ-दस समाचार पत्रों में विज्ञापन दे दिया है। यदि दावत से पहले कोई वीणा मिल गई तो ठीक है, वरना वायलिन तो है ही।''

केशव ने कोई उत्तर न दिया, वह चुप रहा।

दावत से एक दिन पहले सुबह को कैरी केशव के कमरे में आई और बोली, ''एक वीणा मिली तो है लेकिन बेचनेवाली उसका दाम बहुत लगाती है। एक हजार रुपए माँगती है। तुम ज़रा देख लो, तुम्हारे काम की भी है या नहीं?''

''कौन है वह?'' केशव ने पूछा।

''फारस रोड की एक रंडी है,'' कैरी ने घृणा से कहा, ''मैं अभी उसे तुम्हारे सामने बुलाकर लाती हूँ। वीणा देखकर मोल कर लो!''

इतना कहकर कैरी कमरे से निकल गई और कुछ मिनटों के बाद उस स्त्री को लेकर कमरे में प्रविष्ट हुई। उस स्त्री को देखते ही आश्चर्य की एक हल्की-सी चीख केशव के मुँह से निकल गई, ''यह तो शोभा है!''

शोभा खामोश निगाहों से केशव की ओर देखती रही। मैली साड़ी, धुआँ-धुआँ-सा रंग, मसला हुआ निढाल शरीर, जैसे समय से पूर्व किसी को घुन लग गया हो। निगाहें फटी-फटी, चेहरे पर एक बेहया सन्नाटा।

''शोभा यह तुम्हें क्या हुआ?'' केशव ने आश्चर्य और क्रोध से कहा, ''तुम यहाँ कैसे आईं?''

शोभा सिर झुकाए धीरे-से बोली, ''मैं तो समझी थी कि तुम मर गए हो। कम-से-कम उन्होंने मुझे यही बताया था।''

''हाँ, उन बदमाशों ने मुझे मारने में तो कोई कसर न रखी थी।''

''फिर उन्होंने मेरी आबरू ले ली। पहले तो वे मुझसे शादी के लिए कहते

रहे, लेकिन जब मैंने इंकार किया, तो उन्होंने मेरी आबरू ले ली। कई दिन तक मुझे मंदिर की एक कोठरी में बंद रखा। फिर मुझे मार-पीटकर मंदिर से निकाल दिया और मंदिर पर कब्जा कर लिया। दोनों धड़ोंवालों ने आपस में समझौता कर लिया और मंदिर की आय का आधा-आधा भाग कर लिया और मुझे मंदर से और गाँव से और प्रदेश से भी बाहर निकाल दिया। मैं औरंगाबाद चली आई। वहाँ से हैदराबाद गई। अब मैं बंबई में हूँ। लेकिन मैं जहाँ-जहाँ गई तुम्हारी वीणा अपने साथ लेती गई कि मेरी मासूमियत की यही एक गवाह रह गई थी। मगर अब इस वीणा ने मेरे साथ रहकर मेरी जो दुर्गति देख ली है इसे इसलिए अब अपने पास नहीं रखना चाहती। अखबार में विज्ञापन पढ़ा, तो मेम साहब के हाथ बेचने चली आई। मुझे क्या मालूम था…" अचानक वह चुप हो गई।

"लेकिन यह तुम्हें क्या हो गया?" केशव ने फुसफुसाते हुए कहा।

"औरत की आब जाते समय ही क्या लगता है?" शोभा आह भरकर बोली।

इतने में कैरी दूसरे कमरे में जाकर एक हजार के नोट लेकर चली आई। उसने वे नोट शोभा के हाथ में थमाते हुए कहा, "लो अपनी वीणा की कीमत। यह लो हजार रुपए!"

"नहीं, मुझे यह हजार रुपए नहीं चाहिए," शोभा ने मना करते हुए कहा।

"फिर तुम्हें क्या चाहिए?" कैरी ने ज़रा तेज स्वर में पूछा।

"मुझे मेरा पति चाहिए," शोभा ने केशव की ओर देखते हुए कहा और टप-टप आँसू उसकी आँखों से बहने लगे।

"यह तेरा पति नहीं है!" कैरी बड़ी कठोरता से बोली, "तुझे एक हजार रुपए लेने हैं तो ले जा!"

"मुझे मेरा पति चाहिए!"

"बारह सौ ले ले…पंद्रह सौ ले ले…दो हजार ले ले। जो तुझे माँगना है, माँग ले! इतनी कीमत तुझे कहीं नहीं मिलेगी!" कैरी क्रोध से चिल्लाई।

शोभा ने कहा, "जब मुझे मेरा पति ही न मिला, तो इस वीणा का क्या मूल्य है? फिर तो यह वीणा भी मेरी नहीं है। अब तक मेरा-इसका एक रिश्ता था। आज तुम्हारी खामोशी देखकर वह रिश्ता भी टूट गया।"

शोभा ने केशव की ओर नजर भरकर देखकर कहा। फिर खुद ही उसकी नजर झुक गई। उसने आगे बढ़कर केशव के हाथों में वीणा थमा दी। झुककर

उसके चरण छुए और रोती हुई कमरे से बाहर निकल गई।

दावत समाप्त हो चुकी थी। मेहमान जा चुके थे और अब वह अपने कमरे में रोशनी बुझाकर अँधेरे में अपने पलँग पर लेटा था। खिड़की से समंदर का मद्धम-मद्धम शोर सुनाई दे रहा था और इस पार्श्व-संगीत में उसे अपने यौवन का वह दिन स्मरण हो आया, जब वह अच्छी तरह प्रसिद्ध हो चुका था और महाराज विशाल देव ने एक दिन दरबार में उससे फरमाइश की थी कि वह उसे कोई ऐसी चीज सुनाए, कोई ऐसा राग या रागिनी, जो आज तक उसके कानों ने न सुनी हो और वह महाराजा की यह फरमाइश सुनकर हैरान रह गया था। राग और रागिनियाँ तो देवताओं की बनाई हुई होती हैं। वह उनका वर्णन कर सकता था, उनकी व्याख्या कर सकता था, उनके सुरों में अपनी कला के मोती पिरो सकता था, जैसे लोग-बाग मंदिर में देवी-देवताओं पर फूल चढ़ाते हैं। लेकिन वह स्वयं एक देवता कैसे बन सकता था, क्योंकि सृष्टि केवल देवता करते हैं और इंसान का मस्तिष्क केवल इतना है कि सृष्टि से अंत तक, अर्थात जीवन से मरण तक, सिर झुकाए अपने धर्म का पालन करता गुजर जाए। इसलिए वह हैरान भी हुआ था और घबरा भी गया था, क्योंकि विशालदेव की जिद प्रसिद्ध थी। उसका क्रोध और दंड भी खूब जानता था। यदि वह उसके होंठों पर मोती रख सकता था, तो क्रोधित होने पर उन्हीं होंठों को साँप से डँसवा भी सकता था और बिशाल देव राजा था और उसकी आज्ञा किसी प्रकार टाली भी न जा सकती थी।

कई दिन तक वह दरबार नहीं गया। कमरे में बंद होकर दिन में कई-कई घंटे अपनी वीणा को लेकर सिर धुनता रहा, किंतु कोई नई चीज उसके मस्तिष्क में नहीं आई। सुरों के उलट-फेर से संगीत की जो भी सूरत बनती थी, जानी-पहचानी होती थी। घबराकर वह घर से बाहर दूर किसी वीराने में निकल गया।

एक स्थान उसे बहुत भाया। वहाँ खिरनी के पेड़ों का एक मनमोहक कुंज था और उस कुंज के किनारे एक छोटा-सा तालाब था। तालाब से परे एक हरी-भरी घाटी थी और घाटी के बीचोंबीच एक छोटी-सी पगडंडी थी, जो बिलकुल तालाब के किनारे आकर रुक जाती थी। यहाँ पर मौलसिरी के झाड़

छोटे-छोटे सफेद फूलों से वातावरण को महका रहे थे। चारों ओर खामोशी थी। गहरा सन्नाटा था। और कोई न था। गंभीर सोच के लिए इससे उपयुक्त स्थान का मिलना कठिन था। उस स्थान में स्वयं एक ऐसा खिचाव था कि केशव अनायास वीणा उठाए उसकी तरफ खिचता चला गया और तालाब के किनारे मौलसिरी के झाड़ के किनारे बैठ गया, जहाँ बिलकुल उसके पाँवों के निकट पहाड़ी समाप्त होती थी।

कैसी खामोशी थी वहाँ! कितना गहरा सन्नाटा था! छोटा-सा तालाब स्वयं किसी गहरे सोच में डूबा मालूम होता था। पता नहीं कब तक वह वहाँ बैठा रहा और वीणा पर अपने हाथ रखे अपने मस्तिष्क में उछलती और डूबती हुई सुरों की लहरें गिनता रहा। समय का यह भाग न घड़ियों में गिना जाता है, न दिनों में। इसकी गिनती केवल अमरता में होती है।

अचानक वह जैसे सोते से चौंक पड़ा। पगडंडी से उतरकर एक लड़की सिर पर घड़ा रखकर आई थी। उसने सोच में डूबे केशव को जगाना न चाहा था। दबे पाँव वह उसके समीप से गुजरकर तालाब तक पहुँची थी। बहुत खामोशी से उसने अपना घड़ा भर लिया था और अब वह वापस जा रही थी

किंतु केशव ने यह सबकुछ न देखा। वह उस समय चौंका, जब दो पाँव रुपहली झाँझरें बजाते हुए उसके समीप से गुज़रने लगे। केशव ने चौंककर केवल उन दो पाँवों की तरफ देखा—फूलों की तरह ताजे, छोटे-छोटे पाँव, मेंहदी की लालिमा से मुस्कराते हुए, नाजुक झाँझरों के रुपहले सुर बजाते हुए उसके समीप से गुजरते जा रहे थे। केशव की दृष्टि उन पाँवों से ऊपर न उठी। हठात उसके हाथ वीणा बजाने लगे। वे पाँव रुक गए, वीणा भी रुक गई।

पाँव घबराकर चलने लगे। वीणा चंचल स्वर में हँसने लगी। पाँव सँभल गए, वीणा भी सँभल गई। पाँव तेज हो गए, वीणा भी तेजी से पीछा करने लगी।

फिर पाँव डोल गए, डोलते गए, जैसे अपनी ही अल्हड़ सुंदरता के नशे में चूर होकर डगमगाने लगे हों। वीणा पर भी मदहोशी छाती गई। सुरों के छोटे-छोटे-से भँवर बनते गए।

फिर वे पाँव तेज-तेज होते गए और दौड़ते हुए घाटी के मोड़ पर लुप्त हो गए।

वीणा की तान भी पंचम तक जाकर अचानक टूट गई। इस सारे समय में

केशव ने उस लड़की का चेहरा न देखा था, केवल पाँवों पर ही दृष्टि रखी थी। वह प्रसन्न होकर वहाँ से उठा और घर को चल दिया।

यह थी केशव-कली जो उसने विशाल देव के दरबार में सुनाई थी। और आज दो हजार वर्ष के बाद उसने फिर इस दावत में सुनाई थी। इस दावत में उसने इससे पहले बहुत-सी बढ़िया-बढ़िया चीजें सुनाई थीं। पहाड़ों की तरह पुराने, आदि से देवताओं के बाँधे हुए राग, जिनका हर सुर अपनी जगह अटल है। इन्हें सुनकर लोग आज भी झूम गए थे। हठात उनके मुँह से उसकी उस्ताद जैसी अपूर्व कला के लिए दाद के दौंदड़े बरसे थे। हर सुर सही, दुरुस्त, ठीक एक कील की तरह ठोंका हुआ, उसके कड़े अभ्यास, पुष्टता और गहरे रियाज का पता देता था। किंतु उन्हें सुनकर चेहरों पर तारीफ तो झलकी, पर हैरत न झलकी, वह हैरत जो केवल नए सपने देखने से उत्पन्न होती है। ऐसा मालूम होता था, जैसे वे लोग जाने-पहचाने या गुजरे-बीते दृश्य देख रहे हैं। वीणा उनकी कल्पनाओं को कुरेदकर बहुत दूर पहुँची थी, किंतु उनकी आत्मा तक नहीं पहुँची थी।

किंतु जब केशव-कली आरंभ हुई, तो दावत में सम्मिलित होनेवाले और जम्हाइयाँ लेनेवाले लोग भी इस प्रकार चौंके, जैसे उस दिन विशाल देव चौंका था। फिर सपनों में डूब गए, जैसे उस दिन विशाल देव डूब गया था। फिर जब कली अपने चरम विकास को पहुँचकर टूट गई तो देर तक तालियाँ बजती रहीं, बहुत देर तक धीरे-धीरे तालियाँ बजती रहीं, जैसे वे लोग उस कली की एक-एक पत्ती को चूमकर अपने सीने से लगा रहे हों।

उस समय सबके सामने मिस्टर टॉमसन ने उसे अपने गले से लगा लिया था और उससे कहा था, "शायद इसी अवसर के लिए आइन्स्टीन ने कहा था कि कल्पना ज्ञान से बड़ी है।"

यह आइन्स्टीन कौन है? कौन जाने? केशव सिर हिलाते हुए सोचने लगा। इन दो हजार वर्षों में कितने नए-नए देवता पैदा हो गए हैं! ऊँह!... भला कल्पना ज्ञान से बड़ी कैसे हो सकती है? इस नई दुनिया के देवता भी मूर्ख मालूम होते हैं।

इस दावत में कुदसिया गुलाम हुसैन भी उसे नजर आई थी और उसे देखकर उसका दिल क्षण-भर के लिए धक-से रह गया था। किंतु कुदसिया गुलाम हुसैन

ने उसे बिलकुल न पहचाना था। भला वह पहचान भी कैसे सकती थी ? उसके जी में तो आया था कि वह उसके पास जाकर कहे, मुझे पहचाना ? मैं वही पत्थर हूँ, जिसे तुमने एलौरा में देखा था। किंतु यह बता देने से भी क्या होता ?

कुदसिया गुलाम हुसैन के साथ आइरीन भी थी, जो कैरी की सहेली मालूम होती थी। आइरीन कुदसिया से कह रही थी, "रंभा तो परीक्षा देकर कश्मीर चली गई है, गरमी की छुट्टियाँ गुजारने के लिए..." इससे आगे वह कुछ न सुन सका था, क्योंकि बीच में दो काले-स्याह हिंदुस्तानी शराब के दो बड़े-बड़े गिलास लेकर आ गए थे और एक-दूसरे से जोर-जोर से बातें करते हुए, क़हक़हे लगाते हुए, एक-दूसरे की कमर में हाथ डाल रहे थे। वह इससे आगे और कुछ न सुन सका था। हाँ, रंभा का नाम आते ही उसका कलेजा गले में आ गया था। शायद ऐसा लगता था कि आँखें चेहरे से उछलकर बाहर जा पड़ेंगी। बड़ी कठिनाई से उसने अपने-आप पर काबू पाया था। अच्छा हुआ, उस समय किसी ने उसके चेहरे पर उड़ती हुई बदहवासी नहीं देखी।

इस खबर के बाद उससे कुछ सुनाया न गया। वह बड़ा मायूस और उदास हो गया। महादेव ने उसे एक वर्ष देकर उस पर कैसा अन्याय किया था ! पाँच-छह मास तो यों यात्रा और बीमारी में चले गए और अब वह बंबई में था और रंभा कश्मीर में थी। महादेव, यह तुम्हारा न्याय नहीं है।

बिस्तर पर लेटे दुख और क्रोध से हारकर केशव ने शिव से शिकायत की और आँखें बंद किए अपने भाग्य को कोसता रहा।

"इतनी जल्दी सो गए ?" कैरी ने पूछा।

"नहीं, यों ही थककर लेट गया हूँ," केशव ने उदास स्वर में उत्तर दिया।

"हम लोग कल कश्मीर जा रहे हैं," कैरी घोषणा-सी करती हुई बोली।

कश्मीर ! केशव का दिल धक-से रह गया। उसने दिल-ही-दिल में कहा, इतनी जल्दी सुन लेते हो, शिव !

"तुम भी हमारे साथ चलोगे, न ?" कैरी के प्रश्न में विनती थी और अपनी इच्छा का प्रदर्शन।

किंतु केशव ने दोनों को एक ओर रखते हुए केवल अपनी इच्छा से बाध्य होकर कहा, "हाँ अवश्य चलूँगा !"

कैरी ने पूछा, "किंतु तुम तो कहते थे कि तुम्हें बंबई में काम है !"

केशव ने बड़ी सादगी से कहा, "मेरा जो काम है, वह कश्मीर में भी हो

सकता है।"

कैरी एक विजय-भावना से झूम उठी। अवश्य ही केशव उसके लिए जा रहा था। अब तो उसके हृदय में किसी प्रकार का संदेह न था। कैरी के जी में आया कि वह इस खुशी के आलम में केशव से लिपट जाए, किंतु केशव अपने बिस्तर पर औंधा लेटा था। अब इस हालत में उससे लिपटना अनुचित प्रतीत होता था। फिर भी कैरी प्रसन्न और संतुष्ट थी और मस्त पाँवों से टप-टप करती हुई, ऊँची एड़ीवाले सैंडिल बजाती हुई कमरे से बाहर चली गई।

तीन मास और व्यतीत हो चुके थे और रंभा का कोई पता न था। वे लोग उसे बंबई से श्रीनगर तीन मास में लाए। पठानकोट से उसे वे लोग कुल्लू ले गए। कुल्लू से वापस फिर पठानकोट आए। वहाँ से जम्मू गए। जम्मू में एक दिन ठहरे। फिर रास्ते में कुद और बटोट में कई-कई दिन ठहरे, क्योंकि मिस्टर टॉमसन इन प्रदेशों के लोकगीत रिकॉर्ड करना चाहता था और कैरी इस मामले में अपने बाप की सहायता करती थी।

यदि चार चोट की मार खाकर केशव की हड्डी-पसली एक न हो गई होती, तो वह अवश्य अकेला ही बंबई से श्रीनगर आता, चाहे उसे पैदल ही यात्रा क्यों न करनी पड़ती। किंतु वह बेहद कमजोर था। उसका विश्वास था कि एक वर्ष से एक दिन भी पहले कोई उससे जीवन नहीं छीन सकता है, किंतु गोश्त-पोश्त का जीवन अपना कर हर कदम पर वसूल करता है। उसे दिन-रात को भूख भी लगती थी और वह अपने बदन में बेहद कमजोरी भी महसूस करता था। इसलिए वह कैरी और टॉमसन के साथ उनकी स्टेशन-वैगन में कहीं बाहर नहीं जाता था। डाक-बँगले या रेस्ट-हाउस या खेमेवाले कैंप ही में पड़ा रहता था। कभी वायलिन बजाता, कभी वीणा। किंतु दोनों में उसका जी नहीं लगता था। काश, उसके शरीर में इतनी शक्ति होती कि वह मीलों पैदल चल सकता।

कैरी इस प्रकार से उसकी देखभाल करती थी, जैसे वह कोई बच्चा हो—नौ वर्ष का। और उसे अपनी देखभाल पर गर्व हो चला था। यों तो जीवन देनेवाला ईश्वर है, किंतु कैरी महसूस करती थी कि केशव को दूसरा जीवन उसकी सेवा के कारण मिला है। इसलिए वह केशव के स्वास्थ्य के विषय में आवश्यकता से अधिक सावधानी बरतती थी।

तीन मास के बाद श्रीनगर पहुँचकर उन लोगों ने पिंड के निकट झेलम में एक हाउस-बोट किराए पर ले लिया। केशव को झेलम की सतह पर लकड़ी का यह तैरता मकान बेहद पसंद आया। वह प्राय: उसकी छत पर खुनक, सुहावनी और उजली धूप खाने के लिए एक आराम-कुरसी पर लेटा रहता। धीरे-धीरे उसके शरीर में शक्ति लौटती रही। उसके गालों पर लाली दौड़ने लगी। पहले वह छड़ी की सहायता के बिना चलने लगा। फिर कैरी की सहायता के बिना अकेला छोटी-छोटी सैरों को जाने लगा। इन्हीं दिनों में मिस्टर टॉमसन को फिर से जम्मू जाने का विचार दिल में आया। उसे डोगरी पहाड़ी गीत और धुनें बहुत पसंद आई थीं और वह उधमपुर, राजौरी, भदरवा, कस्तवाड़ के इलाके में जाकर पूरे तौर पर अपना काम करना चाहता था।

एक दिन कैरी ने केशव से कहा, "तुम हमारे साथ चलोगे, क्योंकि मुझे तो पापा के साथ जाना होगा। रिकार्डिंग का सारा काम मैं करती हूँ। पापा अकेले सब काम नहीं कर सकते।"

केशव ने कहा, "मैं यात्रा से बहुत थक गया हूँ और अभी मेरे अंदर इतनी शक्ति भी नहीं है।"

यह बिलकुल सच था। कैरी भी इसे जानती थी। इसलिए बोली, "मैंने यह निर्णय किया है कि तुम यहीं श्रीनगर में आराम करो। हम लोग अपना काम करके आते हैं। यह हाउस-बोट और इसके कर्मचारी तुम्हारी निगरानी में हैं। तुम्हारी सभी जरूरतें पूरी होती रहेंगी। हमारे जाने के बाद तुम्हें किसी तरह की तकलीफ न होगी। यह तीन सौ रुपए खर्च के लिए अपने पास रखो। हम लोग एक मास के अंदर-अंदर लौट आएँगे।"

केशव ने कैरी को हृदय से धन्यवाद दिया। किंतु न जाने फिर क्यों अपनी स्वीकृति स्पष्ट न दी। कैरी के जाने के बाद अब वह जमकर रंभा की तलाश कर सकेगा। समय व्यतीत होता जा रहा था।

कैरी के जाने के बाद केशव ने श्रीनगर का पत्ता-पत्ता छान मारा, किंतु उसे कहीं वह मुख न दीख पड़ा, जिसकी वह खोज में था, जिसका वह केवल नाम जानता था और जिसे वह केवल सूरत से पहचानता था। वह मीलों श्रीनगर की सड़कों, गलियों और बाजारों में घूमता रहा। हर रविवार को चश्माशाही, निशात और शालीमार बाग में जाता, जहाँ लोग हर रविवार को पिकनिक मनाने के लिए जाते थे। उसने 'संगीत-मंडल' के प्रबंध में अपने वीणा-वादन

का एक प्रोग्राम भी रखा, जिसमें शहर के बड़े-बड़े प्रसिद्ध और व्यस्त लोग आए थे। किंतु न आई, तो एक रंभा।

और एक मास गुजर गया। कैरी का पत्र आया कि उन्हें अपने काम के लिए और पंद्रह-बीस दिन की देर हो जाएगी।

सितंबर का मास आ पहुँचा। श्रीनगर की सड़कें सैलानियों से भरी हुई थीं। बाजारों में सुर्ख सेबों और सुनहरी नाशपातियों की महक उड़ती-फिरती थी। झेलम की सतह पर सैकड़ों शिकारे दौड़ रहे थे। माँझियों के मनमोहक गीत, स्त्रियों के सुंदर वस्त्र और बच्चों के भोले क़हक़हे! चारों तरफ अजीब घमाघमी और ख़ुशी थी, केवल केशव का दिल बैठा जाता था।

एक दिन वह इसी प्रकार उदास और परेशान एक शिकारे में अपनी वीणा रखे अमीराकदल की ओर जा रहा था कि सामने की तरफ से उसके सामने से एक शिकारा तीर की गति से निकल गया। हवा में उड़ते हुए लाल परों के पीछे फूलदार तकियों से टेक लगाए हुए उसने एक लड़की की झलक देखी थी कि उसके मुँह से हठात निकला—रंभा!

वह घुटी हुई चीख के समान आवाज झेलम के पानियों पर कहाँ तक फैली, इसका उस समय तो केशव को अनुमान नहीं हुआ। उसे उस समय इतना मालूम हुआ कि वह शिकारा बड़ी तेजी से उससे दूर जा रहा था। केशव ने जल्दी से अपना शिकारा पलटने को कहा। किंतु शिकारा पलटने में और पलटकर दूसरी दिशा को चलने में भी तो देर लगती है। जब तक शिकारा पलटता और पलटकर दूसरी दिशा को चलता, वह पहला शिकारा मोड़ से लुप्त हो चुका था।

5

उसके बाद कई घंटे केशव ने उस शिकारे की तलाश की। किंतु न शिकारा मिला, न रंभा की सूरत कहीं नजर आई। केशव ने बस एक ही झलक देखी थी। उसने सोचा, कहीं मुझसे गलती तो नहीं हुई? किंतु नहीं, जिस बुरी तरह से

उसका दिल धड़का था, उससे यही लगता था कि वह रंभा के सिवाय कोई नहीं। दृष्टि चूक सकती है, किंतु हृदय धोखा नहीं देता। कम-से-कम इससे तो यही सिद्ध होता है कि रंभा श्रीनगर में है।

केशव ने अपनी तलाश जारी रखी। सौभाग्यवश इस घटना के कुछ दिनों बाद ही रंभा फिर उसे हारूँ झील पर पिकनिक मनाती हुई मिल गई। उसके साथ उसकी कई सहेलियाँ थीं और दो पुरुष भी थे। एक नाटे कद का साँवला, मजबूत, किंतु कुरूप-सा नवयुवक था। उसने आधी बाँहवाली कमीज पहन रखी थी और हर बात-बेबात पर अपनी बाँहों के मजबूत पुट्ठे दिखाता था। दूसरा गंदुमी रंग का एक पतला गंभीर टाइप का नवयुवक था, जिसने बढ़िया अंग्रेजी सूट पहन रखा था। उसकी आँखों पर गहरे रंग की हरी ऐनक थी और उसके जबड़े बाहर को निकले हुए थे और गाल अंदर को घुसे हुए थे, जिससे उसके चेहरे पर एक लगातार भूखे रहने का चिन्ह उत्पन्न हो गया था। रंभा उन दोनों नवयुवकों के बीच में खड़ी होकर हँस-हँसकर बातें कर रही थी।

केशव ने दूर ही से उसे देखकर पहचान लिया और पहचानकर वह उसकी तरफ दौड़ने लगा, किंतु रास्ते में वह दो पश्चिमी सैलानियों से टकरा गया और धरती पर गिरा पड़ा। जब वह कपड़े झाड़कर आगे बढ़ा, तो उसने देखा कि रंभा उन दोनों नवयुवकों के साथ एक मोटर में बैठकर जा रही है। खिड़की में झूलते हुए सुनहरी बालों के लच्छों के अंदर उसे उसके मुख की एक झलक नजर आई। रंभा ने मुसकराकर ऐनकवाले नवयुवक के कंधे पर हाथ रखा और वह हाथ मानो एक खंजर को लिए हुए केशव के दिल में दूर तक खुप गया। वह देर तक हाँफता हुआ तेजी से गुजरती हुई कार को देखता रहा। अनजाने में उसने कार का नंबर पढ़ लिया। कैरी के साथ रहते हुए अब इतनी अकल उसे आ चली थी।

हाउस-बोट में वापस पहुँचकर उसने खानसामा को बुलाया और उसके हाथ में बीस रुपए देकर कहा, "मैं यह मालूम करना चाहता हूँ कि इस नंबर की मोटर का मालिक कौन है?"

केशव ने इतना कहकर एक छोटा-सा परचा खानसामा के हाथ में थमा दिया।

शाम को ख़ानसामा ने उसे आकर बताया कि वह टूरिस्ट-एजेंसी की मोटर है, जो किराए पर जाती है।

"आज किसने किराए पर ली थी ?"

खानसामा थोड़ी देर तक चुप रहा। फिर बोला, "इसके लिए बीस रुपए और चाहिए।"

केशव ने उसे बीस रुपए और दिए। खानसामा दूसरे दिन ही उसे बता सकता था, किंतु बीस रुपए के मुकाबिले पर अपने काम के महत्व को जताने के लिए उसने तीन दिन के बाद उसे बताया, "वह मोटर मिस रंभा जौहरी ने एक दिन के लिए किराए पर ली थी।"

"मिस रंभा जौहरी का पता क्या है ?"

खानसामा ने नजरें झुका लीं और ध्यान से अपने जूते की नोक को देखा। दोनों पाँव आगे-पीछे किए। फिर बोला, "इसके लिए तीस रुपए लगेंगे।"

केशव ने उसे तीस रुपए दिए।

खानसामा को तो उसी दिन टूरिस्ट-एजेंसी से मिस रंभा जौहरी का नाम और पता मालूम हो चुका था। किंतु वह आदमी ही क्या, जो अपने काम का महत्व न जताए ! उसने चार दिन के बाद मिस रंभा जौहरी का पता लाकर दिया।

"बड़ी मुश्किल से मिला है, साहब ! बखशीश !"

केशव ने उसे पाँच रुपए और दिए। फिर कागज खोलकर पढ़ा–

लेक-व्यू, बोट हाउस, तीन चिनार, डल।

तीन चिनार के स्थान पर डल के पानियों का चादर की तरह फैला हुआ दृश्य दिखाई देता था। एक ओर किनारे-किनारे बुलेवा रोड जाती थी, जिससे परे शंकराचार्य की पहाड़ी थी। दूसरी ओर डल के टापू थे, जिन पर बेद-मजनूँ के पेड़ अपनी डालियाँ झुकाए यों नजर आते थे, जैसे बहुत-सी विधवाएँ पानी के किनारे सिर के बाल खोले विलाप कर रही हों। दूर के पहाड़ों के नीले-पथरीले सिलसिले के कदमों में निशात बाग था और उसके बिलकुल सामने दो कदम लेक-व्यू की हाउस बोट थी, जिसकी खिड़कियों में हरी धारियोंवाले पीली छींट के परदे जोर-जोर से हिल रहे थे। हाउस-बोट की जंगलेवाली छत पर रंगीन गमलों में सुंदर फूलों के पौधे लहलहा रहे थे और उनके बीच में सात रंगवाली एक बड़ी-सी छतरी थी, जिसके नीचे चार डेक कुर्सियाँ और एक छोटी-सी मेज थी।

केशव ने आगे बढ़कर हाउस-बोट के एक नौकर से पूछा, ''मिस रंभा जौहरी अंदर हैं ?''

''नहीं ! वह तो चार दिन हुए पहलगाम गई हैं ।''

''कब लौटेंगी ?''

''कह नहीं सकता । क्यों, क्या काम है ?''

''उन्हीं से काम है,'' केशव ने बड़े गंभीर स्वर में कहा और फिर रुककर पूछा, ''वहाँ कहाँ ठहरेंगी ?''

''कह नहीं सकता,'' नौकर ने उसी लापरवाही से उत्तर दिया और वह हाउस-बोट के अंदर चला गया ।

केशव सिर झुकाए वापस चला आया । क्रोध से उसका मन जल रहा था—शिव क्या तुम मेरे प्रेम से डरते हो, जो रंभा को मुझसे मिलने नहीं देते ? यह तो सब तुम्हारा खेल है । महेश्वर, मैं कैसे यह समझ लूँ कि रंभा मुझसे भाग रही है ? यह तो तुम भगाए-भगाए उसे यहाँ-से-वहाँ ले जा रहे हो ! किंतु मैं भी हिम्मत हारनेवाला नहीं हूँ । मैं केशव हूँ । दुनिया जानती है कि जब केशव ने वीणा को पाना चाहा, तो स्त्री की ओर जीवन-भर आँख उठाकर नहीं देखा । अब मैं रंभा को चाहता हूँ, तो होनी मुझसे यह चाल चल रही है ! किंतु मैं भी अंतिम क्षण तक अपने प्रेम के लिए लड़ूँगा !

उसी दिन केशव पहलगाम के लिए रवाना हो गया ।

लिद्दर के किनारे सुंदर खेमों और रेस्ट-हाउसों से घिरा हुआ, पहलगाम कितना सुंदर था ! किंतु केशव की दृष्टि को कोई सौंदर्य नहीं जँचता था । उसकी दृष्टि में एक तलाश थी, एक भूख थी, एक प्यास थी । आसमान पर उड़ती हुई चील की तरह वह धरती का कोना-कोना देख रहा था । हर कैंप में जाकर पूछ रहा था । चार-पाँच, छह-सात दिन ठोकरें खाने के बाद उसे रेस्ट-हाउस में रंभा का पता चला ।

''हाँ, यहीं रहती हैं,'' गिरी-गिरी सफेद मूँछोंवाले एक बुड्ढे खानसामा ने उसे बताया ।

''मैं उनसे मिलना चाहता हूँ,'' केशव बेताबी से बोला ।

''अभी तो वह नहीं मिल सकतीं,'' बुड्ढा खानसामा बोला ।

"क्यों नहीं मिल सकतीं ? और अभी नहीं मिल सकतीं, तो कब मिल सकती हैं ?"

"कह नहीं सकता।"

"क्या मतलब ?"

"मतलब यह कि वह अमरनाथ की यात्रा पर गई हैं, दस दिन बाद लौटें, कौन क्या कह सकता है ?"

केशव का दिल अंदर-ही-अंदर बैठ गया। उसे महसूस हुआ जैसे उसे किसी ऊँची पहाड़ी से नीचे ढकेल दिया हो और वह नीचे-ही-नीचे गिरता जा रहा हो और उसके पाँव कहीं जमीन पर न लगते हों। फिर अचानक उसे जोर का एक झटका-सा लगा और उसका सारा शरीर धीरे-धीरे लरजने लगा और वह वहीं धरती पर बैठ गया।

खानसामा दौड़कर उसके पास गया, "चक्कर आ गया है ?"

केशव ने कुछ उत्तर न दिया। देर तक वह माथा पकड़े बैठा रहा। लरजने के बाद अब उसके सारे शरीर पर पसीने की बूँदें फूट रही थीं। वह अंदर से जबरदस्त कमजोरी महसूस कर रहा था।

"क्या कोई बहुत जरूरी काम था ?" खानसामा ने आश्वस्त स्वर में पूछा, "पानी पिओगे ?"

"नहीं," कहकर वह जमीन से प्रयत्न करके उठा। जेब में हाथ डाला। दस रुपए का एक नोट निकाला और उसे खानसामा को देते हुए बोला, "जिस समय, जिस दिन भी मिस रंभा आएँ, मुझे फौरन खबर कर देना।"

"तुम कहाँ रहते हो ?"

केशव बोला, "पहले तो मैं एक प्लेटो पर रहता था, लेकिन आज से मैं अपना खेमा तुम्हारे रेस्ट-हाउस के ऊपर वहाँ उन देवदार के पेड़ों के नीचे लगा लूँगा। ठीक है ?"

"ठीक है !"

केशव ने वहीं खेमा लगा दिया और बेचैनी से रंभा के आगमन की प्रतीक्षा करने लगा। दिन में वह जंगलों में घूमने के लिए चला जाता। देर तक रात में वीणा बजाता। कभी-कभी वह खाना भी नहीं खाता था, क्योंकि दिन गुजरते जा रहे थे और अब दिन-रात उसकी आँखें पहलगाम से चंदनवाड़ी जानेवाली सड़क पर लगी रहतीं, जो अमरनाथ को जाती है।

एक वर्ष व्यतीत होने में पाँच दिन बाकी थे। फिर चार दिन रह गए।
फिर तीन, फिर दो ··· फिर एक।

फिर वह लिद्दर के किनारे चला गया। पहलगाम के दूब से भरे मैदानों में बहनेवाला यह सरमस्त, बेफिकरा झाग उड़ता हुआ दरिया, नीले-नीले पत्थरों से लहकता हुआ, बहते हुए समय की तरह गुजरा जा रहा था।

केशव ने किनारे के पत्थरों में तलाश करते हुए शिवलिंग की सूरत के एक पत्थर को चुन लिया और पानी से ज़रा दूर जाकर एक ऊँची चट्टान पर उसे रखा। उसे पानी से धोया। स्वयं स्नान किया। उस पर जंगली फूल चढ़ाए और हाथ जोड़कर वहाँ से विदा ली।

6

कल वही अमावस्या की रात्रि थी, जब उसने शिव के समक्ष उपस्थित होने की प्रतिज्ञा की थी। यद्यपि वह रंभा को नहीं पा सका था, किंतु प्रतिज्ञा प्रतिज्ञा है और उसी दिन बुड्ढे खानसामा ने उसे आकर बताया, "ख़बर मिली है कि यात्रा के लोग कल वापस आ रहे हैं। पहलगाम में आज चंदनबाड़ी के अंदर ठहराव है।"

किंतु खानसामा को यह देखकर आश्चर्य हुआ कि यह खबर सुनकर भी केशव उसी तरह गंभीर और खामोश बैठा रहा और उसने किसी प्रकार का उत्तर न दिया।

फिर दूसरे दिन ढोल-ताशों और शंखों की आवाज में अमरनाथ की यात्रा के लोग वापस आते दिखाई दिए। बाजार में सारा पहलगाम उन्हें देखने के लिए टूट पड़ा था। परंतु केशव नहीं गया।

दोपहर में खानसामा उसके पास आया।

"अब तो वह खाना खाकर सो गई हैं। लेकिन शाम को जब वह जागेंगी,

तब उनसे मिल लेना।"

केशव ने फिर उसे कोई उत्तर नहीं दिया और खानसामा बड़ा हैरान हुआ—अजीब आदमी है ! कहाँ इतनी बेचैनी और बेताबी दिखाता था और अब जबकि वह आ गई हैं, मिलने की बात ही नहीं करता। उसे केशव का व्यवहार बड़ा रहस्यमय ज्ञात हुआ। लेकिन उसने कुछ कहा नहीं। खामोशी से अपने रेस्ट-हाउस को लौट गया।

तीसरा पहर शाम में ढल गया, शाम रात में ढल गई। केशव ने अपने शरीर में सुगंध लगाई। अपने गले में जंगली फूलों का हार पहना। अपनी धोती को सँवारा और वीणा उठाकर लिद्दर की ओर चल दिया। चलते-चलते रेस्ट-हाउस के समीप से गुजरकर, नीचे नदी की तरफ उतर गया और उसी स्थान पर पहुँच गया, जहाँ उसने पानी के शोर करते हुए रेलों से परे एक ऊँची चट्टान पर शिव को स्थापित किया था।

वहाँ पहुँचकर उसने शिव को प्रणाम किया—आज अमावस्या की रात्रि है। वर्ष पूरा हो गया है और मैं आ गया हूँ, शिव। उसने अपने मन-ही-मन में शिव से कहा। फिर वह चट्टान के नीचे भुरभुरी रेतीली गीले कंकड़ोंवाली जमीन पर बैठ गया और अपनी वीणा बजाने लगा, आँखें बंद करके। और थोड़ी ही देर में इस असार संसार को भूल गया।

अचानक उसके कानों में आवाज आई, "बहुत अच्छी वीणा बजाते हो। क्या नाम है तुम्हारा ?"

केशव ने आँखें खोलकर देखा, सफेद साड़ी में लिपटी हुई रंभा सामने खड़ी थी। हवा के झोंकों से कंधों पर अलकें नाच रही थीं।

"कौन हो तुम ?" रंभा ने फिर पूछा।

"मैं केशव हूँ," केशव ने साभिप्राय उसे ताकते हुए कहा।

किंतु रंभा पर किसी प्रकार की प्रतिक्रिया नहीं हुई। वह धीरे-से विश्वास-भरे स्वर में पूछने लगी, "अमरनाथ की यात्रा पर गए थे ?"

"नहीं ! मेरी जात्रा दूसरी थी।" और फिर इतना कहकर केशव एक पल के लिए रुका और फिर उसके मुँह से हठात निकल गया, "मैं तुम्हें देखने के लिए आया था।"

"मुझे देखने के लिए !" रंभा चौंककर अचानक पीछे हट गई, क्यों ?"

"क्योंकि मैं तुमसे प्यार करता हूँ।"

"अजीब इंसान हो!" रंभा ज़रा क्रोध से बोली, "तुम्हारी-मेरी जान-पहचान नहीं, दोस्ती नहीं, परिचय नहीं और छूटते ही मुझसे कह रहे हो कि तुम मुझसे प्यार करते हो?"

"इसलिए कि मेरे पास अधिक समय नहीं है!"

"समय नहीं है, तो मैं क्या करूँ!" रंभा क्रोध से पलटकर वहाँ से जाने लगी।

"तुम सबकुछ कर सकती हो! तुम मुझे प्यार दे सकती हो! प्यार देकर जीवन दे सकती हो, जीवन देकर मेरी आत्मा की सबसे बड़ी इच्छा पूर्ण कर सकती हो! सच कहता हूँ, जिस दिन से तुम्हें देखा है, हृदय से तुम पर न्यौछावर हो गया हूँ। एक वर्ष से तुम्हारी खोज में मारा-मारा फिर रहा हूँ!"

"यहाँ एक-सौ एक आदमी तुम्हारी तरह मारे-मारे फिरते होंगे!" रंभा एक सुंदर स्त्री की तरह घमंड से बोली, "फिर मैं क्या करूँ? एक-सौ एक आदमियों से शादी कर लूँ? ऊँह!"

"वे सब झूठे हैं, केवल मैं सच्चा हूँ!" केशव झल्लाकर बोला। उसे मालूम था कि वह इस समय अत्यंत हास्यास्पद, बल्कि मूर्ख लग रहा था, किंतु वह क्या करे? शिव ने उसे अवसर ही इतना दिया था। उसे ये बातें करते हुए अपने-आपसे अधिक शिव पर क्रोध आ रहा था।

"हर चाहनेवाला अपने-आप ही को सच्चा समझता है!" रंभा तेज व्यंग्यात्मक स्वर में बोली।

"तुम्हें विश्वास करना ही पड़ेगा। मेरे पास अधिक समय नहीं है। तुम्हें मेरे प्रेम पर विश्वास करना ही पड़ेगा मुझसे विवाह करना पड़ेगा!" केशव ने रंभा की ओर आगे बढ़ते हुए कहा।

"खबरदार जो आगे बढ़े।" रंभा ने एक पत्थर उठा लिया।

"मेरी सुनो! मेरी सुनो!" केशव आगे बढ़ते हुए विनय से कहने लगा कि इतने में रंभा ने खींचकर पत्थर दे मारा। पत्थर उसके माथे से जा लगा और खून की धार फूट पड़ी।

रंभा वहाँ से तुरंत भाग गई।

केशव क्रोध से झुँझलाकर मुड़ा और उसने अपने बहते हुए खून को रोकने की कोशिश नहीं की, बल्कि उसने अपनी वीणा को उठाकर पत्थरों पर दे मारा और उसे पत्थरों से चकनाचूर करते हुए बोला, "मुझे मूर्ख बना दिया!

बिलकुल अंतिम दिन बुलाया ! यह भी कोई न्याय है ? मैं भी यह वीणा तुम्हारे सामने तोड़ता हूँ। अब कभी तुम्हारे सामने वीणा नहीं बजाऊँगा ! बुला लो अपने पास ! दे दो, जो दंड मुझे देना चाहते हो ! बना दो मुझे फिर पत्थर का मैं तैयार हूँ !''

उसके माथे से खून बह रहा था, किंतु वह उसी तरह चट्टान के नीचे शिव के सामने क्रोध से आलथी-पालथी मारकर बैठ गया और उस क्षण की प्रतीक्षा करने लगा, जब आधी रात इधर होगी और आधी रात उधर होगी और उसका जीवित शरीर फिर से पत्थर बना दिया जाएगा।

सारी रात वह नदी के किनारे बैठा रहा और सारी रात नदी वहशियाना लहरों के साथ नीचे वादियों की तरफ भागती रही और सर्द बरफीली हवाएँ देवदार और पहाड़ के जंगलों में शोर मचाती हुई घूमती रहीं और जंगली जानवरों की भयानक आवाजें उसके कानों में आती रहीं। किंतु वह उसी चट्टान के नीचे बेचैनी से बैठा हुआ अपनी मृत्यु की प्रतीक्षा करता रहा।

हौले-हौले रात की कालिमा धुँधलकों में खोती गई। धुँधलकों में कहीं से प्रकाश छनकर आने लगा। उस छनते हुए प्रकाश में हौले-हौले पक्षी पंख फैलाने लगे, पेड़ सिर उभारने लगे और क्षितिज के पार गुलाबी उँगलियोंवाले सुनहरे बादल रत्नों-भरी लहरों के आँचल में चमकने लगे—सुबह आ गई, सुबह आ गई !

सुबह आ गई, तो रंभा ने देखा कि उसी चट्टान के नीचे, जहाँ रात को वह उसे छोड़ आई थी, एक अवसन्न और स्थिर शरीर पड़ा है; किसी मुर्दे की तरह या किसी पत्थर की प्रतिमा की तरह !

वह घबराकर आगे बढ़ी। झुककर उनके माथे पर हाथ रखा, जहाँ से बहुत-सा खून बहकर जम गया था। माथा ठंडा था। फिर घबराकर उसने नब्ज टटोली। नब्ज धीरे-धीरे चल रही थी।

अमावस्या की रात्रि व्यतीत हो चुकी थी, किंतु केशव जीवित था।

वह अब तक जीवित क्यों था ? यह प्रश्न उसे बार-बार परेशान कर रहा था। यह बात तो न थी कि वह अपने जीवित रहने पर प्रसन्न न था; निःसंदेह वह अत्यंत प्रसन्न था, किंतु इसका कारण उसकी समझ में न आता था। कहीं ऐसा

तो नहीं है कि शिव उसे जीवित करके भूल गए हों?

केशव ने रंभा के बेडरूम की खिड़की से बाहर झाँकते हुए सोचा।

खिड़की में सफेद परदे लगे हैं। गुलदस्तों में लंबी-लंबी डंडियों पर संगदराज के फूल झुके हैं। एक तिपाई पर रंभा का चित्र पड़ा है। खिड़की से बाहर सूरज पहलगाम की वादी में चमक रहा है। और वह जीवित है!

क्यों?

वह अपने उद्देश्य में सफल नहीं हो सका और शिव का दिया हुआ वर्ष भी समाप्त हो गया। नियमानुसार उसे इस समय एलोरा में होना चाहिए था, अपनी पुरानी चट्टान पर। किंतु वह जीवित था।

परंतु शिव भूल कैसे सकते हैं? यह तो असंभव है।

हो सकता है, शिव ने मुझ पर दया की हो। आखिर यह भी तो कोई न्याय नहीं है कि वर्ष-भर मेरी रंभा से भेंट न हो और हो, तो केवल अंतिम दिन, कुछ क्षणों के लिए और उन कुछ क्षणों में उसका दिल इतनी आसानी और जल्दी से कैसे जीत सकता था? मैं भगवान नहीं हूँ!

शायद शिव को मुझ पर दया आ गई है। उन्होंने मुझे और जीवन दिया है, ताकि मैं अपना प्रयत्न करके देखूँ। किंतु कितना और जीवन मुझे मिला है? एक दिन, एक मास या एक साल? इससे पहले अवधि निश्चित थी, समय निश्चित था। उसे मालूम था कि उसे कितने समय और जीना है। इससे पहले वह साधारण इंसानों की तरह नहीं था? वह अपनी मृत्यु के अंतिम क्षणों से परिचित था। वह अमर देवताओं में से था जो जीवन से मरण तक और मरने के बाद भी अपना भाग्य जानते हैं। एक वर्ष बाद वह उसी प्रबुद्ध कलागुरु की तराशी हुई मूर्ति होता और हजारों वर्ष एलोरा की उस देवमाला में एक हीरे की भाँति जगमगाता।

परंतु आज उसे कुछ ज्ञात नहीं था। वह अब क्यों जीवित है? कब तक जीवित रहेगा? शिव ने उसे जीवन देकर उससे मृत्यु का ज्ञान छीन लिया था। इससे पहले वह बिलकुल आश्वस्त था। अब उसे ज्ञात नहीं था कि कितनी अवधि उसे दी गई है। आज उसके पास न देवता का ज्ञान था, न साधारण आदमियों का-सा विश्वास। हो सकता है, वह कल ही मर जाए। कौन जाने किस समय शिव उसे वापस बुला लें?

और फिर एक और भयानक और विचित्र विचार हृदय में उभरा। क्या मैं

अब तक सपने तो नहीं देखता रहा हूँ ? कहीं ऐसा तो नहीं है कि एक वर्ष से पहले मेरा मस्तिष्क चकरा गया हो, और मुझे कुछ स्मरण न रहा हो कि मैं कौन था, कहाँ से आया था ? कौन मेरे माता-पिता थे ? मैं महज अपने पागलपन के सपनों में अपने-आपको एलोरा की एक मूर्ति समझ रहा हूँ ? हो सकता है, मैंने इसी दुनिया में, इसी जमाने में, इसी देश में, कहीं जन्म लिया हो। मेरे माता-पिता, भाई-बहन यहीं पर कहीं रहते हों और मैं एक पागलपन के तेज दौरे में घर से बाहर निकल आया और अब मुझे कुछ स्मरण न रहा हो। और जो-कुछ स्मृति में हो वह महज़ पागलपन का एक सपना हो। एलोरा की मूर्ति, शिव से वरदान माँगना, पुनः जीवित होना... यह सब महज एक सपना हो...

यह बात अधिक सही मालूम होती है।

किंतु नहीं ! उसके दिल में फिर संभावनाएँ-सी जागने लगीं। वे तस्वीरें उनके दिल में फिर से उभरने लगीं। वह लड़कियों की टोली, एलोरा में रंभा की शोख बातें, वह घायल कर देनेवाली दृष्टि, शिव का डमरू बजाना, उसका जीवन-दान माँगना, उसके मस्तिष्क में ऐसी स्वच्छ और गहरी तस्वीरें थीं, जैसे किसी ने उन्हें पत्थर पर चित्रित कर दिया हो।

उसने बड़ी कठोरता से इस विचार को अपने दिल की तहों में दबा दिया और रंभा की ओर देखकर मुस्कराने लगा, जो अब उसके लिए एक ट्रे में दलिया और दूध लेकर आ रही थी।

केशव ने मुस्कराकर कहा, "अगर एक पत्थर की चोट खाने से प्रेमिका जीती जा सकती है, तो मैं सिर से पाँव तक पत्थरों से दबने के लिए तैयार हूँ।"

"इतराओ मत, दलिया पीओ !" रंभा दूध में दलिया घोलकर चमचे से उसे पिलाने लगी। केशव ने चमचा मुँह में लेते हुए कहा, "ऊँह।...तुम्हारी उँगलियाँ बहुत सुंदर हैं। मेरी वीणा के छोटे-छोटे सुरों की तरह हृदय के दर्पण पर नाचती नजर आती हैं।"

रंभा ने अपना हाथ पीछे हटा लिया। नाराज होकर बोली, "खामोशी से दलिया पिओ, वरना मैं अपने हाथ से नहीं पिलाऊँगी।"

"स्त्री पर बनावटी क्रोध कितना भला मालूम होता है !" केशव ने फिर कहा। किंतु आगे कुछ कह न सका, क्योंकि रंभा ने शीघ्रता से चमचा भरकर

उसके मुँह में डाल दिया।

''उम्दा।...मीठा और मजेदार और महकता हुआ...'' केशव ने प्रशंसा करते हुए कहा।

''क्या दलिया?''

''नहीं,...चुंबन,...यदि मिल जाए।''

रंभा ने दूध और दलिया का कटोरा उसके सामने से हटा लिया। उसके माथे पर सौ बल पड़ गए। वह अपनी एक उँगली उठाकर आदेश के स्वर में बोली, ''यदि तुम अपनी शरारत से बाज़ न आओगे, तो मैं इसी वक़्त कमरे के बाहर चली जाऊँगी। सात दिन से खिला-पिला रही हूँ कि तुम जल्दी से ठीक हो जाओ और तुम हो कि अच्छा होने का नाम ही नहीं लेते। मिस्टर केशव, स्त्री के कोमल हृदय को उसका प्रेम मत समझो! इन दोनों में क्या अंतर है, क्या तुम नहीं जानते?''

''वही अंतर है, जो दलिया और चुंबन में है। अच्छी तरह से जानता हूँ, मिस रंभा। और अब मैं और दलिया न पीऊँगा,'' केशव ने क्रोध से मुँह फेर लिया।

''तुम तो मुझसे ऐसी बातें करते हो, जैसे मैं तुम्हारी सात जन्म की सेविका हूँ!'' रंभा ने तेज स्वर में पूछा।

''तुम मेरी सात जन्म की सेविका नहीं हो, लेकिन मैं तुम्हारा दो हजार वर्ष का पुराना प्रेमी अवश्य हूँ!'' केशव ने तत्काल उत्तर दिया।

''तुम्हारा प्रेम संदेहात्मक है, किंतु इसमें कोई संदेह नहीं है कि तुम्हारे विचार, तुम्हारी आस्थाएँ, तुम्हारे ढंग अत्यंत रूढ़िवादी और सड़े हुए हैं।'' रंभा ने निर्णयात्मक स्वर में कहा, ''जाने किन जंगली माता-पिता की संतान हो तुम! चलो, अब दलिया पीओ, वरना गला घोंट दूँगी।''

केशव की आँखों से आँसू निकल आए और वह उसे जबरदस्ती दलिया पिलाने लगी। केशव के आँसू देखकर रंभा के हृदय में दया आ गई। लाड़-भरे क्रोध से बोली, ''चलो, अब अपने आँसू मत दिखाओ। दो बरस के बच्चे नहीं हो कि ज़रा-सा काँटा चुभने पर दोनों हाथ फैलाकर बच्चों की तरह रोने लगे।''

केशव ने कहा, ''दिल पर खंजर उतारती हो, कहती हो ज़रा-सा काँटा है?''

रंभा ने इठलाकर कहा, ''हम तो ऐसा ही करेंगे! खुशी टेक खुशी नो टेक।''

केशव का मूड ठीक हो गया। उसने रंभा का चमचा हाथ से परे करते हुए दलिया का प्याला उठा लिया और उसे अपने मुँह से लगाकर गटागट पी गया और दूसरे क्षण प्याले को ट्रे में रखते हुए बोला, "दो हजार वर्ष पहले ऐसे पीते थे लोग। यह क्या कि चमचे से टिच-टिच कर रहे हैं!"

"भूखे लोग आज भी ऐसे ही पीते हैं। चमचा तो एक भरे पेट-सभ्यता का चिन्ह है," रंभा का व्यंग्य निशाने पर बैठा।

केशव ने चिल्लाकर कहा, "दो हजार वर्ष पूर्व इतनी भूख नहीं थी, जितनी आज है।"

"दो हजार वर्ष पहले इतने लोग भी नहीं थे जितने आज हैं। औरंगजेब के समय में भारतवर्ष की जनसंख्या ग्यारह करोड़ के लगभग थी। अब छियालिस करोड़ है। और औरंगजेब को मरे हुए अभी दो शताब्दियाँ भी नहीं गुजरीं। फिर सोचो कि आज से दो हजार वर्ष पहले इस देश में कितने कम आदमी होंगे। इसलिए खाने-पीने की कमी कैसे हो सकती है? बुद्धि और ज्ञान की कमी अवश्य थी।"

"जाओ, मैं इस समस्या पर तुमसे बात नहीं करना चाहता!" केशव क्रोध से बोला।

"तो जाओ, मैं कहाँ बात करती हूँ?" रंभा वहीं ट्रे पटककर कमरे से बाहर चली गई।

परंतु आधे घंटे के बाद फिर अंदर आ गई। उसके पीछे-पीछे बहुत-से आदमी अंदर घुस आए। केशव ने उनमें से दो को पहचान लिया। ये वही दो नवयुवक थे, जो हारू लेक पर रंभा के साथ थे। दुबले-पतले ऐनकवाले नवयुवक से परिचय कराते हुए रंभा ने कहा, "यह मदन हैं। बंबई के एक कालेज में इतिहास पढ़ाते हैं।"

"यह भगीरथ हैं," मजबूत, साँवले और नाटे नवयुवक की ओर देखकर रंभा ने कहा, "बंबई में इनके बाप की जो मिल है, वह एशिया की सबसे बड़ी प्लास्टिक मिल मानी जाती है।"

"ये मेरी दो सहेलियाँ हैं, कुदसिया गुलाम हुसैन और आइरीन।"

केशव ने उन दोनों को भी तत्काल पहचान लिया था और उनकी निगाहों से भी मालूम होता था, जैसे कि उन लोगों ने भी केशव को पहचान लिया है।

सबसे अंत में, सबसे पीछे, सबसे लंबा, साँवले रंग का, दोहरे बदन का,

अधेड़ आयु का एक अच्छा वस्त्रधारी आदमी खड़ा था। वह बड़ा डील-डौलवाला और शानदार मालूम होता था और सबसे अंत में खड़े होकर भी ऐसा दिखाई देता था, जैसे सबको अपने संरक्षण में लिए हुए है।

"यह डैडी हैं," रंभा गर्व से बोली।

"और यह केशव है," अब रंभा ने सबसे केशव का परिचय कराते हुए कहा। फिर हँसकर बोली, "मैं इन्हें जंगली केशव कहती हूँ!"

"पहलगाम के जंगलों के समान होने से?" मदन ने पूछा। उसके व्यंग्य की धार अत्यंत तीखी थी।

"किंतु जंगल में तो रीछ होता है?" भगीरथ ने स्पष्ट आक्रमण करते हुए कहा।

इस पर सब पुरुष हँस पड़े।

"जी हाँ, रीछ तो होता है," केशव तत्काल ही बोला, "किंतु शहद का छत्ता भी होता है, जो रीछ का मनभाता खाजा है।"

इस पर सब लड़कियाँ हँस पड़ीं और भगीरथ चुप-सा हो गया। और रंभा ने बात को टालने के लिए कहा, "आओ, हम बाहर चलें, इन्हें आराम करने दो।"

रंभा उन सब लोगों को लेकर बाहर निकल गई। बाहर निकलकर कुदसिया के कानों में आइरीन ने कानाफूसी की, "यह वही है न, जो कैरी के बंबईवाले फ्लैट में हमें मिला था, जिसने वीणा सुनाई थी?"

"बिलकुल वही है!" कुदसिया ने उत्तर में फुसफुसाकर कहा।

"यहाँ क्या कर रहा है?" आइरीन ने पूछा।

"वही, जो कैरी के घर करता होगा!"कुदसिया ने जलकर कहा, मैं क्या जानूँ?'

आइरीन बोली, "कुछ भी कहो, रंभा के टेस्ट की दाद देती हूँ। बेहद हैंडसम है। कहाँ से फाँसा है इसने?"

"रंभा को फाँसने की क्या जरूरत है?" कुदसिया ऐसे कटीले स्वर में बोली, जिसमें कटीलेपन के साथ-साथ थोड़ी-सी प्रशंसा भी सम्मिलित थी, "रंभा पर तो पुरुष इस तरह गिरते हैं, जिस तरह शिकार के मौके पर झील पर मुर्गाबियाँ गिरती हैं।"

वे सब लोग बरामदे में कॉफ़ी पीने जा रहे थे। भगीरथ ने मदन की पसली में ठोंका दिया। ठोंका इतना तगड़ा था कि मदन ठोकर खाते-खाते बचा। उसने

भगीरथ की इस असभ्यता की तरफ आश्चर्य से देखा। किंतु भगीरथ को तो कोई और ही अंदेशा परेशान कर रहा था। इसलिए वह इस अवसर पर क्षमा माँगना भी भूल गया। दूसरी बार फिर धीरे से एक ठोंका मारकर बोला, "अब यह नया लंगूर कौन है ?"

"आशिक नंबर एक सौ चार !" मदन ने भगीरथ को जलाते हुए कहा।

भगीरथ ने दो-तीन बार अपने नथुने फुलाए। उनमें से खौं-खौं की विचित्र आवाजें निकालीं। अपने कंधे झटकाए, पलकें झपकाईं, जैसे उसकी समझ में कुछ नहीं आ रहा हो कि इस अवसर पर वह क्या कहे या क्या करे ! अंत में वह बोला, "मेरा...मेरा...मेरा जी चाहता है कि किसी को गोली मार दूँ !"

"फिलहाल मेरा सीना हाजिर है !" मदन ने अपने को आगे पेश किया।

"हा !...हा !...हा !" भगीरथ ने जोर से कहकहा लगाते हुए, मदन की पसली में ठोंका दिया। मदन तीन फुट आगे उछलकर मुँह के बल गिरनेवाला था कि उसे रंभा के डैडी ने थाम लिया। भगीरथ की छोटी-छोटी आँखों में आँसू आ गए। वह हँसते-हँसते बोला, "हा... !हा...!मदन...यू आर दी लिमिट...हो !...हो !...मदन !"

बिना किसी अवसर के मजाक में भगीरथ का कोई सानी नहीं था। इस पर भी उसके मित्र उसके अस्तित्व को इस कारण सहन करते थे कि उसका बाप एशिया की सबसे बड़ी प्लास्टिक-मिल का स्वामी था। यदि सहन न करते, तो वे स्वयं एशिया के सबसे बड़े मूर्ख होते !

कॉफ़ी पीने के बाद भगीरथ और मिस्टर जौहरी घाटी के ऊपर जंगल में एक लंबी सैर को निकल गए। भगीरथ ने चलते समय मिस्टर जौहरी से उनकी राइफल माँग ली।

"रास्ते में तीतर मिल गए तो शिकार कर लाऊँगा," उसने रंभा से कहा।

जंगल बहुत घना और पुराना था। ब्याड़ के मीनारनुमा पेड़ों के तनों पर काई जमी हुई थी। छोटी-छोटी पगडंडियाँ आदमी की उँगलियों की तरह फैली हुई जंगल के अर्द्ध प्रकाशित अंधेरे में रास्ता ढूँढ़ते हुए कहीं खो जाती थीं। पाइन की महक चारों ओर फैली हुई थी, जिसमें कहीं-कहीं पर शहद की खुशबू और जंगली सौंफ की मादक गंध भी शामिल हो जाती थी। एक पतला, महीन,

सफेद-सा झरना किसी की खोई हुई चाँदी की पायल की तरह घाटी पर पड़ा हुआ हौले-हौले बह रहा था। उसके किनारे लकड़ी का एक पुराना ठूँठ सड़ रहा था। पाँवों की आहट पाकर उस ठूँठ पर से दो-तीन तीतर घबराकर, पर फैलाकर उड़े। वातावरण में एक चमक-सी तड़पी और एक तीतर फड़फड़ाता हुआ अगर की चिकने पत्तोंवाली झाड़ी में जा गिरा। भगीरथ दौड़कर उसे झाड़ी में से निकाल लाया और उसे झोले में डालकर रायफल को कंधे से लटकाकर, फिर मिस्टर जौहरी के साथ-साथ चलने लगा।

"मैं क्या बात कर रहा था?" उसने जौहरी से पूछा।

"तुम रंभा के बारे में कुछ कह रहे थे।"

"हाँ, वही बात! दो वर्ष हुए, आपने मुझसे वायदा किया था कि रंभा का विवाह मुझसे होगा। दो वर्ष से मैं उसे कोर्ट कर रहा हूँ परंतु परिणाम कुछ नहीं निकला।" भगीरथ ने इतना कहकर केवल एक बार तेज दृष्टि से जौहरी की ओर देखा। फिर दृष्टि हटाकर, दूर ऊपर वृक्षों की डालियों पर किसी अज्ञात पक्षी की तलाश करने लगा। उसने रायफल कंधे से उतारकर अपने हाथ में ले ली।

जौहरी ने कहा, "यह मत भूलो कि रंभा एक माडर्न लड़की है। मैं माडर्न बाप हूँ। आज से पचास वर्ष पहले का समय होता, तो मैं उसके हाथ पीले करके उसकी साड़ी का आँचल, तुम्हारी पगड़ी के पल्लू से बाँध देता। परंतु अब दुनिया बदल चुकी है और बदली हुई दुनिया, बदले हुए हथकंडे चाहती है।"

"मैंने दो वर्ष प्रतीक्षा की है," भगीरथ ने मुँह-ही-मुँह में गुर्राते हुए कहा, "इस अरसे में उसके प्रेमियों की तादाद बढ़ी है घटी नहीं। छोटे, कमीने, निचली सतह के लोग... जिनसे मैं साधारण स्थितियों में बात करना भी पसंद न करता, उन सबसे मुझे रंभा के ड्राइंगरूम में बात करनी पड़ती है। मैं उन्हें सिगरेट पेश करता हूँ। उनके फुसफुसे लतीफों पर हँसता हूँ, उनके घिसे हुए पुराने सूटों की व्यवस्थित और अच्छी सिलाई की प्रशंसा करते नहीं थकता हूँ और अपने दिल-ही-दिल में समझता हूँ कि वे सब मुझे मूर्ख समझते हैं।"

"रंभा को तुम्हें समय देना चाहिए। रंभा एक जौहरी की बेटी है। हीरों की परख उसके खून में मिल चुकी है। एक अबाबील की तरह वह पहाड़ पर पैर फैलाए तैरती है और नीचे वादी का दृश्य देखती है। उसे निर्णय करने के लिए समय दो!"

जौहरी ने फिर बंदूक की गूँज सुनी—एक बार, दो बार और उसने देवदार की एक टहनी से एक पक्षी की चीख सुनी। फिर हवा में भँवर की तरह घूमते हुए उसने पक्षी का छटपटाता शरीर देखा। फिर वे दोनों पक्षी चीड़ के हरे झूमरों में उलझते-गिरते हुए गलीचों की तरह गहरी और गलीज घास में भगीरथ के पाँवों के समीप आ पड़े। भगीरथ ने उन्हें उठा लिया और झोले में डालते हुए बोला, "दो वर्ष का समय कुछ कम नहीं होता।"

"थोड़ा-सा और संतोष करो!"

"संतोष कर लूँ, किंतु मुझे ऐसा लग रहा है, जैसे मुझसे मजाक हो रहा है। रंभा के पास मेरे लिए समय ही नहीं है। वह हर समय व्यस्त नजर आती है, अपने मित्रों में घिरी हुई। वह कभी मुझे अकेली नहीं मिलती। सैर हो, तमाशा हो, पिकनिक हो, सिनेमा हो, सोसायटी हो, क्लब हो, खेल हो, तफ़रीह हो, बहस हो, ब्रिज हो... उसे अकेला ढूँढ़ निकालना कठिन ही नहीं, असंभव है। एक-दो की तो वह क़ायल ही नहीं, उसका दिल बहलाने के लिए हर समय दो दर्जन मित्र और सहेलियाँ चाहिए!"

"तुम यह मत भूलो कि बचपन ही में उसकी माँ मर गई थी और मैं उसे माँ की ममता नहीं दे सका। केवल बाप का प्यार दे सका, और वह कभी काफी नहीं होता। परंतु मैं तुम्हें विश्वास दिलाता हूँ कि मैं उसकी ओर से कभी लापरवाह नहीं हूँ। आखिर वह एक जौहरी की बेटी है। आख़िर में जो हीरा वह अपने जीवन के लिए चुनेगी, वह सबसे बड़ा, सबसे बढ़िया और सबसे मूल्यवान होगा। देखने में वह भावुक दिखाई देती है। परंतु जीवन-साथी चुनने के लिए एक स्त्री को एक जौहरी की तरह कठोर हृदय और पारखी बनना पड़ता है। वह किसी चमकती हुई वस्तु को महज इसलिए सोना नहीं कहेगी कि वह चमकदार है।"

"हर बाप अपनी बेटी के बारे में इतना ही खुशफ़हम होता है," भगीरथ ने नथुने फुलाते हुए कहा। फिर वह स्वर बदलकर बोला, "अच्छा, उस तीन लाख की हुंडी का क्या होगा? उसकी तारीख बढ़वाना चाहते हो या भुगतान करोगे?"

"तारीख बढ़ा दो," जौहरी ने ऊपरी तौर पर लापरवाही से कहा। किंतु उसकी आवाज में ज़रा-सा कंपन था, जिसे भगीरथ महसूस किए बिना न रह सका।

फिर जौहरी ने उसी लापरवाही से कहा, "मुझे पचास हजार रुपए और चाहिए।"

"आपने इसीलिए मुझे पहलगाम बुला भेजा था ?" भगीरथ ने पूछा।

"हाँ !"

भगीरथ ने एक चट्टान पर बैठकर पचास हजार का एक चैक लिखा और उसे जौहरी के हवाले किया ! जौहरी ने चैक देखे बिना और धन्यवाद दिए बिना उसे अपनी पतलून की जेब में डाल दिया।

"आओ वापस चलें," भगीरथ ने सुझाव दिया।

फिर दोनों वापस हो लिए। जंगल खामोश होता जा रहा था और उन दोनों के बीच भी खामाशी बढ़ती जा रही थी, एक सर्द, बरफीले धुँधलके की तरह। अचानक जौहरी ने अपने शरीर में एक सर्द लहर-सी महसूस की और उसने बात को बदलने के लिए भगीरथ से पूछा, "सुना है तुम्हारा वक़्त आजकल कुदसिया और आइरीन के साथ अधिक गुजरता है।"

"इस बात में कोई दम नहीं है," भगीरथ ने गुर्राते हुए कहा, "जब रंभा मुझसे कतराती है तो मैं झल्लाकर कुदसिया और आइरीन का सहारा लेता हूँ। लेकिन उन दोनों को अच्छी तरह से मालूम है कि मैं उन दोनों के बारे में बिलकुल सीरियस नहीं हूँ।"

फिर भी वह कुछ समय तक खामोश रहा। फिर अचानक बोला, "आपकी मोना का क्या हाल है ?"

उसने अपना प्रश्न रायफल की तरह फायर किया। जौहरी महसूस कर सकता था कि भगीरथ का प्रश्न उसके सीने की पसलियों में जाकर लगा है, एक क्षण के लिए वह बिलकुल सुन्न होकर रह गया है।

मोना मेरी प्रेमिका है। लेकिन भगीरथ को कैसे मालूम हुआ कि मोना मेरी प्रेमिका है ? रंभा के कारण ? जौहरी अब तक इस मामले में कड़े तौर पर इस रहस्य को छुपाता आया था। सिवाय उसके कुछ अति-विशेष मित्रों के और किसी को मोना के अस्तित्व के बारे में कोई ज्ञान न था। और वे लोग तो नवयुवक भगीरथ के मित्र भी न थे। फिर भगीरथ का कैसे पता चला ?

अगले दो-तीन क्षणों में उसने अपने होश ठिकाने किए और चेहरे पर किसी प्रकार का चिह्न पैदा किए बिना बोला, "मोना ठीक है। ठीक ही चल रही है। अगरचे कभी-कभी वह मुझे परेशान कर देती है।"

वह क्यों परेशान कर देती है, भगीरथ ने पूछना चाहा। फिर उसकी मंजी हुई व्यापारिक बौद्धिकता ने फिर उसे चेतावनी दी कि आज ही सबकुछ जान लेना उचित न होगा। इतना ही पर्याप्त है कि बुड्ढे ने अपनी प्रेमिका के बारे में मान लिया और मैंने उसे जता दिया कि मैं भी दो-चार दाँव जानता हूँ, कहीं मुझे करोड़पति बाप का कूढ़मगज बेटा न समझ ले!

बस, आज इतना ही जता देना काफी है।

भगीरथ हौले-हौले कंधे झुलाता हुआ मुकंदीलाल जौहरी के साथ-साथ चलने लगा और मुकंदीलाल जौहरी ने चलते-चलते अपनी अँगूठी के मूल्यवान नीलम को छुआ। अब नीलम सर्द और बेजान था, मोना के गालों की तरह। उसकी चमक, मोना की तीक्ष्ण दृष्टि के समान, एक कौंध-सी उसकी आँखों में लहरा गई। दूसरे क्षण में वह जंगल का अंतिम मोड़ काटकर खुली घाटी पर निकल आए और लिद्दर की वादी रोशनी के सितारों से भर उठी।

7

लेकिन बुड्ढे जौहरी का दिल अभी तक भय और निराशा से काँप रहा था। भगीरथ को मोना का कैसे पता चला?

उसने ध्यान से भगीरथ के चेहरे की तरफ देखना चाहा, किंतु उसे इसमें और भी निराशा हुई, क्योंकि भगीरथ का चेहरा बढ़ते हुए अंधेरे में और भी खामोश और रहस्यमय मालूम होता था। लेकिन नहीं जौहरी ने सोचा, इसमें रात के अंधेरे का क्या बस है? आजकल के नवयुवकों के हृदय भी इतने अंधकारपूर्ण और रहस्यमय हैं कि उनके हृदय का रहस्य मालूम करना अत्यंत कठिन है, बल्कि असंभव है। ये लोग हमारे बचपन की तरह नहीं हैं, बल्कि अपनी कम आयु के बावजूद एक अजीब बूढ़े, अंधकारपूर्ण विश्वासों के सायों में खोए हुए हैं। इन्हें हमारे मूल्यों पर कोई भरोसा नहीं है। उनका व्यवहार अकृपालु और गुस्ताख है!

किंतु मोना ··· इसे मोना के बारे में कैसे पता चला ?

यह सच है। वह छह साल से मोना को रखे हुए है। किंतु उसके दो मित्रों के अलावा किसी को उसके बारे में ज्ञान न था कि वह कौन है, कहाँ रहती है। अपने लखपति मित्रों की महफिल में जौहरी इस मामले में शुष्क और साधु-स्वभाव का मनुष्य जाना जाता था और उसकी यह प्रसिद्धि उसको व्यापार में भी लाभ पहुँचाती थी। इसलिए वह भगीरथ के प्रतिकार से डर रहा था।

यह भी सच है कि वह सदा से तो ऐसा न था। रंभा की माँ विवाह के पाँचवें वर्ष ही में छह मास की बच्ची छोड़कर चल बसी थी। वह चाहता, तो दूसरा विवाह कर सकता था और उसे इसके लिए किस-किस तरह बाध्य न किया गया था। किंतु रंभा का नन्हा, भोला-भाला चेहरा और प्यारी-प्यारी मुद्राएँ देखकर, उसने दूसरे विवाह के विचार को अपने हृदय से अशुद्ध अक्षर की तरह मिटा दिया। पिछले बाइस वर्ष उसने रंभा की देखभाल में लगाए थे, बाप बनकर और माँ बनकर, मित्र बनकर और मित्र से भी अधिक जौहरी बनकर उसने इस अनतराशे हीरे को धीरे-धीरे अपने संतोष की सीमा तक और सावधानी से तराशा था। उसे अत्युत्तम सभ्यता, ज्ञान और कला का प्रकाश दिया था। हर वह सुघड़पन, जो पैसा खरीद सकता था; हर वह सुरुचि, जो बरसों के अभ्यस्त अनुभवों के कारण पैदा होती है; हर वह सुरुचिपूर्ण ढंग, जिसे बरतने के लिए एक बारीक और तीक्ष्ण दृष्टि, एक मोटी चैक-बुक और एक सभ्य रचाव की आवश्यकता होती है—वह सब जौहरी ने बरसों के कठिन परिश्रम से रंभा को उत्तराधिकार के रूप में दे दिया था। उससे आज बंबई की सोसाइटी में, बल्कि दिल्ली की सोसाइटी, बल्कि किसी बड़े-से-बड़े हिल-स्टेशन की सोसाइटी में रंभा का जवाब न था। चहुँ ओर उसके सौंदर्य के चर्चे थे, उसकी अच्छी प्रकृति की धूम थी, उसकी कलात्मक शिक्षा और सुरुचि का शोर था। वह जो बात करती, मुहावरे में शामिल हो जाती; जो कपड़े पहनती फैशन बन जाते हैं; जिस ड्राइंगरूम में चली जाती, वहाँ सोसाइटी का केंद्र बन जाता।

और जौहरी रंभा की सफलता पर अत्यंत प्रसन्न था, जैसे उसका अपना बरसों का परिश्रम रंग ला रहा है। वह रंभा का बाप ही न रहा था, उसका अति प्रिय मित्र और परामर्शदाता भी बन चुका था। रंभा की उपस्थिति में उसे कभी महसूस न हुआ कि घर में स्त्री का अभाव है।

परंतु रंभा जब सोलह वर्ष की हुई, तो स्वयं धीरे-धीरे अत्यंत ही

अस्वाभाविक रूप में बाप से खिंचने लगी। इसे प्रकृति-प्रदत्त लज्जा कहिए, यौवन का आगमन कहिए, या उगती हुई नस्ल की माँग कहिए। धीरे-धीरे जौहरी ने महसूस किया कि जैसे उसकी बेटी उससे दूर होती जा रही है। धीरे-धीरे कुछ बातों को वह उससे कुछ छिपाने लगी और यह उचित भी था। धीरे-धीरे फिर रंभा के मित्र भी जौहरी से कटने लगे। चुपके-चुपके अचेतन रूप से रंभा की शामें अलग कटने लगीं। और यह सबकुछ बहुत धीरे-धीरे प्राकृतिक रूप से किसी को अपराधी ठहराए बिना होता गया। अंत में एक दिन वह आया जब समुद्र की लहरों के टकराव से छोटा द्वीप बड़े द्वीप से कट गया और अपने व्यक्तित्व को पृथक करके जीवन की धारा में बहने लगा। यह तो सदा से होता है और माँ-बाप को इसका हमेशा से दुख होता है, जिसे वह प्रसन्नता का नाम देते हैं।

किंतु जौहरी का दुख कुछ अधिक था। वह केवल बाप न था, वह केवल म ही न था, केवल मित्र ही न था, उसने अपनी खोई हुई मित्रता की तमाम अच्छाइयाँ रंभा में पा ली थीं और अब सोलह बरसों की अबोध, पवित्र और सुंदर मित्रता के बाद रंभा के उठते हुए यौवन को उसने भय से काँपते हुए देखा और महसूस किया कि जैसे रंभा वह रंभा ही नहीं है। वह अब एक नया व्यक्तित्व है, जिसके निर्माण में उसका कितना ही हाथ रहा हो, किंतु वास्तव में वह अपने बाप से अलग, अपने-आप में एक पूर्ण और स्वतंत्र व्यक्तित्व है, जिसे बाप की मित्रता की अब आवश्यकता ही नहीं है, जिसके जीवन की अपनी माँगें हैं, अपनी खुशियाँ और महरूमियाँ हैं। इसके पहले वे दोनों किसी एक लतीफे पर इकट्ठे हँस सकते थे, लेकिन अब किसी एक दुखांत घटना पर एक साथ रो भी नहीं सकते। जब उनके आँसू अलग हुए और लतीफे अलग हुए, तो जौहरी ने हार मान ली और धीरे-धीरे रंभा के दिन-दिन के जीवन से बाहर निकलता गया, उसकी महफिल में अजनबी बनता गया और अंत में कोने में पड़ा हुआ फर्नीचर बन गया, मजबूत, जानदार, बरसों काम आनेवाला, बरसों से चलनेवाला, जिस पर विश्वास करके बैठा जा सकता था। परंतु जीवन शून्यता नहीं चाहता और जो शून्यता रंभा के यौवन के आगमन ने जौहरी के जीवन में उत्पन्न की थी, कैसे भरती? बल्कि कैसे न भरती?

मोना जौहरी के जीवन में यों प्रविष्ट हुई, जैसे खाली बोतल पर कार्क आता है या लक्ष्यहीन जीवन में आवारगी आ जाती है—अर्थ दोनों का कुछ नहीं होता, या जो अर्थ होता है, वह किसी तरह हल नहीं होता, क्योंकि खाली जीवन और खाली मस्तिष्क, दोनों मिलकर किसी छोटे-से-छोटे लक्ष्य की बराबरी नहीं कर सकते। यह तो उचित है, किंतु कोई इंसान शून्यता को क्या करे? दिन-भर बिजनेस करने के बाद अपनी कोमल भावनाओं को कहाँ ले जाए? किसकी गोद में फेंके? किसके कदमों पर न्यौछावर करे? कब तक खाली आँखों और खाली दिल से बादल के सपने को समंदर के दिल से लहर बनकर उभरता देखे और प्यासा रहे? एक भूख पेट की होती है, तो दूसरी भूख सौंदर्य की होती है। एक भूख दूसरी भूख पर कुछ समय तक छा सकती है, पर मिट नहीं सकती। हाँ, यह अवश्य हो सकता है और होता भी है कि प्रायः इंसान चाहता है रोटी, और उसे मिलती है रेत; या वह चाहता है सौंदर्य और उसे मिलती है गाली। वह देखता है सुंदर सपने और उसे मिलती हैं पत्थरों से पटी हुई वादियाँ और बंजर वीराने। क्या है और क्या चाहिए के होंठों के बीच जो कशमकश है, उसी से एक चुंबन पैदा होता है, एक सभ्यता जन्म लेती है, एक आरजू मर जाती है, एक इतिहास सँवर जाता है—वह एक मानव का जीवन है, तो एक युग की कथा भी!

मोना भी सोलह वर्ष की थी। अपनी सोलह वर्ष की बेटी से कटकर, सोलह वर्ष की मोना की तरफ झुकना कोई आश्चर्य की बात न थी। यों न होता, तो आश्चर्य होता। मोना की माँ फ़ाहिशा वेश्या न थी, लेकिन फ़ाहिशा ज़रूर थी और सुंदर भी थी। मुद्दतों उसने अपनी बेटी को अपनी छोटी बहन कहा। फिर जब सुंदरता और आयु का फासला बहुत बढ़ गया, तो उसने बाध्य होकर मोना को अपनी बेटी बना लिया। उसने जौहरी पर डोरे डाले थे, परंतु जौहरी के हृदय में रंभा की सूरत और आयु बसी हुई थी। यदि वह प्रतिक्रिया न होती, तो ऐसा संभव होता कि वह बेटी के बजाए माँ से प्रेम करता। परंतु वह अपने सपनों की जिस मंजिल से गुजर रहा था, उसमें कोई बड़ी आयु की स्त्री उसके हृदय को नहीं बहला सकती थी। जब माँ ने यह अच्छी तरह देख लिया, तो उसने मोना को उसे फाँसने पर लगा दिया और स्वयं अभ्यस्त जुआरी की तरह जुआ खेलने लगी और इस जुए में हारने की कोई आशा न थी। मोना सुंदर थी, सोलह वर्ष की थी, और जौहरी सोलह वर्ष का तरसा हुआ था और जीवन की सुंदर और गहरी चोट खाए हुए था। ऐसा आदमी कभी-कभी एक ही दाव पर सबकुछ रख देता है।

बरसों का संतोष और सब्र पलकों के एक ही कंपन में उखड़ गया और जब मोना डबडबाई हुई आँखों में प्रार्थना लिए जौहरी से कुछ माँगती, तो वह पिघलकर पिछली आग हो जाता। यह तो कोई कठोर हीरों को परखनेवाला ही जान सकता है कि पानी की उस एक बूँद का क्या मूल्य है, जिसे आँसू कहते हैं। मोना की गोद में जौहरी को न अपनी खोई हुई पत्नी मिली, न बिछुड़ी हुई बेटी। परंतु एक आनंददायक आवारगी, एक नशीली पीड़ा, एक पीड़ायुक्त प्रसन्नता-सी मिल गई। मोना उसके घायल अहं को एक ऐसा झूठा संतोष देने लगी, जो रंभा अब किसी तरह न दे सकती थी। और कभी-कभी तो जौहरी को यह भी महसूस करा दिया जाता कि अब उसे उसकी जवानी भी वापस मिल गई है। और यह भावना बड़ी खतरनाक होती है, विशेष तौर से जब इस बात को महसूस करानेवाली एक सुंदर युवती हो। पिछले इन छह वर्षों में कभी इस भावना के धारे पर, कभी उस भावना के धारे पर बेचारा जौहरी मोना और उसकी माँ के चालाक, अभ्यस्त हाथों में बिलकुल लुट गया। उसे पूरा आराम, संतोष, सब्र और सुंदरता का तो शायद एक पवित्र क्षण भी न मिला, परंतु इन छह वर्षों में ज्यों-ज्यों रंभा उससे अलग होकर कटती गई, वह मोना के हाथों लुटता गया। मजे की बात यह थी कि वह अपने-आपको लुटता देख रहा था और लुट रहा था। इस लुटने में एक ऐसा नशा था जैसे खूबसूरत साक़ी के हाथों अफीम पीने में होता है!

इसीलिए आज जौहरी भगीरथ से इतना भयभीत था। यदि भगीरथ को उसके और मोना के संबंध का ज्ञान है, तो उसे उसकी आनेवाली तबाही का भी ज्ञान है। वैसे वह भगीरथ से ऋण लेकर महीने-के-महीने टाले जा रहा था। किंतु कब तक?

सड़क की एक बिलकुल ऊँची सतह पर खड़े होकर, जिसके नीचे से लिद्दर बहता था, मदन ने रंभा और केशव को घोड़ों पर जाते हुए देखा। परंतु उसके दिल में एक क्षण को भी किसी तरह की दुश्मनी का भाव पैदा न हुआ। केशव एक बढ़िया जोधपुरी और खुले कॉलरोंवाली बादामी रंग की रेशमी कमीज में काले घोड़े पर बैठा बड़ा चुस्त और स्वाभिमानी लग रहा था। घोड़ा दौड़ाते हुए वे दोनों उसके पास से हाथ हिलाकर मुस्कराते हुए, 'हैलो' कहते हुए निकल गए

थे। फिर भी मदन के हृदय में केशव के लिए किसी तरह की ईर्ष्या की भावना उत्पन्न न हुई थी, हालाँकि मदन रंभा से बेहद प्यार करता था। आज तक पिछले चार वर्षों में कभी प्यार का एक शब्द उसके मुँह पर न आया था। परंतु उसे मालूम था कि रंभा को मालूम है कि मदन उससे प्यार करता है। फिर भी वे दोनों ऐसे मिले थे, जैसे प्यार जैसी कोई वस्तु उन दोनों के मध्य न थी। और जब वह वस्तु मध्य में हो, बल्कि हल्की-हल्की उसकी कसक महसूस भी होती रहे कभी-कभी तो बड़ा मज़ा आता है। जैसे बरफ के अंदर ज्वालामुखी का लावा दबा रहता है, इसी तरह से मदन अपने प्रेम को हँसी-मजाक की बातों या ज्ञान के और दार्शनिक बातों के लबादे में छुपाए रहता।

कभी-कभी वह फ्यूज़ीयामा पर्वत के चित्र को देखकर कहता, "बुड्ढे, तुम बड़े मजे में हो, तुमने किसी से प्रेम नहीं किया!" वह रंभा को बहुत ही अच्छी तरह से जानता था। जितनी अच्छी तरह से मदन ने अपने ज्ञान के क्षेत्र में संसार के इतिहास और दर्शन को समझने का प्रयत्न किया था, उसी सावधानी से मन लगाकर उसने रंभा के मस्तिष्क का अध्ययन करने का प्रयत्न भी किया था। और अध्ययन करने से वह जिस परिणाम पर पहुँचा था, वह अत्यंत सुखदायक, सच हो या गलत, अत्यंत सुखदायक था। वह अलग बात है कि यदि वह परिणाम अच्छा लगनेवाला न होता, तब भी वह उसी शिद्दत से रंभा से प्यार करता रहता। परंतु जो कुछ उसने अनुमान लगाया था, उससे उसके हृदय में ईर्ष्या के भाव न पैदा हुए थे।

रंभा उसके विचार में वीनस और सीता की मिली-जुली प्रतिमा थी, समंदर के झाग से पैदा होनेवाली वीनस के समान चंचल जहरीली और मनमोहक, और धरती से पैदा होनेवाली सीता की तरह सहज स्वभाववाली, धीरज धरनेवाली, आन की पक्की, बात की सच्ची, अपनी पवित्रता पर स्वयं उत्पन्न पौधे की तरह स्थिर और जीवित रहनेवाली। इन दोनों भिन्न प्रकृतियों में कशमकश भी होती थी। और रंभा को कभी समंदर की तरह हलचल और धरती की तरह स्थिर देखना बहुत सुखद मालूम होता था। तो भी मदन यह जानकर प्रसन्न था कि किसी अनजाने, न महसूस होनेवाले तरीके से वह रंभा के इतने समीप है कि कोई दूसरा नहीं हो सकता, हालाँकि इसके स्पष्टीकरण का कोई अवसर न आया था। परंतु जैसे सीप में मोती और हृदय में आशा, फूल में महक और दृष्टि में संदेश छिपा रहता है, उसी तरह से वह और रंभा कुछ कहे-सुने बिना एक-दूसरे के

निकट थे। मुँह पर किसी के हृदय की बात न आई थी। हाथों के हलके स्पर्श ने एक-दूसरे से कुछ कहने की हिम्मत न की थी, मौन दृष्टि की वाचालता उनके भावों के समक्ष मौन थी। किंतु फिर भी कहीं बहुत दूर, दिल के बहुत अंदर मदन का ख़याल था कि वे एक-दूसरे को जानते हैं—इतना, जितना कोई दो और एक-दूसरे को नहीं जान सकते।

इसीलिए जब मदन के सामने केशव और रंभा घोड़े पर सवार होकर निकल गए, तो उसका हृदय न किसी तरह भयभीत हुआ, न किसी तरह के परिणाम की कल्पना से काँपा, और उसने मुस्कराकर, जोर से हाथ हिलाकर 'हैलो' किया और फिर ढलान से नीचे जाने का रास्ता ढूँढ़ने लगा, जहाँ लिद्दर के किनारे कुदसिया, आइरीन और भगीरथ पिकनिक मनाने में व्यस्त थे। उसे मालूम था कि वे लोग उससे मजाक करेंगे और वह भी जवाब में विनोदप्रियता का सुबूत देगा। किंतु अपने हृदय में उसे विश्वास था। रंभा का हृदय सुंदरता के लिए कभी-कभी बेहद भावुक और कमजोर हो जाता था और इसमें कोई संदेह नहीं कि केशव देवताओं के समान सुंदर था। वह भगीरथ और मदन, दोनों से, बल्कि पहलगाम में आए हुए किसी भी सुंदर-से-सुंदर युवक से सुंदर था। इसलिए इसमें तो कोई संदेह ही न था कि रंभा पर कुछ दिन के लिए इस नए व्यक्तित्व का बुखार चढ़ेगा। और वह यह भी देख रहा था कि इस समय केशव के टायफायड का हमला भी बहुत तेज़ है और टेंप्रेचर की डिगरी बहुत ऊँची है। और वह समंदर में बह जानेवाली विशेषता भी उपस्थित है, जो रंभा ने वीनस से उधार ली है। किंतु वह यह भी जानता था कि रंभा एक जौहरी की बेटी है, उसके पाँव धरती पर हैं, वह अपने गले में पुखराज का गुलबंद पहने हुए है और केशव ने जो कपड़े पहन रखे हैं, वे भी स्वयं रंभा के सिलवाए हुए हैं। लिहाजा ऐसे आदमी से, ऐसी स्थिति में क्या खतरा हो सकता है? कुछ दिन में यह बुखार स्वयं ही उतर जाएगा। ऐसी-ऐसी कई महामारियाँ वह देख चुका है, जो आँधी की तरह आती हैं और बगूले की तरह जाती हैं।

अचानक उसे नीचे उतरते देखकर वे तीनों पिकनिक करनेवाले पुकार उठे, "तुमको नहीं ले गए वे लोग? वे लोग अकेले चले गए?...रंभा और केशव तुमको नहीं ले गए?"

"बेचारा!" आइरीन बोली, "मेरे पास बैठो मैं तुम्हारे आँसू पोंछ दूँ।"

"लो, यह गुलाबजामुन मुँह में डाल लो। काम और धुन की कड़वाहट कुछ तो कम हो जाएगी।" कुदसिया चहकते हुए बोली।

भगीरथ ने कहा, "पार्टनर, फिर धोखा दे गई ना?"

"मुझे या तुम्हें?" मदन ने पूछा।

"मुझे क्या चिंता है?" भगीरथ ने कहा, "मैं तो दो-दो को बगल में दाबे बैठा हूँ।"

इतना कहकर भगीरथ ने बाएँ-दाएँ दोनों तरफ कुहनियाँ मारने की कोशिश की। किंतु दोनों लड़कियाँ कतराकर परे हो गईं। भगीरथ ने बहुत बड़ा एक खोखला कहकहा लगाया।

"मास्टर! तुम्हारा कहकहा इस तरह का है, जैसे कोई शराब की खाली बोतल में माचिस जलाकर उसकी आखिरी बूँद भक्क से उड़ाता है," मदन ने कहा, "अब इस कहकहे के बाद तुम्हारे दिल में क्या है मिस्टर, खाली बोतल?"

8

दोनों लड़कियाँ हँसने लगीं। हर आदमी भगीरथ को इसलिए पसंद करता था कि वह अत्यंत धनी है और दोनों हाथों से लुटाता है और अविवाहित है। सोसायटी में ऐसे लोगों की बहुत-सी त्रुटियाँ क्षमा कर दी जाती हैं। मदन को लोग इसलिए पसंद करते थे कि जिस तरह की सोसायटी होती थी, उसी तरह वह अपने-आपको ढाल लेता था और फिर भी ज़रा सबसे पृथक और सबसे गंभीर रहता था। और सोसायटी में ऐसे आदमी की भी आवश्यकता होती है। फिर मदन के स्वभाव में कभी एक कलाकार-जैसा चिड़चिड़ापन भी पैदा होता था, जब वह किसीको ··· किसीको कुछ नहीं समझता था और मदन की यह बात भी उन लोगों को बहुत पसंद आती थी। ये लोग, जो सुबह से शाम तक दौलत से पैदा होनेवाली खुशामद में डूबे रहते थे, इन लोगों को दर्शन और इतिहास के

प्रोफेसर मदन की नकचढ़ी बेबाकी बहुत पसंद आती थी। शायद उस समय वे लोग अपने मस्तिष्क में मदन को एक ऐसे दरबारी विदूषक की तरह देखते थे। जो राजा का मज़ाक उड़ाने में भी नहीं चूकते थे। हालाँकि मदन विदूषक न था, किंतु कभी-कभी उसके मित्र अपनी खाल बचाने के लिए, उसे कुछ क्षण के लिए ऐसा ही समझ लेते थे, तो इसमें मदन का क्या बिगड़ता था?

"आखिर यह केशव है कौन?" अचानक भगीरथ ने गुलाबजामुन की प्लेट को जोर से एक पत्थर पर पटकते हुए कहा।

"आखिर तुम हो कौन?" रंभा ने कुछ मील नीचे उसी लिद्दर के किनारे केशव से पूछा।

अब उन दोनों ने घोड़े एक पेड़ के तने से बाँध दिए थे और नदी के किनारे नीली कंकरियोंवाली रेत पर एक-दूसरे के निकट बैठे थे।

"तुम्हारा चाहनेवाला!" केशव बोला।

"उसका चाहनेवाला! कुदसिया ने भगीरथ को जलाते हुए कहा।

"चीनी की तरह सुंदर है, किंतु चीनी की प्लेट की तरह कोमल और कमजोर नहीं है कि तुम्हारे एक ही वार से टूटकर टुकड़े-टुकड़े हो जाएगा। परियों के देश का गुलफाम लगता है।"

"गुलफाम लगते हो" रंभा धीरे-से बोली। वह बिलकुल बेबस होकर प्रशंसा की दृष्टि से केशव को देख रही थी। सिल्क के कॉलर हवा के झोंकों से धीरे-धीरे हिल रहे थे। उन कॉलरों के अंदर केशव की मजबूत, सुराहीदार गरदन के ऊपर उसका सुंदर, मजबूत जबड़ेवाला चेहरा, गुलाबी गाल, गालों के ऊपर चमकती हुई नीली आँखें, चौड़ा माथा, घुँघराले बाल, पतले लाल होंठों के अंदर सफेद एक-से दाँत चमकते हुए।

अचानक केशव रंभा की ओर देखकर मुस्कराया और वातावरण में चारों तरफ मोतियों की लड़ियाँ-सी टूट गिरीं और रंभा को केशव के सीने से एक विचित्र-सी गंध आने लगी और वह लगभग बेहोश-सी होने लगी। हवा का

एक जोर का झोंका आया और रंभा के बाल ज़ोर से उलझकर केशव के गालों पर जा गिरे और उन बालों को अपने चेहरे से धीरे से अलग करते हुए केशव के हाथों में रंभा का चेहरा आ गया। फिर उसका गाल उसके गाल पर आ गया। फिर उसके होंठ उसके होंठों को टटोलने लगे... और फिर वे दोनों एक गहरे चुंबन में खो गए।

अचानक रंभा के सारे शरीर में एक ठंडी झुरमुरी-सी आई और उसने घबराकर अपने-आपको केशव से अलग कर लिया। केशव प्रश्न-सूचक दृष्टि से रंभा की ओर देखने लगा, तो रंभा सिर से पाँव तक काँपकर बोली, "तुम कौन हो ?"

"क्यों, क्या हुआ ?" केशव ने आश्चर्य से पूछा।

"तुम्हारे शरीर से पत्थर की गंध आती है," रंभा मे कँपकँपाकर कहा।

"इस पत्थर से पत्थर की गंध आती है," मदन ने हरे रंग के पत्थर को सूंघकर अलग फेंकते हुए कहा।

"पत्थर से पत्थर की गंध न आएगी तो क्या फूल की आएगी ?" कुदसिया ने पूछा।

"नहीं, कुछ फूलों से भी आती है, जिनका सीना पत्थर का होता है," मदन ने उत्तर दिया।

और सब लोग तत्काल इस उत्तर को समझ गए, क्योंकि यह सब जानते थे कि गुलाम हुसैन का एक कजिन कुदसिया से बहुत प्यार करता था और कुदसिया को भी वह बहुत पसंद था। किंतु दोनों का विवाह न हो सका, क्योंकि वह बहुत निर्धन था और कुदसिया बहुत-बहुत बड़े घर की बेटी थी। इसलिए न कुदसिया मानी, न उसका बाप माना और अंत में वह लड़का हृदय को कठोर करके कनाडा जाकर किसी देहाती फार्म पर काम करने लगा और वहीं पर मर गया। जो लोग कुदसिया को जानते थे, वे सब इस किस्से को जानते थे।...

"एक बार मुझे फिर चूमो," रंभा ने कहा।

केशव ने वैसा ही किया।

रंभा ने चुंबन के बाद धीरे-से अपनी जीभ अपने होंठों पर फेरकर कहा,

''हाँ, बिलकुल वही पुराने पत्थर की-सी गंध और स्वाद, जो विचित्र प्रकार से मुझे किसी भूली हुई बात की याद दिलाते हैं, जैसे मैं तुम्हें बहुत पहले से जानती हूँ।''

केशव ने कहा, ''यदि इजाजत दो, तो एक और प्यार कर लूँ? शायद इस बार मेरे साथ मेरे बाप का नाम भी तुम्हें याद आ जाए!''

रंभा जोर-जोर से हँसने लगी।...

आइरीन जोर-जोर से हँसने लगी, ''तुम्हें इसी क्षण मदन ने याद दिलाया है और बहुत दिलचस्प चोट की है, तुम पर, कुदसिया! किंतु, मिस्टर मदन, यह बात भी याद रखो कि यह दुनिया आखिर में पुरुषों की है। शुरू में स्त्री कितने ही ढेले क्यों न मार ले, अंत में उस ही को पत्थर खाने पड़ते हैं!...''

''क्या तुम मुझे अपने जीवन के बारे में कुछ न बताओगे?'' रंभा ने केशव से फिर पूछा।

''जहाँ से मैं आया हूँ, वहाँ झूठ बोलना मना है। इसलिए मैं तुमसे झूठ तो नहीं बोल सकता, परंतु कुछ बातों के विषय में सच भी नहीं बोल सकता। इसलिए उन बातों के विषय में खामोश रहूँगा।''

इतना कहकर केशव कुछ क्षणों के लिए रुका। रंभा ध्यान से उसकी तरफ देखती रही।

''जहाँ से मैं आया हूँ, वहाँ मैंने बड़ा सादा जीवन व्यतीत किया है और मेरे इधर-उधर के सब लोग मेरे ही समान सादा जीवन व्यतीत करने के अभ्यस्त थे। हमारे जीवन में कोई मोटरगाड़ी न थी—न रेल, न हवाई जहाज, न साबुन, न छुरी-काँटे, न मेज-कुरसी। एक छोटा-सा झोंपड़ा, फूलों की कुछ बेलें और एक वीणा...मैं और मेरी वीणा और मेरा गुरु, जिसके चरणों में पंद्रह वर्ष बैठकर मैंने वीणा सीखी।''

''और कोई काम नहीं किया?''

''और कोई काम नहीं किया। हमारे यहाँ जो कोई एक काम करता है, जीवन-भर बस वही एक काम किए जाता है। हल चलानेवाला हल चलाता है, वीणा बजानेवाला वीणा बजाता है।''

''विवाह?''

"हाँ, विवाह किया था," केशव ने दूर कहीं देखते हुए कहा और रंभा चौंक पड़ी।"

"आखिर यह रंभा शादी क्यों नहीं कर लेती ?" कुदसिया ने महफिल से प्रश्नों किया, "क्यों हर वक़्त एक दर्जन मर्दों को उलझाए रखती है। कभी-कभी तो रंभा की सोसायटी से जी उकता जाता है। ऐसा मालूम होता है, दावत पर नहीं बुलाए गए हैं, मर्दों का अस्तबल दिखलाने लाए गए हैं।"

"हाँ, यदि शादी कर लेगी, तो बाक़ी मर्द—यानी एक दर्जन से कम मर्द—दूसरी औरतों की तरफ ध्यान तो दे सकेंगे। तुम्हारा यही मतलब है न, कुदसिया ?" आइरीन कुदसिया को जलाते हुए बोली।

"औरत के लिए निर्णय करना बड़ा कठिन होता है," भगीरथ ने अपने मस्तिष्क पर अत्यंत जोर देकर कहा, "उसकी जिंदगी का यही तो एक बड़ा निर्णय होता है। तुम जानती हो, विवाह कोई लूडो का खेल तो है नहीं कि पासा डालते जाओ, बाजी पलटते जाओ। यहाँ एक बार जो पासा पड़ गया, तो जिंदगी-भर का निर्णय हो गया। इसलिए औरत समय लेती है।"

"तुम्हारी क्या राय है, मदन ?" आइरीन पूछने लगी, "वे जमाने अच्छे थे, जब माँ-बाप फैसले करते थे। हाय ! वे खूबसूरत पुराने जमाने ! अब मैं चार वर्ष से एक पति ढूँढ़ रही हूँ, लेकिन कोई तुक का पति ही नहीं मिलता।"

"तुक के पति से तुम्हारा क्या मतलब है ?" भगीरथ ने भड़ककर पूछा।

'ऐसा आदमी, जो भगीरथ की तरह अमीर हो, लेकिन हिंदू न हो," आइरीन अपनी शर्तें गिनवाने लगी।

"तुम तो गए भगीरथ !" मदन ने कहा।

आइरीन फिर बोली, "और मेरा पति मदन की तरह बुद्धिमान होगा, पर मदन की तरह प्रोफेसर नहीं होगा।"

"क्यों, प्रोफेसरों में क्या बुराई है ?" मदन ने पूछा।

"उनके कारण सारा जीवन एक औसत दरजे की गरीबी में गुजारना पड़ता है," आइरीन बोली।

"लो, तुम भी गए !" भगीरथ ने मुस्कराकर मदन से कहा।

"मैं रोमन कैथलिक हूँ। इसलिए मेरा पति भी रोमन कैथलिक होगा," आइरीन आगे चलकर कहने लगी, "मुझे घर रखने का बहुत शौक है. इसलिए

मेरे पति के पास एक सुंदर-सा घर होना चाहिए और एक छोटी-सी गाड़ी भी–बड़ी हो, तो भी चलेगी। और मुझे बच्चे पसंद नहीं हैं, इसलिए अधिक-से-अधिक मेरे एक ही बच्चा होगा। फिर मेरे पति को किसी का नौकर न होना चाहिए। उसका अपना खुद का बिजनेस हो।"

"तो तुम पति नहीं चाहती हो, जीवन-भर का बीमा चाहती हो!" मदन बोला।

"हर औरत यही चाहती है," कुदसिया एक हल्की-सी आह भरकर बोली, "प्रेम का तो नाम बदनाम है। वरना मर्द प्रेम के परदे में औरत का शरीर ढूँढ़ता है और औरत प्रेम की आड़ में अपने जीवन का बीमा करने की चिंता में रहती है। मॉडर्न प्रेम एक प्रकार की आर्थिक आँख-मिचौनी ही है, साहब!"

भगीरथ बोला, "मेरा प्रस्ताव यह है कि जिस प्रकार पुराने जमाने में बादशाहों को हरम रखने की अनुमति होती थी, उसी तरह से आजकल बिजनेसमैन लोगों को हरम रखने की आज्ञा होनी चाहिए। इससे बहुत-सी औरतों की शादी की समस्या हल हो जाएगी। क्यों?" भगीरथ ने कुदसिया और आइरीन दोनों को आँख मारते हुए कहा।...

"किंतु मेरा विवाह मेरी वीणा से हुआ था," केशव ने समझाते हुए रंभा से कहा, "मेरे गुरु ने मुझसे कहा था, यदि संगीत-ज्ञान चाहते हो, तो बाकी सबकुछ तजना पड़ेगा। शोहरत, दौलत, इज्जत, औरत... दुनिया की हर खूबसूरत चीज से मन हटा लेना पड़ेगा और इस वीणा में दिल लगाना पड़ेगा। इस कारण जब मैं पच्चीस वर्ष का हुआ, तो गुरु ने नियमानुसार मेरा विवाह मेरी वीणा से करा दिया। विधिपूर्वक मेरे फेरे हुए, मंडप सजा, हवन हुआ और मेरे गुरु ने मेरी वीणा की डोर मेरी धोती के पल्लू से सदा के लिए बाँध दी। तब से यह वीणा ही मेरी पत्नी है। रात को सोते समय भी मेरा एक हाथ मेरी वीणा पर होता था। क्या तुम इसे समझ सकती हो?"

"हाँ, समझ सकती हूँ," रंभा बोली, "ज्ञान प्राप्त करने का यह भी एक ढंग रहा है। आज भी व्यवहार में लाया जाता है और किसी सीमा तक लाभदायक भी है। किंतु इससे ज्ञान या फन या कला या इल्म का एक ही रूप प्राप्त होता है। फिर इल्म या फन का कोई एक रूप तो है नहीं। हर इल्म अपने रोशनी के

छोटे-से घेरे में एक सात रंगोंवाला इंद्रधनुष छिपाए हुए है। उसे जानने के लिए केवल एक रंग की अनुभूति और उस पर पटुता ही पर्याप्त नहीं है। वीणा बजानेवाला यदि वायलिन सीख ले; हल चलानेवाला यदि चित्रकारी भी करने लगे; चित्रकार यदि बरतन भी बनाने लगे; बरतन बनानेवाला यदि केमिस्ट्री से भी परिचित हो जाए, तो उसका ज्ञान पहले से भी अधिक निखर जाए।"

"मैंने उस समय यह कुछ महसूस नहीं किया। अपनी वीणा के सुरों में इतना मग्न हो गया कि जीवन कैसे मेरे सिर पर से गुजर गया, मुझे कुछ पता न चला। शोहरत भी मुझे मिली और दौलत भी। मुझे दक्षिण के एक राजा ने अपने दरबार में बुला भेजा और संगीतसम्राट की उपाधि से विभूषित किया। स्त्रियाँ मुझे देवता की तरह पूजती थीं। यदि मैं चाहता, तो दस स्त्रियों से विवाह कर सकता था। किंतु मेरी दृष्टि में तो केवल मेरी वीणा का मुख था। और मैं हर सौंदर्य के लिए अंधा हो चुका था।"

"तो क्या तुम अपनी कला से संतुष्ट थे?" रंभा ने पूछा।

"सच पूछो, तो संतुष्ट नहीं था। इसीलिए और परिश्रम करता था, और परिश्रम करता था। और सुबह-शाम वीणा के ध्यान में डूबा रहता था। परंतु मुझे कभी मालूम न हो सका कि मेरी कला में किस वस्तु की कमी है। लोग मेरी वीणा के सुरों पर झूमते थे। मेरे राजा मुझे मोतियों की मालाएँ पहनाते थे। परंतु अंदर-ही-अंदर उन सातों सुरों के सरगम में एक बात साँप के फन की तरह उठती थी—यह कला नहीं है! यह कला नहीं है! और फिर एक दिन मैंने तुम्हें देखा!"

"कहाँ देखा?" रंभा ने जल्दी से पूछा।

"यह नहीं बताऊँगा। यह मुझसे मत पूछो!" केशव ने ऐसे गिड़गिड़ाकर कहा कि रंभा ने इस सिलसिले में आगे पूछना अच्छा न समझा।

"और जब मैंने देखा, तो मुझे मालूम हुआ कि मेरी कला में किसी चीज की कमी है।"

"एक स्त्री की?" रंभा ने व्यंग्य से पूछा।

"नहीं, एक दर्द की, जो बाहर से आए और रूह को तड़पा जाए; एक खयाल की, जो स्वयं अपने घेरे से बाहर निकले और किसी दूसरे का हो जाए। अब तक मैं सरगम के सात सुरों को ही समझता रहा। तुम्हें देखकर अचानक मुझे समझ में आया कि हर सरगम को एक आठवें सुर की भी आवश्यकता होती है। उसके

बिना कोई गीत पूरा नहीं हो सकता… ।"

"कोई गीत सुनाओ," मदन ने कुदसिया से फरमाइश की ।

"लेकिन भगीरथ और आइरीन, ये दोनों बेचारे क्या समझेंगे ?"

"मैं समझा दूँगा," मदन ने वायदा किया ।

कुदसिया की आवाज बेहद प्यारी थी । जब उसने गाना शुरू किया, तो एक समाँ बँध गया ।

"हैरां हूँ, दिल को रोऊँ कि पीटूँ जिगर को मैं
मक़दूर हो तो साथ रखूँ नौहागर को मैं
छोड़ा न रश्क ने कि तेरे घर का नाम न लूँ
हर इक से पूछता हूँ कि जाऊँ किधर को मैं"

"क्यों भगीरथ साहब, इन शेरों को समझाने की जरूरत है ?"

मदन के छोड़े हुए व्यंग्य पर भगीरथ ने बुरा-सा मुँह बनाया पर ख़ामोश रहा । कुदसिया आगे चली ।

"जाना पड़ा रक़ीब के दर पर हज़ार बार
अब फाश जानता न तेरी रहगुज़र को मैं…"

"हाय-हाय बेचारी कुदसिया !" मदन बोला, "गालिब ने बेचारी कुदसिया के दिल की बात भी सबको बता दी !"

"हटो ! मज़ाक मत करो ! वरना मैं नहीं गाऊँगी !" कुदसिया चुप हो गई ।

लेकिन मदन ने बड़ी मिन्नत-समाजत की । इस पर कुदसिया फिर गाने पर राजी हुई ।

"चलता हूँ थोड़ी दूर हर इक तेज़ रौ के साथ
पहचानता नहीं हूँ अभी राहबर को मैं…"

"इस शेर का क्या मतलब है ?" आइरीन ने पूछा ।

मदन बोला, "इस शेर का मतलब है—हाय ! वह रोमन कैथलिक पति अभी तक नहीं मिला !"

आइरीन गुस्से में आकर मदन की पीठ पर मुक्के मारने लगी और मदन हँस-हँसकर मार खाता रहा । भगीरथ और कुदसिया एक-दूसरे के हाथ-में-हाथ डाले हँसते रहे । अंत में कुदसिया बोली, "इस कमबख्त को छोड़

दो, आइरीन ! अब मैं जो शेर सुनाऊँगी, वह बिलकुल मदन पर फिट आएगा, सुनो !

"फिर बेख़ुदी में भूल गया राहे-कूए-यार
जाता वगर्ना एक दिन अपनी ख़बर को मैं..."

आवाज के कंपन...जैसे लिद्दर के पानी की लहरें...भावनाओं की कंकरियों को ठेलते हुए मचलने लगें। मदन को ऐसा लगा, जैसे किसी ने उसके दिल को मुट्ठी में पकड़ लिया हो। वह हठात कुदसिया के साथ गुनगुनाने लगा :

"फिर बेख़ुदी में भूल गया राहे-कूए-यार
जाता वगर्ना एक दिन अपनी ख़बर को मैं..."

उसकी निगाहों में रंभा की सूरत नाचने लगी—रंभा, जो इन सबको छोड़कर केशव के साथ दूर कहीं अलग सैर करने के लिए चली गई थी। अनायास मदन की आँखों में आँसू आ गए। उसने एक आह भरकर कहा, "हाँ, साहब ! यह शेर वाकई हालात के मुताबिक़ है !"

और वह फिर गुनगुनाने लगा, "जाता वगर्ना एक दिन अपनी ख़बर को मैं..."

रंभा ने घड़ी देखकर केशव से कहा, "कुछ पता भी है, समय कितना गुजर गया ?"

केशव ने मुस्कराकर कहा, "जहाँ से आया हूँ, वहाँ कोई घड़ी नहीं रखता। समय गंगा की धारा की तरह स्वयं बहता चला जाता है। हम लोग सुई के नश्तर से समय को काट-काटकर मिनटों और घंटों के खाने में नहीं रखते।"

"भगवान जाने तुम कैसी दकियानूस जगह से आए हो !" रंभा ने उठकर अंगड़ाई लेते हुए कहा, "पर मुझे इस पर कोई आश्चर्य नहीं हुआ, क्योंकि जिस हिंदुस्तान में हम आज भी रहते हैं, उसमें बीसवीं सदी का हिंदुस्तान भी है और दो हजार वर्ष पुराना हिंदुस्तान भी मिलता है और पाँच हजार वर्ष पुराना हिंदुस्तान भी मिलता है और सात हजार वर्ष पुराना हिंदुस्तान भी मिलता है। यहाँ पर अगर केडीलक में चढ़नेवाले आदमी मिलते हैं, तो ऐसे लोग भी, जिन्होंने आज तक रेलगाड़ी की सूरत तक नहीं देखी, पेड़ की छाल के सिवा कोई कपड़ा नहीं पहना, तीर-कमान के अलावा किसी हथियार से शिकार नहीं किया,

पत्तों के अलावा किसी बरतन में खाना नहीं खाया, जो मिट्टी से हाथ धोते हैं और काठ की वीणा से शादी करते हैं।''

''मुझे वही हिंदुस्तान पसंद है,'' और यह कहते-कहते केशव का चेहरा लाल हो गया, ''वही हिंदुस्तान पसंद है। नहीं थी केडीलक हमारे पास, तो फिर क्या हुआ? क्या हम शादी-गमी में नहीं पहुँचते थे? फिर भी हम पहुँच जाते थे। रास्ते में एक्सीडेंट से तो नहीं मर जाते थे। जितनी अधिक मोटरें, उतनी ही अधिक जानें सड़क पर जाती हैं। हमारे समय में सड़कें थीं, वे पैदल चलनेवालों के लिए मृत्यु के राजपथ नहीं थे। यह भी ठीक है कि हम पेड़ की छाल पहनते थे, परंतु किसी गरीब की खाल नहीं पहनते थे। हमारे कबीले में कोई भूखा नहीं मरता था, कोई नंगा नहीं रहता था। यदि भूखे रहते थे तो सब, और यदि नंगे रहते थे तो सब। तुम्हारी तरह नहीं कि यदि एक घर में मेहमान हैं तो दूसरे घर में फाके हैं। यह भी सच है कि हम लोग तीर-कमान से शिकार करते थे, हमारे पास राइफलें, मशीनगनें और बड़े-बड़े बम न थे। एक तीर से एक ही शिकार हो सकता है, पर एक बम से लाखों मर जाते हैं। तुम इसे प्रगति कहती हो? हाँ-हाँ, हम पत्तों में खाना खाते थे। जंगल से ताजा पत्तों के दोने और पत्तल बनाकर लाते थे। खाना खाते थे और पत्तल फेंक देते थे। तुम्हारी तरह नहीं कि एक बरतन में खाना खाते हैं, उसको झूठा करते हैं, उसी को बार-बार माँजते हैं और कभी माँजते भी नहीं, बस, ज़रा-सा पानी से धोकर पोंछ लिया और फिर सामने रख लिया। हय-हय! मॉडर्न आदमी कितना गंदा होता है! हाथ साबुन से धोता है, दिल पर वही पुरानी धूल की तह जमाता है!''

''ओफ्फोह!'' रंभा जम्हाई लेकर बोली, ''कितना बोर करते हो, मिस्टर दक़ियानूस!''

केशव ने मुस्कराकर कहा, ''अब प्यार नहीं करने दोगी, तो बोर ही करूँगा।''

''चलो, अब चलें! बहुत देर हो चुकी,'' रंभा पेड़ के तने से घोड़ा खोलते हुए बोली।

•

''अरे, वह तो कैरी है!'' आइरीन ऊँची सड़क के मोड़ पर एक गाड़ी को रुकते देखकर बोली।

एक लड़की उस गाड़ी से बाहर निकल आई थी और पिछले पहिए को देख रही थी।

"दरअसल वह कैरी है," कुदसिया कैरी को पहचानकर चिल्लाई, "कैरी!"

लेकिन विपरीत दिशा की हवा कुदसिया की आवाज़ को कैरी तक न पहुँचा सकी। कैरी उसी तरह अपनी गाड़ी के पहिए को देखने में व्यस्त थी।

"यह कैरी कौन है?" मदन और भगीरथ दोनों ने पूछा।

"मेरी अमरीकन स्वीट हार्ट है!" कुदसिया बोली, "बला की हसीन और बला की जहीन!...कैरी? मेरी जान कैरी!" कुदसिया फिर जोर से चिल्लाई।

आइरीन बोली, "लेकिन यह तो जम्मू गई थी, यहाँ पहलगाम कैसे आ गई?"

कुदसिया ने कहा, "जैसे तुम आ गईं?...कैरी!"

अबके कुदसिया फेफड़ों की पूरी शक्ति से चिल्लाई। आवाज कैरी तक पहुँच गई। पहिए पर झुकी हुई कैरी अचानक सीधी हो गई। उसने आवाज की दिशा का पीछा करते हुए सड़क के नीचे नदी की ओर देखा। अचानक उसने कुदसिया और आइरीन को पहचान लिया और पहचानते ही जोर से हाथ हिलाया।

कुदसिया और आइरीन भगीरथ और मदन को छोड़कर सड़क की ओर हाथ हिलाती हुई, शोर मचाती हुई, हँसती हुई, हाँफती हुई भागीं और चढ़ाई चढ़कर सड़क पर पहुँचकर कैरी से बारी-बारी गले लगीं।

"पार्टनर! यह कयामत ढानेवाली लड़की मालूम होती है!" भगीरथ ने धीरे-से मदन का हाथ दबाते हुए कहा।

मदन भी कैरी को देख रहा था। डूबते हुए सूरज ने कैरी के चेहरे को छू लिया था। उसका चेहरा फूल-सा लाल था, बाल शोले की तरह, शरीर का एक-एक मोड़ रोशनी के घेरे में जगमगाता हुआ।

रात को भगीरथ के रेस्ट हाउस के कमरे नवयुवकों, नव-उम्रों हँसमुख, धनाढ्य, बेफिक्र, सुरुचिवाले, अच्छे वस्त्र पहने, अच्छी शक्लवाले जोड़ों से भरे हुए थे। यह नए टाइप का मनोरंजन का स्थान था। शराब भी थी, बर्फ भी थी,

जाम-सेशन भी था और रात-भर चलनेवाला था। इस दावत के लिए भगीरथ ने खासतौर पर फ्रेडेज का बैंड बंबई से वायुयान द्वारा बुलवाया था। भगीरथ न ग़ालिब का आशिक था, न वीणा का, न क्लासिकल-म्यूजिक का, न भरतनाट्यम का—उसकी समझ में केवल ऐल्विस-पर्सले आता था, केवल जाज, केवल शराब केवल दो चमकती हुई टाँगें और एक-दो बेसुर सुरों के मध्य बिसूरता हुआ एक गीत :

ओ, यू आर ए रैट
(ओ, तुम एक चूहे हो)
ओ, यू आर ए पिग
(ओ, तुम एक सूअर हो)
ऐ पिग्ज़ी-विग्ज़ी विग
ए जिग्ज़ी ज्यूसी पिग···

सब औरतें एक तरफ होकर मर्दों के सामने थिरक-थिरककर चिल्लाने लगीं :

ओ, यू आर ए रैट
ओ, यू आर ए पिग
ऐ पिग्ज़ी-विग्ज़ी विग
ऐ जिग्ज़ी ज्यूसी पिग···

औरतों की पश्चिमी वेश-भूषा, लगता था, उनके शरीर की खाल से मढ़ी हुई थी। उनके सीधे तलवों के जूते, जूतों के ऊपर पतली-पतली टाँगें, फैले-फैले कूल्हे, फैले-फैले सीने, छोटे-छोटे चेहरे और लगभग घुटे हुए सिर या खच्चरदुम बाल···देखकर ऐसा मालूम होता था, जैसे जानी-पहचानी औरतें नहीं, किसी फैंटेसी की चुड़ैलें हों।

यही हाल मर्दों का था; तंग मोहरी की पतलूनों पर कसकर पेटी पहने हुए, रंग-बिरंगी कमीज या बुश्शर्ट या टाइट कोट पहने हुए। वे लोग भी औरतों के जवाब में जोर-जोर से थिरकने और गाने लगे :

आई एम गोना ईट यू
ईट यू
लाइक ए सेंडविच

गोना ईट यू
मेच यू
वंच यू
क्रश यू
लाइक ए सेंडविच
(मैं तुम्हें खा जाऊँगा
एक सैंडविच की तरह
खा जाऊँगा तुम्हें
चबा जाऊँगा तुम्हें
पीस डालूँगा तुम्हें
हड़प कर जाऊँगा–
एक सैंडविच की तरह)

फिर वे सब पुरुष आगे आए और उन्होंने भिन्न-भिन्न लड़कियों को लेकर नाचना, थिरकना, चीखना-चिल्लाना, उछलना-कूदना शुरू कर दिया। बैंड की गति तेज़ होती गई ⋯ कदमों की ताल तेज होती गई। औरतों की गीतनुमा चीखें ऊँची होती गईं। अंत में ऐसा मालूम होता था, जैसे वे एक-दूसरे के साथ नाच नहीं रहे थे, एक-दूसरे को काट खाने, कत्ल करने और भँभोड़ने की चिंता में थे। नाच करनेवालों के शरीर अब एक ऐसी बेताब बेकरारी, वहशी हरकत में लगे हुए थे, जैसे वे किसी नाच की गति पर न थिरक रहे हों बल्कि कोड़े खा-खाकर तड़प रहे हों।

अचानक अंतिम गति पर बैंड का झाँझ बजा और गीत हथौड़े की चोट की तरह समाप्त हो गया। बेदम जोड़े बेहाल होकर एक-दूसरे की गोद में जा गिरे और जोर-जोर से ताली बजाने लगे। पुरुष शराब का पेग तलाश करने लगे और औरतें अपना बिगड़ा हुआ मेकअप ठीक करने लगीं। इस धमाधमी के वातावरण में एक जोर की आवाज आई, "इसका हाथ छोड़ दो ! यह मेरा ब्वाय फ्रेंड है !"

यह कैरी की आवाज थी। वह गुस्से में शोले की तरह भड़कती हुई, बिफरती हुई, रंभा और केशव के सामने खड़ी थी और उसने रंभा का हाथ झटककर केशव को उससे अलग करके उसका हाथ अपने हाथ में पकड़ लिया था।

"मेरा तो यह कोई नहीं है," रंभा ने बड़ी घृणा से कहा, "तुम्हारा होगा ब्वाय फ्रेंड। ले जाओ, अपने ब्वाय फ्रेंड को अगर यह जाता है तुम्हारे साथ।"

9

"चलो!" कैरी घसीटकर केशव को कमरे से बाहर ले जाने लगी। फिर रंभा की तरफ देखकर चिल्लाकर बोली, "यू चीट! तुमने सोचा था, तुम कैरी की एबसेंस में उसका ब्वाय फ्रेंड चुरा लोगी? चोर! उचक्की! बदमाश! मैं तुम्हें बता देना चाहती हूँ–कोई औरत कैरी का ब्वाय फ्रेंड नहीं चुरा सकती! इसलिए अब मैं उसको तुम्हारे सामने और सबके सामने ले जा रही हूँ, ताकि सब खबरदार रहें! जो कोई भी मेरे ब्वाय फ्रेंड की तरफ बुरी नजर डालेगी, मैं उसकी आँखें निकाल लूँगी। दिस इज़ ए वार्निंग!"

"अच्छा-अच्छा, अब ले जाओ अपने यार को और खत्म करो यह मजाक!" रंभा बड़ी घृणा से बोली।

"चलो!" कैरी ने केशव का हाथ बाहर की तरफ घसीटते हुए कहा, "अब हम लोग एक मिनट के लिए यहाँ नहीं ठहरेंगे।"

लेकिन केशव अपनी जगह से नहीं हिला।

"चलो भी!" कैरी ने फिर जोर लगाया।

"क्या है?" कैरी ने फिर पूछा।

परंतु केशव ने कोई उत्तर न दिया। बस, वह अपनी जगह से नहीं हिला।

"क्या मतलब है?" कैरी जोर से चीखी, "तुम मेरे साथ नहीं जाओगे?"

अंत में कैरी की आवाज भर्रा गई थी। उसकी आवाज में बड़ा आश्चर्य था और आश्चर्य के बाद कंपन-सा··· और एक कंपन के बाद कुछ आँसू भी कहीं से आ गए थे।

"नो-नो, तुम इतने जालिम नहीं हो सकते!···"

"तुम जानते हो, मैं तुमसे प्यार करती हूँ। आज से नहीं, हार्वर्ड की उस रात

से, ...जिस रात मैंने तुम्हारा चेहरा देखा था ...केशव ! ...मेरे सपने ! ...मेरे साथ चलो... !"

अंतिम विनय मानो नम्रता में डूबी हुई, सरगोशी में कहीं खो गई। कमरे में चारों तरफ सन्नाटा छा गया। अब कोई नहीं बोल रहा था और सब देख रहे थे केशव की तरफ और केशव सिर झुकाए खड़ा था एक मूर्ति की तरह। उसके मुँह से एक शब्द तक न निकला।

कैरी ने बहुत देर तक केशव की तरफ देखा। फिर उसने खामोश हाल के खामोश निवासियों पर नजर डाली। फिर उसने पास के कोने की तिपाई से मार्टिनी का भरा हुआ गिलास उठाया और उसे गटागट पी गई। पीकर उसने गिलास जोर से कोने की दीवार से दे मारा और तेजी से कमरे से बाहर निकल गई।

जैसे उसने अपना दिल दीवार पर दे मारा हो और हजारों तरसती हुई आरजुएँ काँच के टुकड़ों की तरह रेज़ा-रेज़ा होकर फर्श पर बिखर गई हों। टूटे हुए काँच का छनाका, देर तक वातावरण में गूँजता रहा।

फिर अचानक भगीरथ ज़ोर से चिल्लाया, "फ्रेडी, माई ब्वाय ! बैंड शुरू करो ! मेगी—माई गर्ल, माइक पर आ जाओ और सुनाओ... कोई लचकती हुई शराबी धुन !"

फिर गीत थिरकने लगा और मेगी गाने लगी :

युअर किस
इज़ लाइक ए फिरा
पेल
स्टेल
लाइक ए सिप ऑफ डर्टी एल...
(तुम्हारा चुंबन
पीला
बासी
गंदी बीयर का घूँट।
तुम्हारा चेहरा,
टेढ़ा-मेढ़ा

जाना-पहचाना

बद्दू का ऊँट)

कैरी रोती चली जा रही थी। क्रोध में उसने अपने आँसू भी नहीं पोंछे थे। यदि इस समय उसके हाथ में पिस्तौल होता, तो वह अवश्य ही किसी का खून कर डालती। तेज, कड़वे, गरम-गरम आँसू उसके गालों पर गिर रहे थे, पर वह अपने आँसुओं से अंधी होकर ग़म और गुस्से के भावों से उबलकर, भागी जा रही थी कि किसी ने उसका हाथ पकड़ लिया।

"छोड़ दो मुझे! तुम कौन हो?" वह जोर से चीखी।

"आपको कहाँ जाना है?" एक पुरुष की आवाज ने उससे बड़े धैर्य से पूछा।

"जहन्नुम में!"

"मैं आपको वहीं ले चलूँगा," उस पुरुष ने बड़े धैर्यपूर्वक उत्तर दिया, "अब गाड़ी में तो बैठिए!"

"मैं क्यों तुम्हारी गाड़ी में बैठूँ? मेरी अपनी गाड़ी है," कैरी ने क्रोध में सिर से पाँव तक काँपते हुए कहा, "मैं अपनी गाड़ी में बैठूँगी।"

"यह आप ही की गाड़ी है," उस आदमी ने बड़े शांत स्वर में कैरी से कहा, "मैं तो केवल इसलिए इसमें बैठा हूँ कि आपको अत्यंत सावधानी और आराम से आपके घर पर पहुँचा दूँ। बताइए, आप कहाँ जाएँगी?"

"श्रीनगर," कैरी ने उसकी बगल में बैठते हुए कहा।

स्टीयरिंग व्हील पर बैठा हुआ पुरुष ज़रा चौंका, लेकिन उसने कुछ कहा नहीं। ज़रा देर सोचने के बाद उसने गाड़ी स्टार्ट कर दी।

"मुझे आपके स्वभाव की तेजी पसंद आई," उस पुरुष ने गाड़ी चलाते हुए कैरी से कहा, "लीजिए मेरा रूमाल, अपने आँसू पोंछ डालिए।"

"और मुझे तुम्हारा दुस्साहस!" कैरी ने उसका रूमाल लेकर आँसुओं के बीच मुस्कराते हुए कहा, "तुम कौन हो?"

"मुझे मदन कहते हैं," वह पुरुष पहलगाम से श्रीनगर जानेवाली सड़क का मोड़ काटते हुए बोला।

वह बहुत सफेद, सर्द सितारों में धुली हुई सुबह थी, जब केशव रंभा को लेकर लिद्दर के किनारे चट्टान पर स्थापित किए शिव के सामने पहुँचा। वह हर सुबह वहाँ पूजा के लिए आता था। आज वह रंभा को भी लेकर आया था। रंभा सफेद धोती और सुगंधराज के सफेद फूलों के गजरे पहने हुए किसी दूर बसनेवाले सितारे की निवासी ज्ञात होती थी। उसका चेहरा विचित्र प्रकार से रहस्यमय लग रहा था। पूर्वी क्षितिज पर न अभी सफेद बादल थे, न सूरज के आगमन की सुनहरी रेखा। हवाएँ बरफ के धुले हुए लहजे से बोल रही थीं। आसमान यों मद्धम-मद्धम नीला लग रहा था, जैसे अभी-अभी रोकर थका-हारा हो। उलझे-उलझे उषावर्णी सितारे, मासूम, मद्धम और मंद क्षितिज की टहनी से यों झुके-झुके, मानो अभी फूल की तरह वादी में गिर जाएँगे और लिद्दर की लहरों का झाग बन जाएँगे।

रंभा ने आज पहली बार महसूस किया कि पहलगाम की सुबह बड़ी सुहावनी होती है। वह न तो मानसबल की सुबह की तरह उदास और बोझिल होती है, न श्रीनगर की तरह शहरी बदबुओंवाली होती है, न गुलमर्ग की तरह जमी हुई बरफीली उँगलियोंवाली होती है। पहलगाम की खुनकी में किसी बसंत की-सी प्रफुल्लता है। इसकी ठंडक बरफ की उँगलियों की नहीं, बल्कि गुलाब की पत्तियों की याद दिलाती है—जिन्हें बरफ के गालों ने छू लिया हो।

केशव ने पूजा करने के बाद रंभा से कहा, "तुम शिव के सामने स्वीकार करो कि तुम मुझसे प्रेम करती हो।"

रंभा बोली, "जब तुमसे इकरार कर लिया, तो शिव के सामने कहने पर मुझे क्या एतराज हो सकता है।"

"सच्चा प्रेम ?"

"दिल की गहराइयों में महसूस किया जानेवाला प्रेम," रंभा बड़े खुलेपन से बोली।

"तुम मुझसे विवाह करोगी ?"

"हाँ, करूँगी !"

"तुम सुन रहे हो, शिव ?" केशव ने शिव जी से कहा, "और जहाँ मैं चाहूँगा, तुम मेरे साथ चलोगी ?" केशव ने स्पष्ट रूप से पूछा।

"दुनिया के आखिरी सिरे तक, नरक के आखिरी कोने तक ! जहाँ तुम ले जाओगे, तुम्हारे साथ जाऊँगी," रंभा ने हँसकर कहा।

"अब हाथ जोड़कर और आँखें बंद करके शिव की मूर्ति को प्रणाम करो।"

रंभा ने वैसा ही किया।

केशव ने भी आँखें बंद करके शिव से ध्यान लगाकर, मन-ही-मन में कहा, "तुमने जो कहा था, वह मैंने पूरा कर दिया। अब मुझे जीवन दो, खुशी दो और निन्यानवे वर्ष का अवकाश दो, जो मैं रंभा के साथ गुजारूँगा और जिसका मुझसे तुमने वायदा किया था। सुन रहे हो महेश्वर? अगर तुम सुन रहे हो, पार्वती के स्वामी, तो ऐसा करो कि फूलों के इस हार को जो तुम्हारे दाईं तरफ पड़ा है, उठाकर बाईं तरफ कर दो। मैं समझूँगा, तुमने अपना वायदा पूरा कर दिया।"

यह कहकर केशव ने आँखें बंद करके सिर झुकाया, और कुछ क्षण बाद आँखें खोलकर देखा, तो हार वहीं-का-वहीं शिव के दाईं तरफ पड़ा था और चट्टान से नीचे उतरता हुआ, लहरों की सतह पर झूल रहा था।

केशव ने फिर अपनी आँखें बंद कीं और गहरा ध्यान लगाकर, एकाग्र होकर कहा, "हे कैलाशपति! मेरी सुनो!"

इतने में रंभा ने देखा कि शिवलिंग के दाईं तरफ फूलों का हार नीचे सरकता हुआ पानी के रेलों में बह जानेवाला है। उसने जल्दी से वह हार उठाकर शिव की मूर्ति के बाईं तरफ रख दिया, अनजाने में और खामोशी से।

दूसरे क्षण, जब केशव ने आँखें खोलीं, तो क्या देखता है कि हार ने अपना स्थान बदल लिया है। यह दाईं से बाईं तरफ को पड़ा है। केशव का चेहरा प्रसन्नता से खिल उठा। उसने अत्यंत प्रसन्न होकर अपने दोनों हाथ ऊपर उठा दिए और ऊँची आवाज में बोला, "धन्य हो!··· धन्य हो!··· पशुपतिनाथ, तुम धन्य हो!"

"तुम्हारी हरकतें देखकर वाकई आज मालूम हो गया कि शिव को पशुपतिनाथ (पशुओं का भगवान) क्यों कहते हैं!" रंभा केशव की तरफ देखकर व्यंग्य से मुस्कराते हुए बोली, "क्या इसीलिए इतनी सुबह को मुझे कच्ची नींद से जगाकर यहाँ ले आए?"

"अब फिर अपने कमरे में जाकर सो जाओ!"

"और तुम?"

"मैं तो अभी यहाँ दो घंटे बैठकर शिव की पूजा करूँगा।"

"हूँ!" रंभा तुनककर बोली, "अगर तुम्हें सुबह-सुबह किसी कारखाने या दफ्तर के लिए तैयार होना पड़ता, तो देखती कि तुम दो घंटे कैसे भगवान की

पूजा करते !''

''जहाँ से मैं आया हूँ, वहाँ पूजा कोई कर्तव्य नहीं है, काम का कोई प्रतिफल नहीं है और समय घड़ी का नौकर नहीं है। इसलिए हम एक धोती पहनकर, एक झोंपड़ी में रहकर और एक समय खाना खाकर भी खुश रहते थे।''

''यह अज्ञानता और जहालत की खुशी है। जब इंसान को अपने भाग्य का पता न था, जब उसके हाथ अपने हाथ न थे, वह खुशी भी भला कोई खुशी है ? यों तो इंसान से बंदर ज्यादा खुशी नजर आता है और बंदरों से अधिक वह कीड़ा जो वृक्ष की जड़ में घुसकर अपना खाना खाता है, और कीड़े से कहीं अधिक है एक खलिएवाला एमीवा, जो पानी की लहरों में घूमते हुए हमेशा खुशी की दुनिया में रहता है। लेकिन इस खुशी की सतह इंसान की खुशी से बिलकुल अलग है। इंसान अपने भाग्य का दुख देखता है, अपने चारों तरफ की परिस्थितियों का दर्द समझता है और फिर सब समझकर खुशी का एक क्षण प्रकृति के कठोर सीने से चीरकर लाता है। इंसान ने जब अपने लहू को लावा की तरह तपाया, तो खुशी का एक अंगारा प्राप्त किया। उस आग का आनंद तुम क्या जानो, दो हजार बरस पुराने जंगली ! जीवन-भर मछली की तरह एक ही पानी में घूमते रहे और समझा कि यही आनंद की असीमता और प्रसन्नता है।''

''आखिर तुम चाहती क्या हो ?'' केशव ने विवाद से बचते हुए कहा।

''मैं चाहती हूँ कि तुम मुझे रेस्टहाउस तक छोड़ आओ। मैं अकेली नहीं जाऊँगी।''

''तो पहले कह दिया होता,'' केशव ने पूजा से उठते हुए कहा, ''इतना लंबा-चौड़ा व्याख्यान देने की क्या जरूरत थी ? जहाँ से मैं आया हूँ, वहाँ स्त्रियों को पढ़ा-लिखाकर सिर पर चढ़ाया नहीं जाता।''

''मैं जानती हूँ, उनसे सिर्फ बोझ ढोने का काम लिया जाता है,'' रंभा क्रोध में भरकर बोली, ''लेकिन मिस्टर, मैं तुम्हें जता देती हूँ कि हिंदुस्तान की स्त्री अब खच्चर-युग से बहुत आगे निकल चुकी है !''

''परंतु वाचाल उसी तरह से है !''

''किसी का हाथ चलता है, किसी की जबान चलती है !''

''तो वह ग़रीब क्या करे, जिसकी न जबान चलती है, न हाथ चलता है, बल्कि सिर्फ दिल ही चलता है ?'' केशव ने बड़े प्रेम से रंभा की ओर देखकर कहा।

रंभा एकदम मुस्करा पड़ी। उसका सारा क्रोध एकदम दूर हो गया। उँगलियाँ नचाते हुए बोली, "चलो-चलो, अब ज्यादा बातें मत करो! मुझे घर तक छोड़ आओ! वापस आकर अपनी पूजा करते रहना!"

10

कितने ही सुंदर दिन खिले और फूलों की तरह मुरझा गए। रंगीन आभा में लिपटी हुई दिल लुभानेवाली कितनी ही शामें आईं और समय के अंधकार में खो गईं। याद के सुहाने चिनारों पर कितने ही लाल होंठोंवाले पत्ते महके और पतझड़ की हवाओं में खड़खड़ाते हुए गिर गए और उड़कर कहीं दूर चले गए।

और अब केशव को केवल इतना याद था कि वह रंभा से विदा हो चुका था, अलग हो चुका था। वे लोग कश्मीर से वापस बंबई आ चुके थे। रंभा ने शेफ़र्ड कॉलेज में इतिहास पढ़ाने का काम ले लिया था। पैसे के लिए नहीं, महज काम की प्रसन्नता के लिए उसने कॉलेज में लेक्चरर का पद सँभाल लिया था। कुछ यह बात भी थी कि वह मदन के निकट रहना चाहती थी। मदन उसी कॉलेज में इतिहास का प्रोफेसर था।

केशव का बुखार अब उतर चुका था। रंभा अब पहले की तरह उसमें खोई-खोई न रहती थी। पहले तो यह हाल था, जैसे किसी पुराने खँडहर को खोदते-खोदते उसमें से कोई अप्राप्य मूर्ति हाथ आ जाए। वह इस अद्वितीय मूर्ति को अपने ड्राइंगरूम में रखकर हर किसी को दिखाती थी—देखो, देखो, ऐसा अद्वितीय नमूना, प्राचीन कला का ऐसा, खूबसूरत शाहकार है किसी के घर में? हर दिन उस मूर्ति की सफाई होती थी, पुछाई होती थी और उसे ऐसे स्थान पर रखा जाता था, जहाँ सबकी दृष्टि उस पर पड़ सके।

लेकिन कश्मीर से आकर धीरे-धीरे वह बात न रही। कुछ महीनों बाद ही केशव पर धूल पड़नी शुरू हो गई और रंभा ने उससे लापरवाही बरतनी शुरू कर दी। ड्राइंगरूम में अब भी वह होता था, परंतु जैसे और भी चीजें थीं, जो

बरसों से उस ड्राइंगरूम की शोभा बनी चली आ रही थीं। एक अच्छी मूर्ति, पर जानी-पहचानी, रोज-रोज की देखीभाली, जिसका रंग भी उड़ चला था और रेखाएँ भी धूमिल हो चली थीं।

परंतु केशव को इसका कुछ पता न था, क्योंकि स्वाभाविक रूप से वह एक सीधा-सादा इंसान था और उसने स्पष्टत: रंभा के व्यवहार में किसी प्रकार का परिवर्तन न देखा, बल्कि एक प्रकार से उसे रंभा का यह व्यवहार अधिक अच्छा मालूम हुआ, जिसमें एक जानी-पहचानी, बरती-बरताई विशेषता मौजूद थी, जैसे अब केशव रंभा के घर, उसकी तबीयत, प्रकृति और स्वभाव का एक भाग हो।

केशव का स्वभाव बिलकुल ही संघर्षशील नहीं था, इसलिए उसने रंभा की लापरवाही को एक अच्छा लक्षण समझा और पहले से भी अधिक आश्वस्त हो गया।

एक दिन रंभा ने उससे कहा, ''कुछ काम करने का भी इरादा है?''

केशव ने बिना तकल्लुफ कह दिया, ''तुम जो काम करती हो।''

''और तुम दिन-भर अपनी वीणा में मग्न रहते हो, क्या बस यही काफी है?'' रंभा ने पूछा।

रंभा ने बहुत तलाश के बाद ग्वालियर से केशव के लिए एक वीणा मँगाई थी। यद्यपि वह केशव की कला-दक्षता के अनुकूल न थी, परंतु केशव ने थोड़ा-सा परिश्रम और थोड़ी-सी काट-छाँट के बाद उसे अपने रंग में ढाल लिया था और अब दिन-रात, फुरसत के समय, अपनी वीणा में मग्न रहता था और उसका विचार था कि जीवन के शेष निन्यानवे वर्ष इसी तरह बिता देगा।

रंभा से प्रेम और वीणा से प्रेम! और क्या चाहिए उसे? इसलिए रंभा का प्रश्न सुनकर उसे बहुत आश्चर्य हुआ और उसके मुँह से निकला, ''मैं तो इसे बहुत काफी समझता हूँ।''

''तुम मुझसे विवाह करना चाहते हो, न?''

''हाँ!''

''और जहाँ से तुम आए हो, वहाँ स्त्रियाँ कमाकर पुरुषों को खिलाती हैं या पुरुष कमाकर स्त्रियों को खिलाते हैं?''

''पुरुष कमाते हैं।''

''और तुम स्त्री हो या पुरुष?'' रंभा ने पूछा।

उत्तर में केशव देर तक मौन रहा। अंत में रंभा ने फिर कहा, "इस बात का निर्णय हो जाए, तो फिर मैं तुमसे विवाह की समस्या पर ध्यान दूँगी; क्योंकि यह निश्चित है कि मैं किसी स्त्री से तो विवाह नहीं करूँगी!"

अचानक केशव का चेहरा कानों तक लाल हो गया। उसने वीणा उठाकर अपने हाथ में ले ली और बोला, "तुम बिलकुल ठीक कहती हो! अब मैं कोई काम ढूँढ़कर ही तुम्हारे पास आऊँगा।"

"लेकिन एक बात सुनते जाओ! काम का यह मतलब नहीं कि आपने वीणा सिखाने के लिए कहीं से एक छोटी-मोटी पचास-सौ रुपए की ट्यूशन कर ली और मेरे पास भागे-भागे चले आए। सौ रुपए महीना तो मेरे मेकअप पर ही खर्च होता है। काम अगर हासिल करो, तो कोई ढंग का और तुक का, जिसमें मेरी प्रतिष्ठा और तुम्हारे प्रेम की शान नजर आए। क्या समझे?" रंभा ने पूछा।

"समझ गया! जो तुम चाहती हो, वही कर दिखाऊँगा और अब उस दिन तुम्हारे द्वार पर आऊँगा, जिस दिन कुछ कर दिखाऊँगा।"

"अब ऐसा भी मुँह फेर लेने की जरूरत नहीं है," रंभा हँसकर बोली, "कभी-कभी तो अपनी सूरत दिखाते रहना। दिल को तसल्ली रहेगी।"

उस रात मित्रों की हुल्लड़बाजी में, मदन ने रंभा से पूछा, "केशव कहाँ है?"

रंभा ने मदन की बाँहों में थिरककर कहा, "उसे हातिमताई के आठवें सफर पर रवाना कर दिया।"

"अच्छा किया, बहुत बोर कर दिया था उसने!" मदन ने नाचते-नाचते रंभा को अपनी छाती के तनिक और समीप कर लिया। बड़ी स्वाभाविक और अनायास ढंग की हरकत थी, पर रंभा समझ गई एक हल्की-सी आह भरकर बोली, "लेकिन मदन, उसके जाने से मुझको दुख भी हुआ है। बहुत ही मासूम और भोला-भाला है केशव। ऐसा लगता है, जैसे वह इस दुनिया का है ही नहीं।"

मदन ने फिर तत्काल ही रंभा को अपनी छाती से उतना ही दूर कर दिया, जितनी कि वह पहले थी, अर्थात नाचते हुए अब वे दोनों एक-दूसरे से सही अंतर पर थे।

मदन ने सोचा—विचित्र बात है, मेरे और रंभा के बीच सदा एक-सा ही अंतर रहता है, न यह कम होता है, न बढ़ता है।

दूसरे कमरे में यानी जौहरी के घर की बार में जौहरी और भगीरथ एक कोने में व्हिस्की लिए बैठें थे।

जौहरी ने आँख मारकर कहा, "केशव तो गया!"

"हाँ, लेकिन मदन तो है!" भगीरथ अभी-अभी रंभा के साथ नाचकर आया था। लेकिन रंभा को अपनी भुजाओं से अलग करके मदन के हवाले करते हुए भगीरथ को बड़ा कष्ट हुआ था।

"एक दिन मदन भी जाएगा," जौहरी ने भगीरथ को सांत्वना देते हुए कहा, "लो, व्हिस्की पिओ!"

जौहरी के स्वर की कोमलता से भगीरथ ताड़ गया था कि जौहरी क्या कहनेवाला है। उससे कुछ अंतर नहीं पड़ता था। भगीरथ अच्छी तरह अनुमान लगा चुका था कि अगर वह जौहरी को पंद्रह लाख तक भी कर्ज दे दे, तो उसका रुपया वापस आ जाएगा। जौहरी की दुकान, मकान, सामान नीलाम कराके इतना तो बड़ी आसानी से मिल जाएगा। यह सबकुछ वह मालूम कर चुका था। इसलिए उसने खुद ही बात को जौहरी के लिए आसान कर दिया। बोला, "कितने का चैक चाहिए?"

जौहरी ने मुस्कराकर दो बड़े घूँट खामोशी से पीकर आँखों-ही-आँखों में भगीरथ की उदारता की दाद दी। फिर धीमे-से बोला, "साठ हजार का एक छोटा-सा चैक चाहिए। पेरिस से नावल्टीज़ का नया माल आया है, उसे छुड़ाना है।"

भगीरथ खामोशी से चैक लिखने लगा। चैक लिखते-लिखते उसने सिर झुकाए हुए पूछा, "मोना का क्या हुआ? भाग गई?"

जौहरी के दिमाग में बहुत-से शोर एकदम से उठे, जैसे बहुत-सी बंदूकें एक साथ चल गई हों, जैसे बहुत-सी मुरगाबियाँ कें-कें करती हुई एकदम पानी में गिर गई हों। देर तक उसके शरीर और चेतना के तार झनझनाते रहे और उसके मौन से भगीरथ को लगा कि शायद जौहरी ने उसका सवाल सुना ही नहीं।

अगर मोना को वह कश्मीर ले गया होता, तो उसकी अनुपस्थिति में यह

बखेड़ा पैदा न होता। और मोना ने रो-रोकर उससे कितनी प्रार्थना की थी और उसने महज इस कारण से उसकी प्रार्थना ठुकरा दी थी कि बंबई बहुत बड़ा शहर है, यहाँ भेद रखा जा सकता है; लेकिन किसी हिल-स्टेशन पर इस तरह के मामलों को छुपाकर रखना बहुत ही कठिन, बल्कि असंभव है। उस एक सुंदर भावना के लिए, जो उसे अपनी बेटी रंभा से थी और उस स्कैंडल से बचने के लिए, जो एक पूर्ण यौवना लड़की से उसके संबंधों के आधार पर हरएक की जुबान पर होता; उसने यही उचित समझा था कि मोना को कश्मीर न ले जाए।

उसने मोना को रानीखेत भेज दिया था। उन्हीं दिनों, उसकी अनुपस्थिति में, उसके दोस्त और हमराज सेठ मगनभाई की रखैल, जमनाबाई, की मृत्यु हो गई थी। और बेचारा मगनभाई बहुत उदास रहने लगा। उसने पूरा एक महीना किसी दूसरी लड़की की तलाश में लगा दिया, लेकिन उसे अपने मन-लायक कोई लड़की न मिली। यों तो बंबई में लड़कियों की कमी नहीं है और पैसा हो, तो किस चीज की कमी हो सकती है! पर वह एक विशेष स्वभाव और ढब की लड़की, जिस तरह की मगनभाई चाहता था, उसे एक महीना खोजने पर भी नहीं मिली। संभव है, बाद में मिल जाती। अगले महीने मिल जाती या अगले छः महीने में मिल जाती, परंतु इस दुनिया में इतनी लंबी प्रतीक्षा कौन कर सकता है? अतः एक दिन मगनभाई थककर और हारकर जौहरी की अनुपस्थिति में रानीखेत रवाना हो गया। यह कोई अच्छी बात न थी। और मगनभाई को स्वयं इसका एहसास था और बाद में उसने जौहरी को स्वयं कश्मीर से वापस आने पर सारा किस्सा बता दिया था। लेकिन जौहरी अब क्या कर सकता था! दाँत पीसकर रह गया। वह कुछ भी तो नहीं कर सकता था, क्योंकि मगनभाई जौहरी से बड़ा सेठ था, कपड़े की दो बड़ी-बड़ी मिलों का स्वामी था, एक इंदौर में और दूसरी अहमदाबाद में। उसके पास, स्पष्ट है, रुपया अधिक था। और जिसके पास अधिक है, वही तो अधिक दे सकता है। और मोना की माँ जानती थी कि मोना की जवानी अब उस खतरनाक मोड़ पर आ रही है, जहाँ उसे अधिक-से-अधिक बटोर लेना चाहिए।

उधर मगनभाई बहुत उदास था और जौहरी था नहीं और रानीखेत का मौसम बेहद खतरनाक था। इसलिए रुपए और मौसम दोनों ने मिलकर सब चौपट कर दिया और मोना को सदा के लिए जौहरी से अलग कर दिया।

जौहरी श्रीनगर से वापस आकर कुछ महीनों तो कटी हुई पतंग की तरह

बंबई की ऊँची सोसायटी में डोलता रहा। लेकिन आखिर, वह कब तलक अपनी शामें बरबाद करता रहेगा, स्वयं मगनभाई ने उसे समझाया और उसके दूसरे मित्रों ने उसकी शराब पी-पीकर उसे समझाया। अंत में स्वयं उसके दिल ने उसे समझाया और जौहरी परेशान हाल और बहुत दुखी होकर गम को भुलाने के लिए कोई दूसरी लड़की ढूँढ़ने लगा, क्योंकि एक बार जब गम भुलाने की आदत पड़ जाए, तो फिर यह गलती हमेशा होती रहती है। बंबई में हर सेठ यही करता है। दिन को अपना हिसाब-किताब सही करता है, रात को गम गलत करता है। जौहरी आखिर कब तक अपने दोस्तों के सहारे रहता ? एक दिन उसे भी अपनी मरजी के मुताबिक एक लड़की मिल गई, जिसकी सुंदरता में मोना की शोखी और लगावट तो न थी, लेकिन एक ऐसी मनमोहक सादगी और गंभीरता थी, जो उसके कम आयु के सौंदर्य को अनुभव की गहराई देते हुए उसे और भी मनमोहक बना देती थी। और अब उस कड़वे अनुभव के बाद जौहरी मोना-जैसी नटखट लड़की भी नहीं चाहता था।

कुछ दिनों में ही वह अपने चुनाव पर बहुत प्रसन्न दिखाई देने लगा। ज्यों-ज्यों समय बीतता गया, वह मोना को भूलता गया। और अब तो नई लड़की की मनमोहक, गंभीर और स्वाभिमानी मोहिनी सूरत ने इतना घर कर लिया था कि वह बेतहाशा दिलोजान से उस पर न्यौछावर होकर, उस पर रुपए न्यौछावर करने लगा था। और रुपया तो इस काम में बेतहाशा फूँका ही जाता है। आजकल कोई लड़की किराए के मकान में नहीं रहती। हर समझदार लड़की आजकल अपने सेठ से सबसे पहले अपने नाम पर एक फ्लैट की माँग करती है, जिसकी कीमत कम-से-कम चालीस हज़ार हो। फिर बढ़िया फर्नीचर, रंगीन रेशमी परदे, रेडियोग्राम, रेफ़्रीजरेटर और दूसरे अल्लम-गल्लम। नई लड़की को सँभालना कोई आसान काम नहीं है। आदमी सत्तर हजार रुपए जेब में रखे, तो रखैल रखने की बात करे। आजकल हर समझदार लड़की इतने की इच्छा रखती है। और हर समझदार सेठ इस बात को अच्छी तरह से जानता है।

जौहरी ने चैक जेब में रखते हुए कहा, ''वह तो गई। तुम्हें तो मालूम ही होगा।''

''हाँ, कुछ मैंने ऐसा ही सुना था। पर विश्वास नहीं आया।''

''क्यों ? इसमें विश्वास न करने की कौन-सी बात थी ? ऐसी लड़कियाँ तो ऐसी ही होती हैं।''

''और अब इस नई लड़की से खुश हो ?'' भगीरथ ने नया प्रश्न किया।

जौहरी को इतना क्रोध आया कि उसका जी चाहा, भगीरथ के मुँह पर जोर का चाँटा मार दे, उसके बाल नोंच डाले, उसके चैक को उसके सामने ही टुकड़े-टुकड़े कर दे। आखिर इस लौंडे को यह पूछने का हक क्या है ? और शायद जौहरी से कोई अनुचित हरकत हो ही जाती, लेकिन ऐन उसी क्षण रंभा कमरे में प्रविष्ट हुई और बोली, ''पप्पा, तुम भगीरथ को लिए बैठे हो और हमारी पार्टी भगीरथ के न होने से एकदम बोर होती चली जा रही है। चलो, भगीरथ, मेरे साथ नहीं नाचोगे ?''

भगीरथ का बुझा हुआ चेहरा कमल की तरह खिल गया। वह एकदम उठ खड़ा हुआ। रंभा ने उसका हाथ अपने हाथ में पकड़ लिया और दोनों धीरे-धीरे एक-दूसरे के साथ लगे-लगे, झूलते-झूलते-से कमरे से बाहर निकल गए।

जौहरी ने रूमाल से अपने चेहरे का पसीना पोंछा और सोचने लगा, अबकी तो मैंने अपने किसी दोस्त को भी नहीं बताया, फिर भगीरथ को कैसे खबर हुई ? शायद रामतिवारी ने बताया हो। रामतिवारी ही वह दलाल था, जिसके जरिए उस नई लड़की का सौदा तय हुआ था और ये दलाल तो इधर-उधर बड़े सेठों के यहाँ आते-जाते रहते ही हैं। परंतु वह ऐसा आदमी तो है नहीं। फिर मैं उसे पूरा कमीशन दे चुका हूँ। नकद तीन हजार रुपए लेकर उसने सौगंध खाई थी कि वह किसी सेठ से इसके बारे में बात नहीं करेगा, न नए फ्लैट का किसी को पता देगा।

जौहरी ने सोचा, मुझे उस फ्लैट को बदलकर अब नया फ्लैट खरीदना पड़ेगा। अब मैं पुराना खतरा मोल नहीं ले सकता। किसी को मालूम न होना चाहिए, किसी को मालूम नहीं होना चाहिए। इतना सोचकर उसने बड़ी निश्चिंतता से एक बड़ा पैग बनाया।

11

एक दिन केशव को लेकर मारुती अपने गोरेगाँव की दो कमरोंवाली खोली में प्रविष्ट हुआ और अपनी पत्नी से कहने लगा, "यह केशव है, हमारी फिल्म-कंपनी का हीरो। आज से अपुन इसको अपने साथ रखेगा।"

मारुती दुबला-पतला और एकदम काला-भुच्च था। उसके सारे शरीर पर मांस की कमी और हड्डियों की बहुतायत-सी मालूम होती थी। लगातार भूखा रहने ने उसे कठोर और बेईमान-सा बना दिया था। उसकी गहरे गड्ढों में डूबी हुई आँखें हर समय बेचैनी से हरकत करती हुई और चमकती हुई दिखाई देती थीं।

उसकी पत्नी चंपा सुंदर थी। परंतु उसकी सुंदरता में कोई भोली मुद्रा न थी, कोई मासूम अंदाज न था, कोई भरोसा न था। वह अजीब खुरदरी-सी, कठोर-सी, चालाक-सी खूबसूरत थी। हाथ-पाँव, नाक-नकशा, कद, सब ठीक; अलग-अलग भी ठीक और मिलाकर भी ठीक। पर सब मिलकर भी कोई बात ऐसी थी, जिससे दिल अनायास उसकी तरफ न खिचता था, और अगर खिचता था, तो इस तरह, जैसे मछली हुक निगलकर डोर से बँधी-बँधी खिची चली आती है। साफ मालूम होता था कि अब उसने यह मुद्रा दिखाई तो खिंचे चले जा रहे हैं... अब उसने यह अंदाज बदला, तो उससे खिचाव हुआ... अब वह यह रंग दिखानेवाली है, इसलिए होशियार हो जाओ! कुछ विचित्र मंजी हुई-सी सुंदरता थी।

"मेरी पत्नी को कोई हीरोइन भी नहीं लेता!" मारुती ने गर्व से चंपा को दिखाते हुए, केशव से शिकायत की, "चार वर्ष से कोशिश कर रहा हूँ, पर कोई इसे हीरोइन ही नहीं लेता। तुम भगवान की सौगंध खाकर कहो, मेरी पत्नी क्या किसी तरह से, किसी बड़ी-से-बड़ी हीरोइन से कम सुंदर है?"

"नहीं," केशव ने मानते हुए कहा और चंपा ने साड़ी का पल्लू ठीक करते हुए अपनी नाजुक कमर का नंगा हिस्सा दिखाया।

"असल में सब फिल्म-प्रोड्यूसर और फिल्म-डायरेक्टर बदमाश हैं। वे मेरी पत्नी को हीरोइन बनाने से पहले इसकी इज्जत लेना चाहते हैं, और यह मैं

कभी होने न दूँगा !"

चंपा ने बड़ी-बड़ी पानी-भरी दृष्टि से आँखें खोलकर केशव की तरफ दयनीय दृष्टि से देखा। फिर उसने धीरे-से नजरें झुकाकर खोली के फर्श को अपने पाँव के अँगूठे से यों कुरेदना शुरू किया, जैसे कोई सती-सावित्री सीता-हरण में पार्ट करने जा रही हो।

"मैं एक गरीब म्यूजिक-डायरेक्टर हूँ," मारुती ने स्वीकार करते हुए कहा, "पर मुझे अपनी इज्जत प्यारी है। देखता हूँ, वे कब तक मेरी चंपा को हीरोइन नहीं बनाते हैं। अब तो मैं अपनी फिल्म-कंपनी चालू करूँगा। हीरो मेरे घर का, हीरोइन मेरे घर की, म्यूजिक-डायरेक्टर मैं खुद। कहानी मैंने अपने दोस्त मिर्ज़ा मौजी से लिखवा ली है। कैमरामैन अपना बंगाली पाल दोस्त है। वह कहता है, 'मारुती यार, तुम पिक्चर शुरू करो, मैं उसकी फोटोग्राफी मुफ्त में करूँगा।' के.एन. सिंह दादा और डेविड भैया को तो मैं पाँव पकड़कर पिक्चर में ले आऊँगा ! मुझ पर वे बड़ी दया करते हैं। और डायरेक्टर तो मैं खुद बनूँगा।"

"फिर देर किस बात की है?" केशव ने पूछा।

"अब तुम आ गए हो, अब सब काम यों चुटकी में होगा," मारुती ने जोर से चुटकी बजाई, "एक हीरो की कसर थी, सो मिल गया। कल मैं हरी दादा के प्रेस में जाकर फिल्म-कंपनी का पैड और रसीदें छपवा लेता हूँ और काम चालू कर देता हूँ। हरी दादा का प्रेस तो अपना है। कहते थे, जब तुम अपनी फिल्म-कंपनी चालू करोगे, तो प्रेस का सारा काम मुफ्त कर दूँगा। ईमान की बात कहो, चंपा, झूठ मत बोलना, तुमने केशव से अच्छा हीरो स्क्रीन पर इससे पहले कभी देखा है?"

चंपा ने नजर भरकर केशव की तरफ देखा, और जो कुछ उसने देखा, वह उसे मोहित कर देने के लिए पर्याप्त था। शरमाकर बोली, "इन्हें चाय तो पिलाओ !"

"वैसे तो मैं इसे कंटीन से चाय पिलाकर लाया हूँ, पर तुम अब इनकी खातिर करो। अब तो आज से केशव भैया हमारे ही घर में रहेंगे। मैंने इनसे अपने दोस्त वकील रतनभाई जतनभाई के जरिए पाँच साल का कांट्रेक्ट कर लिया है। यह मेरी इजाजत के बिना कहीं किसी फिल्म में काम नहीं कर सकते। इसके एवज में इन्हें मैं अपने घर में रहने की जगह दूँगा, दो वक़्त खाना, लांड्री का बिल और लोकल-ट्रेन का किराया। और जहाँ पर मैं इनका कांट्रेक्ट

कराऊँगा, वहाँ की दो-तिहाई रक़म मेरी होगी, एक तिहाई इनकी। दो साल के बाद एक तिहाई रक़म मेरी होगी दो तिहाई इनकी और पाँच साल के बाद यह आजाद होंगे।"

"फर्स्ट क्लास ! अब तुम यह बताओ," चंपा स्वर बदलकर बोली, "राशन के लिए कुछ लाए कि नहीं ?"

"भाई के पास दस रुपए हैं," मारुती ने केशव की ओर संकेत करते हुए कहा, "फिलहाल इनसे लेकर काम चला लो। मैं सारा कर्जा चुका दूँगा। ज्यों ही मेरी फिल्म-कंपनी चालू होगी, वारे-न्यारे हो जाएँगे। अच्छा, तुम इनको नहाने की जगह बताओ। मैं ज़रा स्टुडियो तक जाता हूँ।"

इतना कहकर मारुती चला गया। केशव ने अपनी वीणा एक कोने में रखी। चंपा ने उसे नहाने का नल दिखाया और फिर दूसरे कमरे में चली गई और अपने वस्त्र बदलने लगी। पता नहीं क्यों, केशव को देखकर उसे खयाल हुआ कि उसने अच्छी साड़ी नहीं पहन रखी है।

जब केशव नहाने से निबट चुका, चंपा नई साड़ी बदलकर उसके लिए एक कप में चाय और एक प्लेट में दाल-मोठ, नमकीन सींग और सेव लेकर आ गई।

"यह सेव हमारे बड़ौदे का है," चंपा ने गर्व से कहा, "बड़ौदे से अच्छा सेव कहीं नहीं मिलता। और बड़ौदे में भी मेरी माँ से अच्छा सेव कोई नहीं बनाता।"

"सचमुच बहुत बढ़िया है !" केशव प्रशंसा करने लगा।

चंपा हँसकर कहने लगी, "अरे, खाओ तो, फिर तारीफ करो ! तुमने तो पहले ही तारीफ शुरू कर दी !"

"अरे हाँ !" केशव को यह तो स्मरण ही नहीं रहा था। इस पर वह भी अनायास हँस पड़ा और उसने सेव के कुछ दाने अपनी हथेली पर रखकर फाँक लिए। फिर वह उन कुरमुरे दानों को मुँह में चबाते हुए बोला, "ऊँ-ऊँ,... बहुत बढ़िया हैं, नमकीन भी और मीठे भी !"

"मेरी माँ ने इनके अंदर किशमिश डाली है," चंपा ने राज को खोलते हुए, बहुत ख़ुश होकर कहा। फिर बोली, "तुम बंबई में कब से हो ?"

"अभी डेढ़ साल पूरा नहीं हुआ।"

"क्या करते थे ?"

"कुछ नहीं ! यों ही इधर-उधर...।"

"इनसे कैसे भेंट हुई ?"

"यह लोकल में बैठे थे। मैं भी बैठा था। यह सुर लगा रहे थे, कोने में बैठे-बैठे। संयोगवश सुर गलत लग गया। मैं पास ही बैठा सुन रहा था, मैंने फौरन टोक दिया। इस पर बातें होने लगीं।"

चंपा ने उदास होकर कहा, "चार साल से यह फिल्म-कंपनी बनाने के चक्कर में हैं। इस चक्कर में यह जी लगाकर अपना काम भी नहीं करते, फिल्म-कंपनी बनाने की ऐसी धुन सवार है सिर पर! इधर फिल्म-लाइन में बड़ी गड़बड़ है। पहले तो मुझे यह दो-तीन फिल्म-कंपनियों में जब लेकर गए, तो इन्होंने साफ बोल दिया कि यह मेरी पत्नी है। इस पर कोई हमारा टैस्ट लेने को भी तैयार न होता था। यदि कभी पहले न बताते और टैस्ट हो जाने पर और सब मामला ठीक हो जाने पर, जब उन लोगों को पता चलता कि मैं उनकी पत्नी हूँ, तो वे उसी समय टाल जाते। बाद में यह फिर मुझको यह कहकर ले जाने लगे कि मैं इनकी बहन हूँ।"

"बहन!" केशव ने आश्चर्य से पूछा, "पर पत्नी बहन कैसे रह सकती है?"

"काम के लिए सब करना पड़ता है," चंपा बड़ी बेदिली से बोली, "झूठ भी बोलना पड़ता है। और इतना थोड़ा-सा झूठ बोलने में हर्ज़ ही क्या है, अगर अपना काम निकलता हो? लेकिन हमारे तो भाग्य ही इतने खोटे हैं कि हमारा काम तब भी न बना। लोग बहुत ख़ुश होकर मुझे काम देने के लिए तैयार हो जाते थे और अब इनकी तरफ़ से कोई ख़तरा भी न रहता था, क्योंकि यह भाई थे। लेकिन अब एक और मुश्किल सामने आ पड़ी। ज्यों ही यह बोलते, 'मैं इस लड़की का भाई हूँ,' वे भाई समझकर मेरा सौदा उनसे पटाने लगते। है न कैसी गंदी दुनिया?" चंपा ने रुआँसी होकर कहा।

"छी! छीः!" केशव ने घृणा से कहा।

"लेकिन यह कभी नहीं माने। इसलिए मुझे भी हीरोइन का चांस नहीं मिला। इधर-उधर छोटे-मोटे रोल मिल जाते हैं, पर उनसे पेट नहीं भरता है। इधर चार साल में मैं क्या से क्या हो गई हूँ, तुमको बता नहीं सकती। मैं जब आई थी, तो इतनी सुंदर थी कि हाथ लगाने से मैली होती थी!"

"क्यों नहीं, क्यों नहीं? इसमें क्या शक है!" केशव ने सेव को चखे बिना उसकी प्रशंसा करते हुए कहा।

"अब तुम आ गए हो, तो वाकई हमारा काम बन जाएगा। पूरी इंडस्ट्री में

"अब तुम आ गए हो, तो वाकई हमारा काम बन जाएगा। पूरी इंडस्ट्री में तुम्हारे जैसा कोई हीरो न होगा। जाने इतने दिन तुम कहाँ छुपे रहे?" चंपा ने फिर केशव को सिर से पाँव तक देख प्रशंसा करते हुए कहा।

अगले महीने में मारुती और केशव दोनों बहुत व्यस्त रहे। फिल्म-कंपनी के पैड छपवाए गए। फ्लैट के बाहर फिल्म-कंपनी का बोर्ड लगाया गया। मारुती के एक मित्र फोटोग्राफर से केशव के चित्र उधार तैयार कराए गए और वे चित्र लेकर मारुती केशव के साथ स्टुडियो-स्टुडियो घूमता रहा। अंत में एक प्रोड्यूसर से बात पक्की हो गई।

केशव के टैस्ट का परिणाम बहुत अच्छा निकला। सूरत-शक्ल से वह कोई यूनानी देवता मालूम देता था। अभिनय भी इतना स्वाभाविक था कि बड़े-बड़े पुराने मंजे हुए अभिनेता उसके सामने पानी भरते हुए नजर आते थे। फिल्म-टैस्ट देखकर प्रोड्यूसर को खयाल आया कि यह नवयुवक बहुत उन्नति करेगा। अतः उसने केशव के सामने पहले तो यह प्रस्ताव रखा कि वह मारुती से अलग हो जाए। लेकिन जब केशव इस बेईमानी के लिए किसी तरह तैयार नहीं हुआ, तो उसने मारुती को अपने साथ मिला लिया। वह मारुती से कहने लगा, "बहुत कच्चा है तुम्हारा हीरो। पर शक्ल-सूरत का ठीक है। इस पर बहुत मेहनत करनी पड़ेगी। उच्चारण में दक्षिण का मालूम देता है। वह भी ठीक करना पड़ेगा। फिर कम-से-कम मैं लाख रुपया पब्लिसिटी पर खर्च करूँगा। इतना कुछ खर्च करने के बाद, इसे एक कामयाब, ए-वन हीरो बना देने के बाद मेरे हाथ क्या आएगा, टट्टू?"

मारुती ने खुश होकर कहा, "आप मुझसे लंबा कांट्रेक्ट कर लीजिए। तीन साल का मत कीजिए, पाँच साल का कीजिए, लेकिन साल में दो पिक्चर में बाहर काम करने की आजादी होगी।"

"मैं इस पर मेहनत करूँ, इसे बनाऊँ-सँवारूँ—लाखों रुपए इसकी पब्लिसिटी पर खर्च करूँ, और जब यह काम का हीरो बन जाए और बाहर से इसे ढाई-तीन लाख रुपया एक पिक्चर का मिलने लगे, तो मैं इसे बाहर काम करने दूँ? तो मुझे क्या मिला, टट्टू?" प्रोड्यूसर ने फिर दोनों हाथ फैलाकर पूछा।

"हम कांट्रेक्ट में एक क्लाज़ इस किस्म की रख सकते हैं कि बाहर जिस पिक्चर में इससे काम कराएँ, इसको इतना देकर, बाक़ी का हम दोनों

फिफ्टी-फिफ्टी बाँट लेंगे।"

"वह तो ठीक है," प्रोड्यूसर ने इत्मीनान से कहा, "पर मारुती प्यारे! तुम्हें तो मालूम है कि असल रकम तो बाहर से ब्लैक में मिलती है। और वह ब्लैक अगर बाहर की पार्टी ने ऊपर-ऊपर ही हीरो तक पहुँचा दिया, तो हमें क्या मिला?—टट्टू?"

"इस बात की एक लिखित क्लाज़ मेरेवाले कांट्रेक्ट में मौजूद है, जो मैंने केशव से किया है। उसमें यह है कि तमाम रकम मेरे जरिए उघाई जाएगी, तमाम रुपए की उघाई मैं करूँगा, शूटिंग की डेट मैं दूँगा, तमाम कारोबार मेरे हाथ में होगा। अगर किसी प्रोड्यूसर ने डबल-क्रास किया, तो मैं उसकी शूटिंग भी रोक दूँगा। फिर साले को क्या मिलनेवाला है? टट्टू?"

मारुती को टट्टू की शब्द-योजना बहुत पसंद आई थी। इसलिए उसने फौरन उसी समय उसका प्रयोग कर डाला। इस पर प्रोड्यूसर बेहद खुश हुआ? बोला, "अगली पिक्चर में तुमको म्यूजिक-डायरेक्टर का चांस दूँगा। लेकिन अब तुम सब बातें केशव से पक्की करके हमको बता दो।"

मारुती केशव को अलग ले गया और उसे अच्छी तरह से सब बातें समझा दीं। केशव ने सब बातें सुनकर, हर बात स्वीकार कर ली।

"मैं अपनी आय में से तुमको हिस्सा दूँगा। तुमको भी और अब बाहर की पिक्चर से इस प्रोड्यूसर को भी, जो मुझे हीरो बनानेवाला है। तुम मेरे मैनेजर रहोगे। तुम डेट दोगे, तुम रुपया वसूल करोगे, तुम मेरा कारोबार सँभालोगे और मैं तुमको दस साल तक अलग नहीं कर सकता। यह सब ठीक है, पर एक शर्त मेरी है।"

"क्या है, बोलो, बोलो!"

"मैं ब्लैक नहीं लूँगा!"

"ब्लैक नहीं लोगे?" मारुती ने नाराज होकर कहा, "अबे अहमक! ब्लैक नहीं लोगे, तो हीरो बनकर जिंदा कैसे रहोगे? 'नई शैव (शेवरलेट) कहाँ से आएगी, हर रोज रात को व्हिस्की की पेटी कैसे खुलेगी? नित नई गाड़ी, नित नई लड़की, नित नया फ्लैट! अबे धूर्त! ये सब जलवे किधर से आएँगे? अगर तू ब्लैक नहीं लेगा, तो तेरी सारी कमाई इन्कमटैक्स में चली जाएगी!"

"जाने दो, पर मैं ब्लैक नहीं लूँगा! यह बेईमानी है, धोखा है, झूठ है, और जहाँ से मैं आया हूँ, वहाँ यह सबकुछ नहीं चलता!" केशव ने निर्णय के स्वर में

यह कहा।

"बंबई में रहना चाहते हो, तो यह सबकुछ करना पड़ेगा! मारुती ने केशव को बहुत-बहुत समझाया, मगर केशव किसी तरह नहीं माना। और जब केशव किसी तरह नहीं माना, तो मारुती केशव को लेकर वापस घर चला आया और उसी रात केशव को घर से बाहर निकालने लगा।

उसने चंपा से कहा, "मैं कहाँ इसकी इज़्जत लेनेवाला था? कोई इज्जत का सवाल होता, तो मैं खुद सबसे पहले ऐसे काम का विरोध करता। जब तुम्हारी इज्जत का सवाल था…" उसने चंपा को विशेष तौर पर कहा, "तो क्या मैंने कभी हामी भरी, कभी किसी प्रोड्यूसर को दम-दिलासा दिया, तुम्हारी तरफ से?"

चंपा बोली, "नहीं!"

मारुती ने केशव की तरफ देखकर कहा, "फिर? मगर यह तो हिसाब-किताब का सवाल है। इसमें इज्जत और बेईमंटी का क्या सवाल है? सारी दुनिया ऐसा धँधा करती है, और ऐसा धँधा न करे, तो मर जाए! यह बोलता है, यह बेईमानी है। बोलता है, हमारे मुल्क में ऐसा नहीं होता। मैं बोलता हूँ, तुम्हारे मुल्क में ऐसा नहीं होता, तो तुम अपने मुल्क को लौट जाओ!"

चंपा बोली, "आखिर इसमें है क्या? आप इनकी बात मान लीजिए न, बाद में देखा जाएगा। अभी तो शुरू-शुरू में काम हासिल करना है, तो दूसरे की बात माननी होगी। लेकिन जब आप खुद बड़े हीरो बन जाएँगे और आपके साथ मैं भी हीरोइन बन जाऊँगी, तो फिर हम सब सारी दुनिया को धता बता देंगे। मगर शुरू में तो…"

केशव ने कुछ कहा नहीं। उसने बड़ी उदास मुद्रा में सिर झुका लिया और अपनी वीणा उठाकर फ्लैट से बाहर निकल गया।

"अजीब अहमक़ है!" मारुती ने निराशा से सिर हिलाते हुए कहा, "लाइफ का चांस मिल रहा है और यह उसको ठोकर मार रहा है! घर आई लक्ष्मी को दुतकारता है! अरे, भूखा मर जाएगा, भूखा! राम-नाम जपना चाहते हो, तो हरिद्वार जाओ!"

अचानक मारुती बहुत खुश हो गया। क्या हुआ, यदि उसके हाथ से एक हीरो निकल गया। उसे एक नया शब्द तो मिल गया था!

वह रात केशव ने जोगेश्वरी के रेलवे स्टेशन (लोकल) पर बसर की। संयोगवश उस रात जोगेश्वरी के स्टेशन पर, और पास के भैरों जी के मंदिर पर, बहुत-से साधुओं ने डेरा डाला था। वे लोग सुबह को पैदल चलकर बोरीविली जानेवाले भजन गाते हुए। बोरीविली में महादेव जी के एक पुराने मंदिर का पता चला था। उसको फिर से चालू करने के लिए साधुओं की यह टोली बोरीविली जा रही थी। रात का पड़ाव जोगेश्वरी में था।

उन्होंने जब देखा कि केशव बहुत अच्छे भजन गाता है और बड़ी सुरीली वीणा बजाता है, तो उन्होंने केशव को अपने साथ महादेव के मंदिर में बोरीविली चलने को कहा। मामला महादेव के मंदिर का था, इसलिए केशव भी तैयार हो गया। उसने अपने दिल में सोचा, दो-एक दिन की बात है। परसों तो लौट ही आऊँगा। इसलिए वह उन साधुओं के साथ हो लिया।

साधुओं की जिस टोली में केशव था, उसमें एक सीधे महाराज थे। वे प्राणायाम करते हुए सीधे नथने से साँस निकालकर, पंद्रह मिनट के लिए साँस रोक सकते थे। दूसरे उलटे महाराज थे। वे उलटे नथने से साँस ऊपर चढ़ाकर आध घंटे की समाधि में चले जाते थे। आधे घंटे के बाद साँस उतारकर वापस इस दुनिया में आते थे। आधे घंटे तक न उनकी साँस आती थी, न नब्ज चलती थी।

लेकिन मंदिर में पहुँचकर केशव ने जब तीन घंटे की समाधि लगाकर दिखा दी, तो उलटे महाराज और सीधे महाराज, दोनों के छक्के छूट गए। वे दोनों उसके पाँवों पर गिर पड़े।

उन साधुओं में एक साधु स्वामी बालानाथ थे। वह बंगाली थे और संस्कृत बहुत अच्छी बोलते थे। किंतु जब केशव ने उनसे संस्कृत में वार्तालाप शुरू किया, तो इस गति और फर्राटे से कि कुछ मिनटों में ही स्वामी बालानाथ चक्कर खा गए, क्योंकि संस्कृत तो केशव की मातृभाषा थी। यह साधु उसके सामने क्या बोलते? इस कारण स्वामी बालानाथ भी केशव के आगे माथा टेककर बैठ गए। इसके बाद सीधे महाराज, उलटे महाराज और स्वामी बालानाथ और दूसरे कुछ समझदार साधुओं ने अलग बैठकर एक मीटिंग की। और उसमें क्या हुआ, यह तो उन्होंने किसी को नहीं बताया। अलबत्ता मीटिंग के बाद वे लोग केशव के पास आए और बोले, "हम सब लोगों की इच्छा है कि आप इस मंदिर का महंत बनना स्वीकार कर लें।"

केशव ने कहा, "पर मैं तो भोलेनाथ का तुच्छ-सा पुजारी हूँ।"

"हमें तो आप-जैसा महंत चाहिए!" स्वामी बालानाथ बोले, "पहले इन लोगों का इरादा मुझे महंत बनाने का था, लेकिन आपकी योग्यता देखकर मैं हाथ खींचता हूँ," स्वामी बालानाथ ने उससे संस्कृत में कहा।

"परंतु मैं महंत बनना नहीं चाहता," केशव ने जोर देकर फिर कहा। और जब साधुओं के समझाने पर भी वह किसी तरह नहीं माना, तो उन लोगों ने फिर एक और मीटिंग की और मीटिंग करने के बाद वे लोग फिर उसके पास आए और बोले, "यह सात-आठ सौ वर्ष पुराना मंदिर है। अभी इसकी खुदाई हो रही है, पर महादेव की स्तुति का कार्य कल से आरंभ हो जाएगा। कल यहाँ भक्त लोग आएँगे, इसलिए हम चाहते हैं कि यदि आप महंत बनना नहीं चाहते, तो कम-से-कम हमारी सहायता तो करें।"

"किस प्रकार की सहायता चाहते हैं आप?" केशव ने पूछा।

"कुछ नहीं, आप केवल प्रातःकाल जहाँ हम कहें, वहाँ समाधि लगाकर बैठ जाएँ और इसके बाद जब होश में आएँ तो संस्कृत के अतिरिक्त और किसी भाषा में किसी से बात न करें। उसके बाद मंदिर का उद्‌घाटन करते समय हम आपसे भाषण के लिए प्रार्थना करेंगे। आप हमारी प्रार्थना स्वीकार करके संस्कृत में एक पर्याप्त लंबा भाषण दे दें। बस!"

केशव ने सोचकर कहा, "इसमें तो मुझे कोई बुराई नजर नहीं आती। मैं यह सब कर दूँगा, लेकिन कल के बाद तो तुम लोग मुझे छुट्टी दे दोगे?"

"ठीक है!" स्वामी बालानाथ बोले।

दूसरे दिन प्रातः साधु लोग केशव को मंदिर के तहखाने में ले गए, जहाँ पुरानी समाधियाँ थीं और जहाँ अभी खुदाई हो रही थी। उन्होंने तहखाने के एक हिस्से में दो टूटी हुई समाधियों के मध्य केशव को समाधि लगाने को कहा। और जब केशव ने उनके कहने पर अपनी साँस ऊपर चढ़ा ली और समाधिष्ठ हो गया, तो उन साधुओं ने जल्दी से पत्थर ढोकर समाधि का मुँह बंद कर दिया और उस पर सीमेंट वगैरह लगाकर उसका मुँह बंद करके केशव को उसमें क़ैद कर दिया। उसके बाद साधुओं की टोलियों ने जोर-जोर से भजन गाने आरंभ कर दिए। मंदिर के बाहर शंख बजने लगे। लोग बहुत बड़ी संख्या में गोल-के-गोल

बनाकर पुराने मंदिर के दर्शन करने के लिए पूजा का सामान लेकर आने लगे।

जब अच्छी भीड़ इकट्ठी हो गई, तो स्वामी बालानाथ पर भगवान आ गए और वह खड़ताल पर नाचते हुए मंदिर के तहखाने की ओर नीचे जाने लगे। दूसरे साधुओं की टोलियाँ भी नीचे को रवाना हुईं और उनके पीछे-पीछे भक्त लोग।

तहखाने में पहुँचकर खड़तालें बजाते हुए स्वामी बालानाथ के मुँह में झाग आता गया, आँखें लाल होती गईं और वे सिर हिलाकर बार-बार कहने लगे, "इस समाधि को तोड़ो, इस समाधि को तोड़ो! अब दर्शन देने का समय है! तोड़ो इस समाधि को और कर लो गुरु-दर्शन!"

लेकिन इस मंदिर की खुदाई तो अब तक पुरातत्व-विभाग की ओर से होती रही थी। लोग-बाग तहखाने की समाधि कैसे आप-ही-आप तोड़ देते? इसलिए बहुत-से लोग हिचकिचाए। किंतु स्वामी बालानाथ और भी जोर-जोर से नाचकर बोले, "तोड़ो, तोड़ो! इस समाधि में आठ सौ वर्ष से हमारे गुरु समाधिष्ठ हैं, अलोप हैं! अब आज उनके दर्शन देने का समय आ गया है। तोड़ो इस समाधि को और दर्शन करो स्वामी जयशंकर के।"

एक आदमी बोला, "पागल हुआ है यह साधु! अब इस समाधि से आठ सौ वर्ष पुरानी हड्डियाँ ही मिलेंगी।"

"तोड़ो! तोड़ो! तोड़ो!" स्वामी बालानाथ सिर झुलाते हुए बोले, "गुरु जयशंकरनाथ के दर्शन करो, जो आठ सौ वर्ष से इस समाधि में हैं!"

"कोई हाथ मत लगाओ!" दो-तीन डरपोक भक्त बोले।

"तोड़ो! तोड़ो! समय दर्शन का है। जय भोलेनाथ की! तोड़ो! तोड़ो! समय गुरुदर्शन का है!"

शोर बढ़ता गया, भीड़ इकट्ठी होती गई। साधु जोर-जोर से नाचने लगे। स्तुति के बोल, खड़तालों का शोर, शंख की गूँज, कदमों की ताल में किसी ने समाधि पर कुदाल मारी, किसी ने हथौड़ा। कोई बेलचा ले आया। धीरे-धीरे सावधानी से समाधि तोड़ी जाने लगी। धीरे-धीरे समाधि में केशव का शरीर निकल आया। आलथी-पालथी मारकर, समाधि में लीन, साँस ऊपर चढ़ाए हुए—परंतु सुंदर और बहुत सुगठित जीवित और मांसलता से भरपूर।

"बम-बम भोले!"

"जय स्वामी जयशंकरनाथ की…।"

आठ सौ वर्ष पुरानी समाधि से जीवित साधु को निकलता देखकर आश्चर्य और अचंभे से स्त्रियों-पुरुषों की चीखें निकल गईं। साधु जोर-जोर से नाचने लगे। स्वामी बालानाथ दंडवत प्रणाम करते हुए केशव के सामने लेट गए और इनके पीछे दूसरे साधु भी, जिनकी संख्या इस समय तक कई सौ तक पहुँच चुकी थी।

यह समाचार सारी बोरीविली में और बोरीविली से सारी बंबई में फैला दिया गया कि आठ सौ वर्ष पुरानी समाधि को तोड़कर एक जीवित जोगी महात्मा ने दर्शन दिए हैं, जो उस समाधि में आठ सौ वर्ष से तपस्या कर रहे थे। बस फिर क्या था! हजारों आदमियों के ठठ्ठ-के-ठठ्ठ मंदिर के अंदर और बाहर लगते जा रहे थे। बीसवीं शताब्दी में बुद्धि को आश्चर्यचकित कर देनेवाला आश्चर्य। उसी समय हजारों का चढ़ावा केशव के सामने चढ़ गया।

वे लोग केशव को उसकी समाधि से उठाकर तहखाने से बाहर बड़े मंदिर में ले आए थे। केशव उसी प्रकार ध्यान में मग्न था। लेकिन अब उसका चेहरा तक नहीं दिखाई पड़ता था। इतना फूलों से लाद दिया गया था कि उसकी आँखें और नाक का एक भाग ही नजर आता था।

केशव की आज की समाधि पहले से भी अधिक लंबी हो गई। तीन घंटे के बदले चार घंटे के बाद वह होश में आया।

केशव के आँखें खोलते ही जय-जयकार की ध्वनि गूँज उठी। हजारों लोग मंदिर के खुले आँगन में दंडवत-माथा टेकने लगे। मंदिर के बाहर भी भीड़ बढ़ती जा रही थी। मंदिर की बाहर की सीढ़ियों पर माइक्रोफोन लगा दिया गया था।

स्वामी बालानाथ आगे बढ़कर, हाथ जोड़कर, केशव के आगे खड़े हो गए और बोले, "गुरुदर्शन की अभिलाषी जनता को अपने ज्ञान-व्याख्या से तृप्त कीजिए!"

केशव ने वहीं बैठे-बैठे पहले तो मीठे स्वरों में महादेव-स्तुति का गायन आरंभ किया। उसके पश्चात व्याख्यान, जो तीन घंटे तक बिना किसी रोक-टोक के संस्कृत में चलता रहा। शब्दों का एक महासमुद्र था कि आग उगलते हुए लावे का एक तूफान था कि स्वयमेव बहता चला जा रहा था। हजारों की उस भीड़ में बड़े-बड़े विद्वान पंडित दाँतों-तले उँगली दबाए खड़े-के-खड़े रह गए।

व्याख्यान के समाप्त होते ही एक बड़े मारवाड़ी सेठ ने मंदिर के कार्यक्रम को चलाने के लिए दो लाख का चंदा दे दिया। स्वामी बालानाथ को उसी समय मिली दूसरी रकमों का जोड़ पचास हजार के लगभग था और सत्तर हजार के वादे इसके अतिरिक्त थे...यह मंदिर बहुत ही शीघ्र एक आलीशान मठ के आकार में परिवर्तित हो सकता है, यदि केशव साथ दे।

रात के समय तहखाने में ले जाकर स्वामी बालानाथ ने केशव को अच्छी तरह से समझाया, "देखिए, जो कुछ आप इस जीवन में प्राप्त करना चाहते हैं वह सब भगवान की दया से, इसी मंदिर से आपको तत्काल मिल सकता है—धन-दौलत, आदर-सम्मान, जीवन-भर का आराम, मंदिर की महंताई। और यदि वह सबकुछ नहीं चाहते, केवल भगवान का, जनता का भला चाहते हैं...तो उसके भी साधन यहीं हैं। आपके लिए संस्कृत पाठशाला, बल्कि संस्कृत कॉलेज खोल दिया जाएगा। मैं सच कहता हूँ, मैं सारे देश में घूमा हूँ। मैंने किसी बड़े-बड़े पंडित के पास संस्कृत का यह ज्ञान नहीं देखा जो आपके पास है। इस ज्ञान को धर्म-कार्य समझकर आपको ब्राह्मणों, साधुओं में बाँट देना चाहिए। मैं कल ही आपकी ओर से संस्कृत कॉलेज के लिए अपील करूँगा। और आप स्वयं देख लेंगे कि आपके पाँवों में उसी समय लाखों रुपयों के ढेर लग जाएँगे।"

"लेकिन यह फ्रॉड है!" केशव बोला, "मैं वह आठ सौ वर्ष पुराना योगी नहीं हूँ, जिसे तुमने समाधि तोड़कर आज निकाला है। यह कहना कि मैं मंदिर के अंदर तहखाने में, चारों तरफ पत्थर की दीवारों में बंद पिछले आठ सौ वर्षों से तपस्या कर रहा था, बिलकुल गलत है। यह तुम भी जानते हो, मैं भी जानता हूँ।"

स्वामी बालानाथ बोले, "मैं मानता हूँ, लेकिन यह भी तो देखिए कि एक ज़रा-सी गलती पर परदा डालने से क्या कुछ हो गया है! इस मंदिर का काम चल निकला है। यहाँ पर एक संस्कृत का कॉलेज खुल सकता है, सैकड़ों साधुओं के धर्म-कर्म का भंडारा चल सकता है, प्राचीन संस्कृति और धर्म को बचाने के लिए यहाँ एक विशाल मठ का निर्माण हो सकता है!"

"पर इसका आधार असत्य पर है।"

"वह असत्य जो किसी नेक कार्य को आगे बढ़ाए, असत्य नहीं रहता!"

"मैं इसे मानने के लिए तैयार नहीं हूँ!"

"आपको मानना ही पड़ेगा!" स्वामी बालानाथ निर्णयात्मक स्वर में बोले,

"एक ही दिन में हमारा खेल इतना आगे बढ़ चुका है कि हम आपकी मूर्खता के कारण अब पीछे नहीं हट सकते। अब तो आपको इस मंदिर का महंत बनना ही पड़ेगा!"

"मैं नहीं बनूँगा!"

"आपको बनना पड़ेगा!" स्वामी बालानाथ बड़ी कठोरता से बोले।

"मैं अभी यहाँ से चला जाता हूँ!" केशव ने क्रोध से भरकर कहा।

स्वामी बालानाथ कुछ नहीं बोले। जब केशव क्रोध से जलता-भुनता स्वामी बालानाथ को वहीं छोड़कर तहखाने से बाहर निकला, तो उसका रास्ता दो साधुओं ने रोक लिया। जब केशव उन्हें मारपीट कर आगे बढ़ा, तो फिर आठ-दस साधुओं ने उसका रास्ता रोक लिया। उन सबके हाथों में लाठियाँ थीं।

केशव वापस स्वामी बालानाथ के पास चला आया और विवश होकर, सिर झुकाकर खड़ा हो गया।

स्वामी बालानाथ बोले, "कल से तुम्हें इस मंदिर का महंत बनाया जाएगा।"

केशव मुँह से कुछ नहीं बोला, लेकिन उसकी आँखों से टप-टप आँसू बहने लगे और वह रोता हुआ मंदिर के द्वार पर जाकर गिर गया और रुँधे हुए गले से बोला, "हे शिव! तुम तो सब जानते हो और सब देख रहे हो! फिर यह क्या फ्रॉड है? इस धोखे को तुम क्यों नहीं रोकते शिव! यह सबकुछ तुम्हारे नाम पर क्यों हो रहा है?"

अचानक मंदिर में इतने जोर से घंटे बजने लगे और साधु लोग इस तरह जोर-जोर से गाने लगे कि केशव की आवाज उनकी गूँज में डूबकर रह गई।

उस रात उसने दो-तीन बार भाग जाने का प्रयत्न किया, किंतु वह सफल न हुआ। उसके चारों ओर साधु लोग पहरा दे रहे थे और भाग जाने का कोई मार्ग न था। अंत में वह थककर और हारकर वहीं मंदिर के द्वार पर पड़ा-पड़ा सो गया।

अगले बीस-पच्चीस दिन में उसने कई बार भाग निकलने का प्रयास किया पर असफल रहा। वे लोग अब उसे प्रायः तहखाने में ही रखते थे और लोगों को दूर-ही-दूर से उसके दर्शन करा देते थे। तीन-चार साधु हर समय उसके

दाएँ-बाएँ रहते और स्वामी बालानाथ ने उसे यह धमकी भी दे रखी थी कि अगर उसने जनता के सामने किसी समय भी उनका भांडा फोड़ने का यत्न किया, तो वे लोग उसे रातोंरात जान से मारकर उसी समाधि में गाड़ देंगे और दूसरे दिन लोगों से कह दिया जाएगा कि गुरु जयशंकरनाथ जी कैलाश पर्वत पर तपस्या करने के लिए चले गए हैं।

अतः केशव मौन रहा, क्योंकि उसे ज्ञात था कि स्वामी बालानाथ की धमकी खाली गीदड़-भभकी नहीं है। वह जो कहता है, उसे पूरा भी करता है। इसलिए केशव चुप रहा; परंतु अंदर-ही-अंदर भाग जाने का प्रयत्न करता रहा।

अंत में एक दिन वह मंदिर से बाहर निकलकर सीढ़ियों तक आ जाने में सफल हो गया। परंतु इतने में साधुओं ने हल्ला मचा दिया। प्रातःकाल का समय था। प्रायः साधु पहरा दे-देकर, थककर सो गए थे। फिर भी चार-पाँच साधु शोर मचाने से जागकर मंदिर की सीढ़ियों तक आ गए और केशव से लड़ने लगे। वे उसे जबरदस्ती उठाकर मंदिर में ले जाना चाहते थे और केशव अपनी जान बचाकर भागने की चिंता में था। वह उन सबसे तगड़ा भी दिखाई देता था, पर वह एक था और वे पाँच थे। केशव ने एक के मुँह पर घूँसा दिया और दूसरे के पेट में इस जोर की लात जमाई कि वे दोनों वहीं सीढ़ियों पर औंधे होकर पटखनियाँ खाने लगे।

"शाबास जवान!" मंदिर की सीढ़ियों के नीचेवाली सड़क पर दो आदमी तहमद और बनियान पहने जा रहे थे। उन्हें केशव की वीरता बहुत पसंद आई।

इतने में मंदिर के अंदर से पाँच-छः साधु और निकल आए। केशव अब तक चार साधुओं को गिरा चुका था। साधुओं की दूसरी टोली को आते देखकर वह चिल्लाया, "बचाओ, बचाओ, मुझे बचाओ!"

दोनों तहमदवाले आदमी उसकी सहायता को आ गए। सूरत शक्ल से वे पहलवान दिखाई देते थे। दोनों ने आगे बढ़कर वे हाथ दिखाए कि कुछ ही मिनट में आठ-दस साधु कलाबाजियाँ खाते हुए दिखाई दिए। वे लोग केशव को लेकर मंदिर के आगे चल पड़े।

"भागो, भागो!" केशव ने चिल्लाकर उनसे कहा, "साधु लोग मंदिर से हमें पकड़ने के लिए आ जाएँगे।"

"आराम से चलो, जवान! पचास-साठ साधुओं के लिए तो हम दोनों भाई

ही काफी हैं।''

''तुम कौन हो?'' केशव ने अपने कृपालुओं का धन्यवाद करते हुए पूछा।

''हम दोनों पहलवान हैं। यह मेरा बड़ा भाई माझा है। मैं इसका छोटा भाई हूँ, मेरा नाम गामा है। हम दोनों भाई उधर पटेल-स्टेडियम में फ्री-स्टाइल कुश्ती लड़ते हैं।''

''फ्री-स्टाइल कुश्ती क्या होती है?'' केशव ने पूछा।

''तुम्हें बताएँगे,'' माझे ने प्रसन्न होकर कहा, ''पहले जब मैंने तुमको देखा, तो अपना पहलवान भाई समझा। क्या शानदार जिस्म पाया है! क्या मजबूत हाथ-पाँव हैं! क्या चौड़ा सीना है! तुम्हें तो पहलवान होना चाहिए, पहलवान... !''

यह कहकर माझे ने केशव के दृढ़ सीने पर एक घूँसा मारा।

घूँसा खाते ही केशव वहीं सड़क पर लड़खड़ाकर गिर गया। केशव को गिरते देखकर दोनों भाई जोर-जोर से हँसने लगे।

''ओए फुज्जन बेरीदिया! तू तो ऊपर-ही-ऊपर से टमाटर की तरह लाल है, अंदर से तो बिलकुल पोला है। फुज्जन बैरीदा! चल, भाग जा!''

जब केशव भागने लगा, तो उन दोनों भाइयों ने पीछे से आवाज़ देकर उससे कहा, ''ओए, अपना तंबूरा तो ले जा, मीरासी दे पुत्तर!''

केशव डरता-डरता उनके पास पहुँचा और अपनी वीणा लेकर जो भागा, तो काफी देर तक उसने पीछे मुड़कर नहीं देखा।

12

जब आठ सौ वर्ष पुराने योगी का चित्र समाचार पत्रों में प्रथम पृष्ठ पर छपा, तो सबसे पहले रंभा ने उसे पहचान लिया था। बाद में जब शाम के समय मदन ने रंभा से इसका जिक्र किया, तो वह बोली, ''हाँ, मैं सुबह के अखबार में उसका चित्र देख चुकी हूँ।''

''मगर सूरत-शक्ल से ऐसा फ्रॉड तो मालूम न होता था !'' मदन बोला।

''सूरतें अकसर धोखा देती हैं। अब सूरत-शक्ल से तुम बिलकुल फ्रॉड मालूम देते हो, पर हो तो नहीं !'' रंभा ने मुस्कराकर कहा।

''थैंक यू !''

''मजबूरी सबकुछ करा देती है—वह बेचारा मुझसे विवाह करने के लालच में रुपया कमाने गया है,'' रंभा बोली।

मदन ने सिर हिलाकर कहा, ''तो...तो, उसने बहुत अच्छी तरकीब सोच ली है। अब उसका मंदिर खूब चलेगा। और जब मंदिर अच्छी तरह चलता हो, तो उसकी वार्षिक आय किसी तरह भी एक अच्छी खासी फैक्टरी की आय से कम नहीं होती। और मजा यह है कि इस आय पर इनकमटेक्स नहीं देना पड़ता।''

''क्या तुम्हारा विचार मंदिर खोलने का है ?'' रंभा ने पूछा।

''प्रोफेसरी की झिक-झिक से महंत होना बहुत अच्छा काम है,'' मदन ने हँसकर कहा, ''पर मैं अगर मंदिर खोलने लगा, तो किसी देवी ही की पूजा करूँगा।''

''तुम्हारी नई प्रेयसी कैरी का क्या हाल है ?'' रंभा के स्वर में ब्लेड की-सी तेजी थी।

''आजकल सुना है, कुदसिया का भाई करीम यहीं आया हुआ है,'' मदन ने जवाब में कहा। वह जानता था कि आजकल रंभा कुदसिया के भाई करीम पर मोहित है, जो ऑक्सफोर्ड में क्रिकेट टीम का कैप्टेन था। वह आजकल क्लब में, सिनेमा में, जूह पर, स्वीमिंग-पूल पर—अकसर करीम ही के साथ देखी जाती है।

''मैंने सुना है, तुम करीम से शादी कर रही हो; कुदसिया अपनी सहेलियों से कह रही है,'' मदन ने रंभा को मौन देखकर कहा।

रंभा एकदम भड़क उठी, ''मैं शादी किससे करूँगी, यह तो मेरा अपना मामला है और किसी दूसरे को इसमें बोलने का कोई अधिकार नहीं है। लेकिन मिस्टर मदन, मैं आपको इतना जता देना चाहती हूँ कि मैं करीम से तो हरगिज-हरगिज शादी नहीं करूँगी।''

''क्यों, क्या बुराई है करीम में ?'' मदन ने पूछा। ''लड़का जवान है, सुंदर है, अमीर है और तुम धर्म में विश्वास नहीं रखती हो।''

''अगर अकबर का जमाना होता, तो मैं करीम से शादी कर लेती, अकबर से औरंगजेब तक का कोई जमाना होता, तो भी मैं शादी कर लेती। लेकिन औरंगजेब के बाद नहीं। हिंदुस्तान में नहीं, हाँ ईराक में जाकर हो सकती है। अगर वह मिस्र का रहनेवाला हो, तो कर लूँ। यहाँ करीम से विवाह करके कौन सैकिंड-क्लास शहरी बने!''

''सैकिंड-क्लास शहरी से तुम्हारा क्या मतलब है?''

''अल्पसंख्यक! मिस्टर मदन, अल्पसंख्यक! तुम कभी अल्पसंख्यकों में नहीं रहे। इसलिए तुम उस भयानक एकाकीपन का अनुमान नहीं लगा सकते, जिससे एक अल्पसंख्यक का दिन-रात वास्ता पड़ता है।''

''इस मूर्खों की बस्ती में मैं अपने-आपको अल्पसंख्यकों में ही समझता हूँ।'' मदन ने मुस्कराकर कहा।

''बात को उड़ाओ नहीं। गंभीरता से इस प्रॉबलम को समझने की कोशिश करो! और जहाँ इंसान के सामने और बहुत-सी प्रॉबलम हैं, वहाँ एक प्रॉबलम यह भी है कि इंसान ने कभी आज तक अल्पसंख्यकों से न्याय नहीं किया। हिंदू ने मुसलमान से, मुसलमान ने यहूदी से, यहूदी ने ईसाई से, ईसाई ने हब्शी से...और जब हब्शी सत्ता प्राप्त कर लेगा, तो वह भी किसी अल्पसंख्यक के साथ न्याय नहीं करेगा। इंसान अभी इतना कायर है कि वह अपने से संख्या में कमजोर अल्पसंख्यकों को और भी निराश्रित और बेसहारा बनाने में अधिक-से-अधिक प्रसन्नता अनुभव करता है।''

''बस यही तुम्हारी गलती है,'' मदन बोला, ''तुम हमेशा इतिहास को फ्रायड के मनोविज्ञान से गडमड करके गलत नतीजे निकालती हो।''

''इसमें क्या गलत बात कही है मैंने?'' रंभा चौंककर बोली।

''प्रॉबलम यह नहीं है कि बहुसंख्यकों ने कभी अल्पसंख्यकों से न्याय नहीं किया,'' मदन बोला, ''प्रॉबलम यह है कि अल्पसंख्यकों ने आज तक कभी बहुसंख्यकों से न्याय नहीं किया।''

''हैं! तुम तो उलटी बात कह रहे हो,'' रंभा हैरान होकर बोली।

''मैं उलटी बात नहीं, सीधी बात कह रहा हूँ। और सीधी बात यह है कि जिस दिन से संघ-परंपरा टूटनी प्रारंभ हुई, उसी दिन से इंसान की बहुसंख्या ने अल्पसंख्या पर शासन किया है। जब लोग छोटे-छोटे समुदायों और कबीलों में रहते थे, उसी युग में सही लोकतंत्र, सही अधिकार और सही मानवीय कर्तव्यों

के चिह्न मिलते हैं । तब हर कबीले का आदमी अपनी उस छोटी-सी दुनिया में एक-दूसरे से पूरी बराबरी का दावा कर सकता था, लेकिन उस छोटी-सी दुनिया को एक बड़ी दुनिया के निर्माण के लिए टूटना ही था । सो वह टूटी और उसके साथ उसके सुंदर मूल्यों का ह्रास और अनादर हुआ, जो सामंत-युग से आज तक चलता आया है । उस दिन से सदा इंसानों पर एक बहुसंख्या ने शासन किया है । सामंतों से लेकर पूँजीवादियों के युग तक जीवन की व्यवस्था बहुत बदली है, फैली है; बहुत पेचीदा और गहरी हुई है । लेकिन इस जीवन-व्यवस्था की बागडोर कभी बहुसंख्यकों के हाथ नहीं आई ।''

''तुम आर्थिक बहुसंख्यकों का किस्सा ले बैठे—मैं धार्मिक दृष्टि से बहुसंख्यकों की बात कर रही हूँ ।''

''बात एक ही है । धार्मिक बहुसंख्या की समस्याएँ भी असल में आर्थिक ही हैं—अगर ज़रा ध्यान से देखो, तो । और ये समस्याएँ प्राचीन युग के, प्राचीन व्यवस्था के, प्राचीन मानव के, प्राचीन विचारों से क्या हल होंगी ?—चाहे वे बहुसंख्या में हों या अल्पसंख्या में, यह समस्या धार्मिक तरीकों या दया-धर्म से हल नहीं होगी । इसके लिए सबकुछ बदलना होगा ।''

''उफ़्फ़ोह ! बहुत बोर हो तुम ! क्या शुष्क वाद-विवाद ले बैठे ।''

''बात तुमने शुरू की थी !'' मदन ने कहा ।

''मैंने तो महज करीम से सहानुभूति जतानी चाही थी । तुम उसे फिलासफी में घसीटकर ले गए ।'' रंभा बोली, ''करीम मुझे दरअसल बहुत पसंद है । लेकिन ··· लेकिन ··· वह उस आदमी की तरह है, जिसका शरीर तो एक नवयुवक का हो पर, मस्तिष्क एक बच्चे का हो । अब मैं एक बच्चे से तो शादी करने से रही । हाँ, एक हलकी फ्लर्टेशन करने में क्या हर्ज है'' रंभा ने पूछा ।

''मेरे विचार में कानूनी तौर पर या सामाजिक तौर पर इस बात का निर्णय हो जाना चाहिए,'' मदन ने कहा, ''कि एक कुँआरी लड़की को संख्या में कितने पुरुषों से फ्लर्ट की आज्ञा है, दो, दस, बीस, पचास—एक सीमा निर्धारित कर दी जाए, तो अच्छा रहेगा ।''

''तुम मुझे बदनाम कर रहे हो !'' रंभा ने लगभग रुआँसी होकर कहा ।

''वह कैसे ?'' मदन ने आश्चर्य से पूछा ।

"मैं कुँआरी नहीं हूँ।"

इतना कहकर रंभा जोर से हँस पड़ी। मदन पहले तो भौंचक्का रह गया। मगर दूसरे ही क्षण मजाक को समझकर वह भी हँसने लगा।

हँसते-हँसते रंभा एकदम रुक गई। बहुत ध्यान से मदन को देखकर बोली, "कैरी से तुम्हारी दोस्ती कहाँ तक पहुँच चुकी है ?"

"अजीब बात है, इस दोस्ती में कोई मंजिल ही नहीं आई अब तक! वह कहती है, 'मैं केशव को भुलाने में लगी हुई हूँ, तुम रंभा को जलाने की फिक्र में लगे हो।'—इसे मित्रता नहीं कहते, दो दुश्मनों का समझौता कहते हैं।"

"फिर ?" रंभा ने पूछा।

"तुम जानती हो, मैं समझौतेबाजी के सदा विरोध में रहा हूँ," मदन ने धीरे-से कहा और रंभा की आँखों में आँखें डाल दीं।

रंभा का ध्यान-मग्न मुख धीरे-धीरे स्पष्ट होता गया। धीरे-धीरे उसके चेहरे पर प्रसन्नता और निश्चिंतता की एक मुस्कराहट-सी खिलती गई। मदन विवश-सा होकर उसके पास चला और उसे अपनी बाँहों में लेकर बोला, "रंभा! तुम केशव से कितना प्यार करती हो ?"

"कह नहीं सकती। उसका चेहरा देवताओं का-सा है, दिल बच्चे का-सा, आत्मा ऐसी अबोध है—आज से दो हजार वर्ष पहले के किसी कबीले में रहनेवाले आदमी की-सी। उसका सादा और ज़िद्दी स्वभाव बड़ा आकर्षक और सुहाना है। देखो, वह मेरे लिए कमाने गया है और मुझे उम्मीद है कि अगर वह कमाकर न लाया, तो जीवन-भर अपना मुँह मुझे न दिखाएगा। लेकिन मेरी खोज में, सफलता की मंजिल प्राप्त करने में, हमेशा प्रयत्नशील रहेगा। ऐसी मूर्खता भी कैसी सुंदर मालूम होती है!" रंभा ने कहा।

"तुमने कहाँ तक उसे चाहा है ?" मदन ने फिर पूछा।

"एक बार मैंने अपने होंठ उसे दिए थे," रंभा ने सपनीली दृष्टि से दूर कहीं सोचते हुए कहा। यों तो वह मदन की बाँहों में खड़ी थी, लेकिन इस प्रकार अलग-सी, जैसे वह दो बाँहों में नहीं, दो स्तंभों के बीच में खड़ी है—बिलकुल अलग और पूरी तरह स्वतंत्र—"एक बार मैंने उसे अपने होंठ दे दिए थे। पर दिल के अंदर वह घंटी न बजी···वह घंटी, जिसकी आकांक्षा हर कुमारी लड़की करती है, वह घंटी, जो केवल सच्चे प्रेम से बजती है!" रंभा ने बड़े गंभीर स्वर में कहा।

"एक बार ज़रा मैं भी घंटी बजाकर देखूँ ?" मदन उसके होंठों की तरफ झुकते हुए कहने लगा। लेकिन रंभा फौरन तड़पकर उसकी बाँहों से निकल गई।

"होश में रहो ! मैं दस पुरुषों के साथ फ्लर्ट करती फिरूँगी, पर तुम्हारे साथ कभी नहीं।"

"क्यों, क्यों ?" मदन ने पूछा।

परंतु रंभा ने कोई उत्तर न दिया। मालूम नहीं, क्यों ? पर मदन उसके उत्तर न देने पर बहुत प्रसन्न हुआ।

13

मायूसियों से झुलसते हुए दिन, बूढ़ी हड्डियों की तरह कड़कड़ाती हुई रातें, भूखे पेट की तरह खाली लमहे और बिच्छुओं की तरह हर डग पर डंक मारती हुई जालिम शहर की सड़कें। हर सड़क के मोड़ पर उम्मीदों का सुहाना मृग-जल झिलमिलाता है और थके कदमों की चाप सुनते ही अगले मोड़ पर चला जाता है। जीवन एक अंधे का सपना है और उम्मीद एक असफल वेश्या की प्रतीक्षा।

शहर ने केशव को काफी कूटा-पीटा था। उसके गालों का रंग छीन लिया था, उसे हवालात में रखा था, उससे भीख मँगाई थी, उसके अभिमानी स्वाभिमान का अनादर करके हर तरह से उसके टुकड़े-टुकड़े करने का प्रयत्न किया था। केशव को उसके बहुत कष्ट के दिनों में तिवारी ने अपनी खोली में शरण दी थी। तिवारी उससे वीणा सीखता था और उसके एवज उसे रोटी-कपड़ा और रहने की जगह देता था। और बस शहर ने केशव को ठुकराकर कूड़े के ढेर पर डाल दिया था और अब उससे इस तरह बेखबर हो गया था, जिस तरह अमीरों का मुहल्ला गरीबों की बस्तियों से अलग और अनजान रहता है।

लेकिन केशव अपने दिल में उसी तरह जिद्दी और हठीला था। उसके लक्ष्य

में किसी प्रकार का अंतर न आया था, बल्कि कुछ ऐसा लगता था, जैसे लगातार निराशाओं और कड़ुवाहटों की चोट खा-खाकर उसका संकल्प कमाए हुए चमड़े की तरह और भी दृढ़ और मजबूत हो गया हो, जैसे तूफान के सामने केशव झुक गया था, किंतु उसकी रीढ़ की हड्डी न झुकी।

तिवारी सुबह के समय उससे दो घंटे रोज वीणा सीखता था। फिर वह दस बजे या ग्यारह बजे के लगभग अपनी चाल से बाहर निकल जाता। रात गए घर लौटता। कभी-कभी तो केशव को महसूस होता, जैसे तिवारी महज वीणा सीखने के लिए वीणा नहीं सीखता है, बल्कि शायद केशव की सहायता करने के लिए ही सीखता है। तिवारी की उँगलियाँ मोटी, खुरदरी और मजबूत थीं। वे इस तरह की उँगलियाँ थीं कि गर्दन पर जम जाएँ, तो रगों को तोड़कर लहू निकाल दें। लेकिन वे सुरों को तोड़-मरोड़कर एक धुन न निकाल सकती थीं। ऐसा आदमी भला उससे वीणा क्यों सीखता है?—केशव हैरान होकर अपने दिल से रोज यही प्रश्न करता था, किंतु तिवारी के व्यवहार में कोई अंतर न आया। वह यदि पहले दो घंटे उससे वीणा सीखता था, तो फिर चार घंटे वीणा पर लगाने लगा, फिर छः घंटे, फिर आठ घंटे और फिर पूरा दिन उस पर लगाने लगा। परंतु जब किसी तरह उसे वीणा के सुरों का ज्ञान प्राप्त न हुआ, तो उसने हार मान ली और एक दिन आह भरकर केशव से कहा, "एक लड़की है!"

"हूँ…" केशव ने कहा।

"हाँ, एक लड़की है," तिवारी ने दोहराया। "वह एक बहुत बड़े सेठ के पास है।"

"फिर?"

"वह सेठ बहुत अमीर है, वह उस लड़की को पैसा देता है। वह उस लड़की को बहुत खुश रखता है, और…"

"और?"

"और वह लड़की वीणा सीखना चाहती है। और उस लड़की को वीणा सीखने का बहुत शौक है।"

"तो…?" केशव ने प्रश्न किया।

"तो मैं चाहता था कि मैं तुमसे वीणा सीखकर उसे सिखाऊँ। वह बहुत ही प्यारी-सी लड़की है। अगर वह मुझसे वीणा सीखती, तो मुझे तीन सौ रुपया महीना मिलते।"

''फिर ?''

''फिर, अब वे मुझे नहीं मिलेंगे। अब मैं तुमको उस लड़की के पास ले जाऊँगा और उससे मिला दूँगा। लेकिन तुमको उसमें से डेढ़ सौ रुपए महीना मुझको देने होंगे।''

''दूँगा !''

''ठीक है ! कल ले चलूँगा !''

दूसरे दिन तिवारी केशव को मलाबार हिल पर ले गया। मलाबार हिल पर एल्फ्रेड एपार्टमेंट्स नाम की एक चौदह मंजिल की बिल्डिंग मलाबार हिल की सब इमारतों से अलग और ऊँची खड़ी थी। तिवारी केशव को सबसे ऊँची मंजिल पर लिफ्ट में ले गया। लिफ्ट बॉय जिस तरह से तिवारी को देखकर मुस्कराया, उससे केशव को मालूम हुआ कि लिफ्ट बॉय की तिवारी से काफी गठती है। तिवारी का सिर घुटा हुआ था और वह ठिगना, नाटा और काली स्याह व चिकनी चमड़ीवाला नवयुवक था। उसे देखकर हमेशा यह लगता था कि अभी-अभी तेल में नहाकर बाहर निकला है। चौदहवीं मंजिल के सातवें फ्लैट के बाहर जाकर तिवारी ने घंटी बजाई। एक खटका-सा हुआ। ऐसा मालूम हुआ, जैसे अंदर-ही-अंदर से किसी दरार से कोई आँख उन्हें झाँक रही है। फिर दरवाजा धीरे-से खुल गया और फूलदार फ्रॉक पहने हुए एक ईसाई लड़की ने मुस्कराकर तिवारी से भीतर आने को कहा।

तिवारी और केशव दोनों भीतर गए।

एक लंबा-सा कारीडोर था, जिसके दोनों तरफ दरवाजे खुलते थे। सब दरवाजे बंद थे। कारीडोर में गहरे और धँसनेवाले गलीचे पड़े हुए थे, जो पाँवों की चाप को चूस लेते थे। जगह-जगह पर सुंदर तिपाइयों पर आदमकद गुलदान रखे थे, कहीं दीवारों में लगे हुए दर्पण थे, कहीं मद्धिम-मद्धिम रोशनीवाले झिलमिलाते फानूस !

फिर वे बादामी रंग की दीवारोंवाले एक कमरे में प्रविष्ट हुए; जहाँ की रोशनियाँ बड़ी मद्धिम-मद्धिम-सी थीं, जहाँ गहरी नीली मखमल के सोफे थे और पीले और उन्नाबी फूलोंवाले संदली परदे थे। और कमरे के बीच में काँच का एक फव्वारा था, जिसके मुँह से पानी की दो पतली धारें फूट रही थीं; और

उन पर भिन्न-भिन्न रंगों की झलकियाँ पड़ रही थीं—धानी, गुलाबी, नारंगी, ऊदी, सफेद। ध्यान से देखने से मालूम हुआ कि यह फव्वारा नहीं है; काँच की बनी एक अर्धनग्न स्त्री की मूर्ति है, जिसकी छातियों से दूधिया पानी की धारें फूट रही थीं।

इस फव्वारे के पास एक सुंदर स्टैंड पर तोते का एक पिंजरा झूल रहा था और इस पिंजरे के निकट एक लड़की खड़ी तोते को चूरी खिला रही थी। उस लड़की को देखकर जिस तरह से तिवारी झुका और झुककर मुस्कराया, उससे केशव ने तुरंत अनुमान लगा लिया कि तिवारी का असली पेशा क्या है। जिस तरह उस लड़की ने उन दोनों की ओर मुड़े बिना तिवारी से महज सिर हिलाकर उससे जाने को कहा, उससे केशव को यह भी अनुमान हो गया कि तिवारी की इस घर में कोई हैसियत नहीं है।

तिवारी ने संकेत नहीं समझा। हाथ जोड़कर, सिर झुकाकर कहा, ''मालकिन, एक ऐसे वीणा बजानेवाले को लाया हूँ, जो अपनी कला में अत्यंत दक्ष है और सारे हिंदुस्तान में इसकी बराबरी करनेवाला कोई नहीं है।''

लड़की ने मुड़कर नजर भरकर केशव की ओर देखा। फिर उसने बड़े कठोर और दृढ़ स्वर में तिवारी से कहा, ''तुम जाओ, मैं इनसे बात कर लूँगी।''

जब तिवारी चला गया, तब देर तक उस लड़की ने केशव से कोई बात न की। वह देर तक तोते को चूरी खिलाती रही। अंत में अपने पास के नीली मखमल के दीवान की तरफ इशारा करके बोली, ''यहाँ बैठ जाओ!''

उसकी आवाज में एक हलका-सा कंपन था। आवाज पहचानी हुई थी।

''शोभा तुम यहाँ कहाँ?'' केशव ने हठात प्रश्न किया, ''यहाँ क्या करती हो? इतनी अच्छी जगह कैसे पहुँच गईं? विवाह कर लिया क्या?''

लड़की पूरी तरह उसकी तरफ घूम गई। उसके निकट आकर बोली, ''इतने सारे सवाल तुमने एकदम कर डाले। क्या जवाब दूँ? क्या करती हूँ?...वही करती हूँ, जो पहले करती थी।''

''अर्थात?''

''अपना शरीर बेचती हूँ। इस ऊँची जगह पर इसलिए पहुँच गई कि एक ऊँचे दलाल से वास्ता पड़ गया था। उसने मुझे बंबई में ढंग से रहने का गुर सिखा दिया। बाजार की रंडी के पास भी वही यौवन और शरीर होता है, जो मलाबार हिल पर रहनेवाली तवायफ के पास है; सिर्फ बेचने के ढंग में फर्क है।

दो सवालों का जवाब तो दे दिया। अब तीसरे सवाल का जवाब बाकी है, शादी कर ली क्या?—इस प्रश्न का उत्तर तो क्या दूँगी, और दूँगी तो तुम्हें क्या दूँगी, जिससे मेरा विवाह हुआ था...''

केशव एक डग पीछे हट गया। ''वह विवाह नहीं था, शोभा!''

''तुम्हारे लिए न होगा,'' शोभा बड़ी सादगी से बोली, ''मेरे लिए था, अब भी है। सबकुछ गँवा देने पर भी तुम्हारी याद क्यों नहीं जाती मेरे दिल से? क्या मैं वीणा सीखना चाहती हूँ? मैं तो असल में किसी वीणावाले को ढूँढ़ना चाहती हूँ। समाचार पत्रों में विज्ञापन दिए, लोगों से कहा, दोस्तों से कहा, नौकरों से कहा, अजनबियों से कहा, कोई वीणावाले को तलाश कर लाए। लोग लाए भी, लेकिन जिस वीणावाले को मैं चाहती थी, वह तो आज ही नजर आया।''

केशव दीवान से उठकर बोला, ''अच्छा, मैं जाता हूँ!''

शोभा ने उसका हाथ पकड़ लिया। ''तुम जब आते हो, जाने की ही बात करते हो। तुम्हारे पाँव की धूल से मालूम होता है कि तुमने इस शहर की गली-गली के रास्तों की खाक छान मारी है। क्या बस इसी रास्ते पर तुम्हारे पाँव न पड़ेंगे? सिर्फ एक बार अपने पाँवों से मेरे शरीर को छू दो!''

''मुझे जाने दो!''

''अब तो मैं अपना पति भी वापस नहीं माँगती हूँ तुमसे। तुम केवल मेरे पास रहो, मेरी आँखों के सामने रहो। मुझे वीणा सिखाया करो। मेरा सेठ बहुत अमीर है। मैं तुम्हें पाँच सौ रुपए महीना, एक हजार रुपए महीना—जो तुम चाहोगे, दे दिया करूँगी। अब मैं तुम्हारी हर जरूरत और हर इच्छा पूरी कर सकती हूँ। तुम्हारी धोती फटी हुई है। जनेऊ तार-तार है, तुम्हारे बालों में रेत है, आँखों में कड़ुवाहट है। मेरे पास आ जाओ। मैं तुम्हें अपने हाथों से नहला-धुलाकर फूल की तरह प्रफुल्ल और ताजा रखूँगी। जौहरी सेठ तो सिर्फ शाम को कुछ घंटों के लिए आता है, बाकी सारा दिन और सारी रात हमारी है।''

''जौहरी सेठ?'' केशव ने पूछा।

''हाँ! क्या जानते हो तुम उसे? शहर का सबसे बड़ा जौहरी है, मुकंदीलाल जौहरी। उसने मुझे रखा हुआ है। वह बड़ा ही नेकदिल इंसान है। उसने मुझे इतना कुछ दे दिया है कि अब मेरे सारे जीवन के लिए काफी है! मैं सच कहती हूँ, अब बेकार इस गरीबी में रहने की कोई जरूरत नहीं है। अब तुम जीवन-भर

मेरे पास रह सकते हो। तुम्हें किसी तरह की तकलीफ न होगी। तुम विश्वास नहीं करते, तो आओ मेरे साथ, दूसरे कमरे में, मेरे बेडरूम में आओ। तुम्हें अपने ज़ेवर दिखाऊँ, मोतियों की मालाएँ, हीरे-जवाहरात, सोने की गिन्नियाँ… !"

केशव उठकर चलने लगा।

"कहाँ जा रहे हो ?" शोभा बड़ी बेचैनी से बोली, बड़ी निराशा से बोली, "फिर जा रहे हो ? अरे मत जाओ… मत जाओ… मत जाओ ! मुझे छोड़कर कहीं मत जाओ ! तुम नहीं जानते कि मेरे पास सबकुछ होते हुए भी, कुछ नहीं है… कुछ नहीं है… कुछ नहीं है…"

शोभा फूट-फूटकर रोने लगी।

केशव खामोशी से दरवाजा खोलकर बाहर चला गया। कारीडोर में चला गया, फ्लैट से बाहर चला। लिफ्ट से नीचे उतर गया। बाहर सड़क पर दौड़ने लगा। उसे ऐसा लगा, जैसे एक स्त्री हाथ में खाली पिंजरा लिए-लिए उसके पीछे दौड़ रही है :

आजा मेरे हीरामन-तोते, आजा… !

14

वे लोग 'ओल्ड जॉन में' चाय पी रहे थे। रंभा ने टेलीफोन करके मदन को कॉलेज से सीधे ओल्ड जॉन में आने के लिए कहा था। मदन को ओल्ड जॉन रेस्तराँ पसंद भी था। सब वेटर और बैरे पचास वर्ष से अधिक आयु के दिखाई देते थे। उनकी मुस्कराहट बड़ी गंभीर और बड़ी आकर्षक होती थी, पुरानी दुनिया की सारी समझ और गम लिए हुए वे वेटर जब नवयुवक ग्राहकों की मेज पर प्यार से झुकते थे, तो दिल को एक विचित्र प्रकार का संतोष प्राप्त होता था। इस रेस्तराँ का फर्नीचर खासा पुराना, बल्कि दकियानूसी किस्म का था। स्याह सागवान की नक्काशी की हुई मेजें और सीधी पीठ की दरबारी कुरसियाँ, पुराने टाइप की

चायदानियाँ, कटलरी और दीवार में लगी घड़ी और मद्धम-मद्धम रोशनियाँ, जिनसे रोशनियों के बजाय धुँधलके से छनते दिखाई देते थे, और उन धुँधलकों में चेहरे अस्पष्ट और रहस्यमय और फैले-फैले-से—जैसे गहरे पानी में तैरती मछलियाँ। मदन को ओल्ड जॉन बहुत पसंद था। उसकी प्राचीन परंपरा कुछ इस ढंग की थी, जैसे कोई इतिहास का बीता हुआ पन्ना उलट दे, और उलटते-उलटते दो भागों के बीच रखा हुआ गुलाब का फूल नजर आए।

ओल्ड जॉन के वातावरण में उन्हीं पीली पत्तियों की महक थी। लेकिन ओल्ड जॉन बहुत-सी बातों में पुराना होने पर भी इस सीमा तक अवश्य नया था कि यहाँ चाय और कॉफ़ी सबसे बढ़िया मिलती थी, पेस्ट्री बेहतरीन मिलती थी, केक बहुत खस्ता और क्रीम से भरे हुए, और आर्केस्ट्रा पुरानी लोकधुनें या पश्चिमी शास्त्रीय संगीत की चीजें ही बजाता था। इतना होने पर भी रेस्तराँ ने कुछ विशेष तरह के लोगों के दिलों में खास जगह बना ली थी। यहाँ पर या तो अधिकतर विदेशी टूरिस्ट आते थे, या पढ़े-लिखे सर्किलों के इंटलेक्चुअल या चित्रकला और थियेटरों से संबंधित लोग, या आर्ट की शौकीन बेहद हसीन लड़कियाँ, जो बाल कटवाती थीं, खादी-भंडार का रेशम पहनती थीं और बिना एड़ी के जूतों का उपयोग करती थीं, और गले में चाँदी के खुशनुमा ढोलने पहनकर, कॉफ़ी की एक प्याली पर लंबी-लंबी कलमोंवाले सूखे जबड़ों, रूखी बातों और भूखी निगाहोंवाले कलाकारों से घंटों बहस करके अपनी पचास हजार की गाड़ी में बिदा हो जाती थीं।

मदन को ओल्ड जॉन बहुत पसंद था और रंभा ने उसे दावत देते हुए कहा था कि वह साढ़े-पाँच बजे तक ओल्ड जॉन में अवश्य पहुँच जाए—बहुत जरूरी बातें करनी हैं। और अब साढ़े-पाँच के बजाय साढ़े-छह हो गए थे और रंभा अभी तक नहीं आई थी। क्यों नहीं आई थी? और वह कंधों पर बाल छिटकाए हुए चित्रकार कोने में बैठी हुई उस सुंदर लड़की से क्या बातें कर रहा है? सवा घंटे से तो वह भी देख रहा है। वह लगातार बातें किए जा रहा है। उसके सामने की चाय की प्याली ठंडी हो चुकी है। लड़की की आँखों में गहरे आश्चर्य की चमक है। उसने दो बार पर्स खोलकर लिपस्टिक लगाया है। वह बार-बार अपने बालों की घूमी हुई लहरियों में उँगली फेरकर उनके खम ठीक करती है। चित्रकार बके जा रहा है। लड़की मुस्कराते हुए सुन रही है। कभी-कभी चित्रकार का हौसला बढ़ाने के लिए "वाक़ई?" "सच?" "हाऊ वंडरफुल?"

"बिलकुल पिकासो की तरह अजीब, मातीस की तरह गहरा, वानगा की तरह अस्वस्थ मनोप्रवृतिवाला !" जैसे वाक्य प्रयोग करती है । हर वाक्य, बल्कि उसका आधा वाक्य भी चित्रकार के लिए प्रेरणा का काम करता था और वह चाय का एक घूँट पीकर, फिर बोलने लग जाता । लड़की की समझ से ये बातें कहीं ऊपर हैं और वह अपनी रूह के अंदर एक अजीब-सा अनजानापन-सा महसूस करती है । लड़की बहुत सुंदर है । लेकिन आजकल हाई सोसायटी में सिर्फ सुंदरता नहीं चलती । सुंदरता के साथ वे लोग आजकल आर्ट के सिंगार पर जान देते हैं । यह चित्रकार उस लड़की का पोर्ट्रेट बना रहा है । इस चित्रकार से उस लड़की की छह महीने पुरानी दोस्ती है । आर्ट के सर्किल में यह लड़की बहुत प्रसिद्ध होती जा रही है । इस प्रसिद्धि से उस लड़की का व्यक्तित्व अधिक आकर्षक हो चला है । आजकल कुँआरी, मूर्ख और मासूम लड़कियों का समय नहीं रहा । सौंदर्य के साथ अधिक तो नहीं, लेकिन ज़रा-सी आर्ट की मिलावट हो, गुजरे हुए जमाने की किसी दास्तान की हलकी-सी झलक हो, दिमाग, खाली हो, मगर होंठों पर क़िसी झूठे रोमांस का गम हो, तो ऐसी खोई-खोई-सी सुंदरी बहुत शीघ्र किसी ठीक प्रकार के, लेकिन किसी धनी बिजनेसमैन के ध्यान का केंद्र बन जाती है । छह महीने बाद वह उससे विवाह कर लेती है और चित्रकार ओल्ड जॉन के किसी कोने में कॉफ़ी का एक तल्ख़ प्याला पीता है और सफेद कागज पर कोयले से आड़ी-तिरछी लकीरें खींचकर फिर अपने भाग्य को कोसता है और सोचता है कि वह वाकई चित्रकारी करता है या हाई सोसायटी की शादी की दलाली ।

मदन ने घड़ी देखी । पौने सात हो चुके थे । उसने बैरे से बिल माँगा और उसे भुगताकर मेज से उठने ही वाला था कि इतने में रंभा "माफ करना, मुझे देर हो गई," कहती हुई, हाँफती हुई, मुस्कराती हुई, शर्मिंदा होती हुई उसकी मेज पर आ गई । उसने गहरे नारंगी रंग के मराठी मक्खन का ब्लाउज पहन रखा था और कांजीवरम की हलके ऊदे रंग की सूती साड़ी । एक हाथ में किताबें हैं, एक हाथ में पर्स । दो निगाहों में शहद-सा घुल रहा था । वह उसके सामने की कुरसी पर आकर बैठ गई और वह उससे इतना भी न कह सका कि वह कितनी देर से उसकी प्रतीक्षा कर रहा था । ऐसी लड़की के लिए तो सारी उम्र प्रतीक्षा की जा सकती है ।

"किस्सा यह हुआ," रंभा क्षमा माँगते हुए बोली, "मेरी क्लास की दो लड़कियों में झगड़ा हो गया।"

"कैसा झगड़ा?"

"हिंदू-मुस्लिम टाइप का!"

"अरे!"

"हाँ," रंभा बोली, "मैं औरंगजेब पढ़ा रही थी। इस पर विमला और जमीला आपस में उलझ पड़ीं। हाथापाई तक नौबत आ गई।"

"अरे!" मदन ने अफसोस दिखलाते हुए कहा, "लेकिन हुआ कैसे यह सबकुछ?"

"विमला धीरे-धीरे औरंगजेब पर चोटें करती रही—'बड़ा बुरा आदमी था, जी वह! यह सब मुसलमान होते ही ऐसे हैं; चरित्रहीन और कृतघ्न। अब देखो जी, अपने बाप को—जिसने उसे पैदा किया, उसी को उसके बेटे औरंगजेब ने कैद में रखकर घुला-घुलाकर मार डाला। कैसा निर्दयी बेटा था! मुसलमान जो था, जी! सभी मुसलमान निर्दयी होते हैं। जो बेटा अपने बाप का न हुआ, वह और किसका होगा? वह अपनी जनता का क्या होगा? औरंगजेब ने अपने भाइयों को चुन-चुनकर खत्म किया। जब तक जीता रहा, दूसरी रियासतों पर हमले करता रहा। हिंदुओं पर जजिया लगाता रहा। बड़ा निर्दयी और अत्याचारी था औरंगजेब बादशाह!' बस हौले-हौले डेस्क पर बैठी हुई, अपने बराबर बैठी जमीला से इसी तरह की बातें धीरे-धीरे करती रही।"

"और जमीला क्या करती रही?"

"जमीला पहले तो चुपचाप सुनती रही, क्योंकि मैं क्लास में लेक्चर दे रही थी और वह मेरा बहुत सम्मान करती है। लेकिन आखिर उस गरीब लड़की से न रहा गया। जब विमला की गालियाँ हद से गुजर गईं, तो उसने क्रोध में आकर वहीं क्लास में विमला के मुँह पर जोर से एक तमाचा लगा दिया! 'हमारे मुसलमान बादशाह को बुरा-भला कहती है, काफिर की बच्ची! ठहर तो सही...' यह कहकर जमीला ने विमला की चोटी पकड़ ली। विमला जोर-जोर से चीखने लगी और जमीला के बाल नोचने लगी। वह तो क्लास में हिंदू-मुस्लिम दंगा हो जाता, लेकिन मैंने मामले की बारीकी को भाँपते हुए उसी वक़्त क्लास स्थगित कर दी और उन दोनों को अपने कमरे में ले जाकर समझाने-बुझाने लगी।"

''तुमने क्या समझाया ? औरंगजेब का पक्ष लिया होगा प्रोफ़ेसर जादुनाथ सरकार की तरह ?''

''नहीं, यहाँ तो सवाल ही दूसरा उठ खड़ा हुआ था—हिंदू और मुसलमान का। विमला ने कहा था कि अत्याचार मुसलमान होता है और न्याय हिंदू की जान होता है। और जमीला कहती थी कि तंगनजरी में और कमीनेपन में हिंदू का मुकाबला कोई कर ही नहीं सकता। और जहाँ तक अत्याचार का सवाल है, जितने अत्याचार खुद हिंदुओं ने अपने शूद्र भाइयों पर ढाए हैं, उसकी मिसाल दुनिया में हिटलरशाही के सिवा और कहीं नहीं मिलती।''

''तो तुमने मामला कैसे सुलझाया ?''

''मैं बहस को सामान्य आरोपों से निकालकर वास्तविकता पर ले आई। मैंने कहा कि यह तो बिलकुल सच है कि औरंगजेब ने अपने बाप को कैद किया और शाहजहाँ अपने बेटे की कैद में ही मर गया। यह भी सही है कि औरंगजेब ने अपने भाइयों को राज्य सिंहासन के लिए मरवा डाला। चरित्र की दृष्टि से इसमें किसी तरह की कोई अच्छाई नजर नहीं आती। यह एक ऐसा तथ्य है, जिस पर कोई टीका-टिप्पणी नहीं की जा सकती और एक ऐतिहासिक तथ्य है। लेकिन इतिहास हमें यह भी बताता है कि सत्ता की कशमकश में सिंहासन पाने के लिए हिंदू राजाओं ने भी वही पाप किए हैं, जो औरंगजेब ने किए। इसमें हिंदू-मुसलमान की कोई विशेषता नहीं है। उदाहरण के लिए महात्मा बुद्ध के मित्र सम्राट बिंबसार को उसके बेटे अजातशत्रु ने सिंहासन के लिए कैद किया और उसे कैदखाने में भूखा रख-रखकर मार डाला। फिर अजातशत्रु को उसके बेटे उदयभद्र ने मार डाला और उदयभद्र अपने बेटे अनिरुद्ध के हाथों मारा गया और अनिरुद्ध के बेटे मुंडा ने अपने बाप की जान ली और मुंडा को उसके बेटे नागदासक ने मारकर सिंहासन प्राप्त किया है। पीढ़ियों तक बाकायदा यही सिलसिला चलता है कि राज्य प्राप्त करने के लिए बेटा बाप का खून करता है। मुगलों के जमाने में से तो कोई ऐसा शानदार और लगातार नस्ल के बाद नस्ल तक चलने का उदाहरण निकाल कर दीजिए। अपराध हिंदू या मुसलमान का नहीं, अपराध राज्य का है और सत्ता प्राप्त करने के लालच का है। जिस जीवन की व्यवस्था की नींव ही अत्याचार पर हो, उसके अंतर्गत अन्य लोगों की विचार-प्रणाली, चाहे वह किसी संप्रदाय या धर्म से संबंध रखते हों, बिगड़ जाती है। इसमें हिंदू और मुसलमान, सिख और ईसाई का कोई भेद नहीं है।''

मदन ने कहा, "भई, हमारे अर्थशास्त्र में तो इस वास्तविकता को मान लिया गया है कि जो राज्य-उत्तराधिकारी होगा, वह अपने बाप और राजा के विरुद्ध विद्रोह करेगा। इस कारण अर्थशास्त्र में जहाँ यह कहा गया है कि राजा को अपने उत्तराधिकारी की कड़ी निगरानी करनी चाहिए, वहाँ उत्तराधिकारी के लिए ऐसे नियम भी दे दिए हैं, जिनका सहारा लेकर वह अपने बाप को चकमा दे सकता है!"

रंभा हँसकर बोली, "इसीलिए तो जब मैंने प्राचीन हिंदू-इतिहास में से यह दृष्टांत लेकर विमला से बातचीत की, तो वह बहुत लज्जित हुई। इससे पहले जमीला औरंगजेब की हरकत पर बहुत लज्जित थी। इसीलिए वह इस तरह अपने मुसलमान शासक का पक्ष ले रही थी। जब उसे यह पता चला कि हिंदू राजा भी इस मामले में मुगलों से दो हाथ आगे बढ़े हुए थे, तो उसकी लज्जा दूर हो गई। और जब दोनों लज्जित हो गईं, तो दोनों में मेल भी हो गया।"

मदन ने कहा, "असल में इतिहास बहुत गलत पढ़ाया जाता है। एक जाति दूसरी जाति को बदनाम करने में ही लगी रहती है—वर्तमान की खींचतान का भूतकाल के लट्ठ से निर्णय करने का प्रयत्न किया जाता है। इतिहास को उसकी आधारभूत प्रवृत्तियों के प्रकाश में देखने का प्रयास कम किया जाता है। एक अरसे से मेरा जी चाह रहा है कि मैं भारतीय इतिहास पर एक पुस्तक लिखूँ और इन आधारभूत प्रवृतियों को लेकर उनका वैज्ञानिक ढंग से विश्लेषण करूँ। अब तक इस सिलसिले में जो प्रयत्न हुए हैं, वे संपूर्ण और दृढ़ नहीं हैं।"

"तो तुम लिखते क्यों नहीं हो?" रंभा ने पूछा, "बातें ज़्यादा बनाते हो, काम बहुत कम करते हो।"

"असल में यह काम अकेले आदमी का नहीं है," मदन ने कॉफ़ी के कप की हथ्थी में उँगली डालकर उसे घुमाते हुए कहा।

"मैं तुम्हारी सहायता कर सकती हूँ, बशर्ते कि तुम कायदे से मुझसे इसके लिए प्रार्थना करो।" रंभा ने इठलाते हुए कहा, "तुम मुझे कुछ पिलाओगे नहीं?"

"अरे हाँ, तुम्हारी बहस में यह तो भूल ही गया पूछना। क्या पीओगी? संतरे का स्क्वैश और चिकन सैंडविच मँगाऊँ?"

"संतरे का स्क्वैश तो ठीक है," रंभा बोली, "क्योंकि मुझे प्यास लग रही है; पर चिकन-सैंडविच के बजाय तुम पनीर की फुलकियाँ मँगा लो। जुबान चटपटे

स्वाद के लिए तरस रही है। बाद में चाय भी पीऊँगी।"

मदन ने जलकर कहा, "यह तो मैंने देखा है कि कभी-कभी एक मैनू पर तुम गुजारा नहीं कर सकतीं!"

"अब तो कुछ ऐसा ही इरादा है!" रंभा ने अपने गले में पड़े हुए जेड के पेंडेंट से खेलते हुए कहा।

"क्या?" मदन ने पूछा।

"मैं तुमसे विवाह करना चाहती हूँ," रंभा ने उसी तरह सिर झुकाए धीरे-से कहा।

मदन चौंक पड़ा। कॉफ़ी की प्याली उसके हाथ से छूटकर मेज पर गिरकर उसकी पतलून पर बह निकली। छनाके की आवाज सुनकर बैरा दौड़ा-दौड़ा आया। उसने एक बड़ा तौलिया लेकर मेज साफ की, मदन के कपड़े पोंछे, और इन सब बातों ने मदन को खामोशी से सोचने का समय दे दिया।

"क्या तुम गंभीरता से बात कर रही हो?" मदन ने पूछा, "मजाक तो नहीं कर रही हो?"

"क्या इस मामले पर मैंने इससे पहले कभी तुमसे बात की है?" रंभा ने पूछा।

"नहीं!" मदन ने स्वीकार किया। परंतु उसकी समझ में कुछ नहीं आ रहा था और वह इस मौके के लिए कतई तैयार न था। वह बेहद घबरा गया था और उसकी समझ में कुछ नहीं आ रहा था कि वह क्या कहे? रंभा तो हमेशा से अजीब लड़की थी। उसकी ये अदाएँ ही तो जानलेवा थीं। कितने वर्षों से वह उसे विवाह का संदेश देना चाहता था। लेकिन उसकी कभी यह हिम्मत ही नहीं हुई। और अब अचानक...यों...इस तरह...

रंभा बोली, "आपका मौन देखकर मालूम होता है कि आपको इस संदेश से कुछ प्रसन्नता नहीं हुई?"

मदन अपने स्थान से उठा और आकर रंभा के साथ बैठ गया। उसका दिल बुरी तरह धक-धक कर रहा था और वह विज्ञान, इतिहास और दर्शन सब भूल गया था। अब उसे केवल इतना याद था कि वह एक पुरुष है और रंभा एक स्त्री। और वे दोनों एक ही सपने में उलझे हुए थे। उसने रंभा का हाथ अपने

हाथ में ले लिया। फिर किसी ने किसी से कुछ नहीं कहा। कुछ कहने की आवश्यकता भी नहीं रही। ओल्ड जॉन की दीवारें मिट गईं, फर्नीचर गायब हो गया, चारों तरफ बैठे हुए लोगों की आवाजें शून्य में खो गईं। अब वे दोनों इस दुनिया में बिलकुल अकेले थे। यह दुनिया थी और केवल वे दो थे। उनके दिल के सूखे बाँध, ठंडे-मीठे शीतल पातों से भर उठे थे और दूर-दूर तक मुहब्बत के साहिलों पर सुंदर सपने लहलहा रहे थे।

"क्या तुमने अपने पिता जी से बात की है?" मदन ने पूछा।

"पापा को बताने से पहले क्या तुमसे पूछना जरूरी नहीं था?" रंभा ने पूछा। "खैर मैं उन्हें भी बता दूँगी। लेकिन जिस तरह तुम चाहते हो उस तरह नहीं।"

"फिर कैसे?" मदन ने हैरान होकर पूछा।

"जैसे मैंने तुम्हें सरप्राइज दिया है, ऐसे ही मैं अचानक पापा को भी सरप्राइज देना चाहती हूँ।"

फिर बैरा खाने की चीजें लेकर आ गया। और वे दोनों अपने सपनों को वहीं छोड़कर वापस अपनी मेज पर आ गए। दीवारें फिर वापस आ गईं और रोशनियाँ वापस आ गईं और अँधेरा, आवाजें और चीजें, गूँजें और बूएँ और तमाम तत्व, जिनसे मिलकर यह दुनिया बनती है, यानी भूख और प्यास, ज़रूरत और अहसास। लेकिन आज इन सभी भावनाओं के परदे के पीछे एक और भी आनंददायक भावना शामिल हो गई थी, जैसे शरीर में जीवन और कल्पना में सौंदर्य और खयाल में ताजगी शामिल होती है।

15

दूसरा वर्ष भी बीत गया। केशव ने बाईकल्ला ब्रिज के बस-स्टाप पर खड़े-खड़े सोचा। वह भयानक अमावस्या की रात्रि तीन मास पहले आई थी और उसे जीवित छोड़कर शिव के चरणों में लौट गई थी। दो वर्ष, तीन मास बीत गए थे

और वह अपनी मंज़िल से आज भी उतना ही दूर था, जितना आज से दो वर्ष पूर्व। फिर भी वह जीवित था, क्यों? क्या शिव ने उसकी प्रार्थना सुन ली थी? उसे पहलगाम में लिद्दर के किनारे उस हार की याद थी, जो दाएँ से बाएँ हो गया था। लेकिन रंभा तो उसे अब तक न मिली थी। फिर वह जीवित क्यों था? क्या शिव ने उसे और अधिक अवधि प्रदान कर दी थी? कहीं यह बात तो न थी कि यह सबकुछ उसकी कल्पना का भ्रम था? वह दो हजार वर्ष पुराना न था; शायद वह इसी युग में, इसी अंतराल में, पैदा हुआ था। भला पत्थर भी कभी आदमी बना है? अवश्य ही यह उसके मस्तिष्क की बहकी हुई कल्पना है। वह इसी युग का आदमी है। इसी समय के भाग्य, व्यवहार और जीवन-व्यवस्था से बँधा हुआ, जीवित हाड़-मांस का इंसान, जिसे एक अनिश्चित बीमार जीवन दे दिया गया है। उसे कहीं वापस नहीं जाना है; चाहे वह अपने प्रेम में सफल हो या असफल; रहना तो बहरहाल उसे इसी दुनिया में है और अगर उसे इस दुनिया में रहना है और न जाने कब तक रहना है, तो उसे अपने जर्जर विचारों के शव को अपने कंधे पर लादे-लादे फिरना रास न आएगा। उसे इस जूए को अपने कंधे से उतार फेंकना होगा, और एक नए जीवन का आरंभ करना होगा। अब उसे इस बात से न डरना चाहिए कि हर बात को इस व्यावहारिक कर्तव्य से परखा जाना चाहिए कि शिव क्या कहेंगे। भला शिव क्या कहेंगे? वह वही कहेंगे, जो दूसरे लोगों से कहेंगे। जीवन बहुत लंबा, मृत्यु बहुत दूर है और भूखे पेट इश्क करना बहुत मुश्किल है।

दूसरा वर्ष समाप्त होने और तीसरा वर्ष आरंभ होने पर अपने जीवन और उसकी संचालक वास्तविकताओं और स्वतंत्रता, और व्यवहार के क्षेत्र में केशव का विश्वास और भी पुष्ट हो चला था। ज्यों-ज्यों तीसरे वर्ष के दिन बीतते गए, उसका यह विचार और भी दृढ़ होता गया। धीरे-धीरे उसे विश्वास आता गया कि वह दो हजार वर्ष का पुराना केशव नहीं है, इसी जमाने का निवासी है, जिसे किसी मानसिक गड़बड़ी के कारण अपना भूतकाल याद नहीं रहा है।

और जब यह विचार उसके मन में आया और पुष्ट होकर स्थान बना बैठा, तो केशव का हृदय एक विचित्र प्रसन्नता से भर गया।

अचानक उसे महसूस हुआ, जैसे उसके हाथ और पाँव की जंज़ीरें और बेड़ियाँ एकदम कट गई हैं। उसकी आत्मा का भार हलका हो गया। और वह अपने शरीर और आत्मा के अंदर बिलकुल नया, प्रफुल्ल और चाक-चौबंद

महसूस करने लगा। इससे पहले उसकी इस दुनिया में रुचि संदेहशील और अस्थायी थी। अब उसकी आँखों में एक नई चमक आ गई और उसने अपने चारों तरफ के लोगों को एक नई रुचि, प्रसन्नता और जानकारी से देखना शुरू किया।

सीटी बजाते हुए वह बस के भीतर चला गया। सीढ़ी चढ़कर ऊपर की मंजिल में एक सीट पर बैठा ही था कि उसे अपने बिलकुल सामने मिराजुद्दीन और गुलामदीन, बैठे हुए नजर आए। उन दोनों ने भी उसे फौरन पहचान लिया। वे दोनों अपनी जगह से उठे और मिराज तो उसके साथ की सीट पर ही आ बैठा और गामा ने उसके सामने की सीट ले ली। फिर माझा ने जोर से केशव की जाँघ पर थपकी दी और गामा ने उसकी गुद्दी पर एक घूँसा दिया; और दोनों खुशी से चीखकर बोले, ''ओए फुज्जन बेरीदिया! किधर?''

''ज़रा कोलाबे तक जा रहा हूँ,'' केशव ने उनके घूँसों के दर्द से कराहते हुए कहा।

''तुम कोलाबे नहीं जाओगे, हमारे साथ जाओगे। ईमान से कहना गामे, ऐसा तगड़ा जवान ऐसी बुरी जिंदगी बसर कर रहा है। शर्म की बात है कि नहीं है?''

''बिलकुल है!'' गामा बोला, ''ओए फुज्जना!'' गामा केशव की तरफ मुड़ा, ''क्यों अपनी जिंदगी बरबाद करता है? हमारे साथ चल, तुझे तीन महीनों में पहलवान बना देवांगे⋯हैं!''

यह कहकर गामा ने फिर एक हाथ उसकी गुद्दी पर दिया। केशव दर्द से बिलबिलाते हुए बोला, ''भगवान के लिए इस वक़्त मुझे जिंदा छोड़ दो! इस वक़्त मैं एक जरूरी काम से कोलाबे जा रहा हूँ। वहाँ से निबटकर तुम्हारे पास जरूर आऊँगा।''

''सच कहंदा है?'' माझे ने पूछा।

''बिलकुल सच!'' केशव ने पहली बार झूठ बोलते हुए कहा। लेकिन क्या करता? झूठ न बोलता, तो जिंदा कैसे रहता। उसे तो इस समय अपनी जान बचाने के लिए झूठ बोलना ही था।

इस पर माझे ने अपनी कमीज की सीनेवाली जेब से एक परिचय पत्र निकाला और उसे केशव के हाथ में देकर कहा, ''यह हमारा पता है। जब जी चाहे, आ जाना। बंदा बना देवांगे! समझे?''

माझे ने खुश होकर उसकी पीठ ठोंकी और केशव को ऐसा लगा, जैसे किसी ने उसकी रीढ़ की हड्डी की चूलें हिला दी हों। बड़ी मुश्किल से अपने पर काबू पाकर केशव मुस्कराने लायक हुआ। उसने दर्द की लहरों के बीच हँसने का प्रयत्न करते हुए कहा, "जी, बहुत अच्छा, जरूर आऊँगा। अच्छा, अब मैं चलता हूँ; मेरा बस-स्टाप आ गया।"

"अरे अभी कोलाबा कहाँ आया ? यह तो मुहम्मद अली रोड का ही नाक़ा है, कोलाबा तो अभी बड़ी दूर है, फुज्जन बेरोदिया !"

"पर मुझे यहीं उतरना है। एक जरूरी काम याद आ गया है।"

"किसकी माँ से मिलने जा रहे हो ?" माझे ने कहा। और फिर दोनों पहलवान जोर-जोर से हँसने लगे। केशव भी खिसियानी हँसी हँसता हुआ, उनसे विदा लेकर बस से नीचे उतर गया।

कुछ डग स्टाप से आगे चलकर, फिर उसी स्टाप पर लौट आया और कोलाबे जानेवाली दूसरी बस की प्रतीक्षा करने लगा।

कोलाबे के शातू मेरियन रेस्तराँ के भीतर जाकर केशव ने फ्रेडी से बात की। फ्रेडी का आर्केस्ट्रा यहाँ काम करता था।

"अब मैं तुम्हारे आर्केस्ट्रा में वायलिन बजाने का काम करने पर राजी हूँ।"

केशव ने एक चांस लिया। बहुत समय हुआ। भगीरथ की पार्टी में पहलगाम में फ्रेडी ने केशव की वायलिन सुनकर उससे प्रार्थना की थी वह उसके आर्केस्ट्रा में शामिल हो जाए। उस समय केशव ने अत्यंत घृणा से उसकी प्रार्थना को ठुकरा दिया था।

"मैं पवित्र वीणा पर देवताओं के गीत बजानेवाला, तुम्हारे आर्केस्ट्रा में वायलिन बजाऊँगा !"

"वायलिन भी पवित्र है," फ्रेडी ने कहा था, "इस पर पश्चिमी संगीत के अमर गीत निर्मित हो चुके हैं।"

"छी: ! पश्चिमी संगीत भी कोई संगीत है ?" केशव ने बड़ी घृणा से कहा था, "वह संगीत, जो पाँव की उँगलियों से चलकर टखनों तक सीमित हो जाता है।"

"तुम बिटनिक-संगीत से पश्चिमी संगीत की महानता का अनुमान मत

लगाओ। बिथोविन, ब्राम, लिस्ट, चेकोव्सकी की महानता का अनुमान एल्विस पर्सले से नहीं किया जा सकता," फ्रेडी ने उससे कहा था, "कभी मेरे पास बंबई में आना। मैं तुम्हें पश्चिमी संगीत के वे गीत सुनाऊँगा, जिन्हें सुन और समझकर तुम्हारी आत्मा झूमने लगेगी। पर समझना शर्त है, क्योंकि इस दुनिया में बहुत-सी चीजों पर बेसोचे-समझे ही रोक लगा दी जाती है। इसमें एशियाई और यूरोपीय किसी को बंदिश नहीं है; दोनों अपनी भावनात्मक दीवारों में कैद हैं और आजाद होकर सोचने का प्रयत्न नहीं करते...।"

फ्रेडी ने एक तीव्र दृष्टि केशव पर सिर से पाँव तक डाली।

"हालाँकि तुमने उस दिन पहलगाम में शौकिया तौर पर मुझे वायलिन की एक गत सुनाई थी, लेकिन उसे सुनकर ही मुझे अंदाज हो गया कि अगर तुम चाहो, तो बहुत अच्छे वायलिन बजानेवाले बन सकते हो। लेकिन क्या तुम्हारे पास कोई वायलिन है?"

"वायलिन तो मेरे पास नहीं है!" केशव ने कहा।

"मेरे पास काम तो है, पर वायलिन नहीं है। वायलिन तुम्हें खुद कहीं से लानी पड़ेगी। आओ, चाय पीओ!"

फ्रेडी ने केशव से बड़ी दिल रखनेवाली बातें कीं, और सहानुभूति का प्रमाण दिया। उसे चाय पिलाई, पेस्ट्री खिलाई। उसे स्वयं शातू मेरियन रेस्तराँ के द्वार तक छोड़ने आया। लेकिन जब वह उसे छोड़कर भीतर लौट गया, तो केशव ने अपने दिल से पूछा, आखिर मैं वायलिन कहाँ से लाऊँगा?

रेस्तराँ की सीढ़ियों से उतरते-उतरते अचानक उसके दिल में कैरी की याद आई। कैरी के पास एक वायलिन था!

"मेरा दिल कहता था, तुम जरूर आओगे।"

कैरी के फ्लैट में सबकुछ बदला हुआ था। दीवारों का रंग, परदे, फर्नीचर—यहाँ तक कि कैरी के बालों का स्टाइल तक बदला हुआ था। वह केशव को देखकर ज़रा भी नहीं चौंकी। उसी प्रकार ईजल के सामने खड़ी चित्र में रंग भरती रही।

केशव उसके निकट गया। हैरान होकर बोला, "यह तो मेरा चित्र है।"

"हाँ, मैंने तुम्हारे बहुत-से चित्र बनाए हैं। मुझे इससे पहले चित्रकला का कभी शौक न हुआ था। लेकिन तुम्हारी उपेक्षा के बाद जाने क्यों संगीत से दिल उचटने लगा। मैंने उस दर्द का, जो तुमने मुझे दिया, एक गीत बनाना चाहा, पर बात बनी नहीं। फिर आप-ही-आप मैंने चित्रकारी शुरू कर दी; और तुम्हारे बहुत-से चित्र बना डाले। देखोगे?"

केशव ने धीरे-से सिर हिलाया।

कैरी ने दीवार के एक कोने से परदा हटाया। परदे के पीछे बहुत-से कैनवेस रखे हुए थे। कैरी एक-एक को लाकर प्रकाश में उसे दिखाती गई। इन चित्रों में कई प्रकार के केशव थे। घुटे हुए माथेवाला कमीना केशव, चौड़े जबड़े और तंग मुँहवाला निर्दयी केशव, तुंद-वहशी और बेरहम आँखोंवाला केशव, कुबड़ा केशव, वीणा लेकर चलता हुआ, चेचक के दागोंवाला कुरूप केशव, लंगड़ा केशव, काना केशव, कोढ़ी केशव, अत्यंत दरिद्रावस्था में सूखा दुबला, भूखा केशव। अंतिम चित्र केशव की मृत्यु का था। वह एक फुटपाथ पर मुर्दा पड़ा था और उसका सारा शरीर एक सफेद कपड़े से ढका हुआ था। सिर्फ उसके पैर नजर आ रहे थे और उसका चेहरा। केशव का चेहरा मृत्यु के बाद अत्यंत सुंदर था।

"आखिर मैंने बदला ले लिया और जब तुम्हें मृत्यु आ गई, मैंने तुम्हें क्षमा कर दिया," कैरी ने अंतिम चित्र की ओर देखकर कहा।

"लेकिन मैं तो जीवित हूँ।"

कैरी ने उसकी बात का उत्तर नहीं दिया। अपनी धुन में बोलती चली गई, "जितना मानसिक कष्ट तुमने मुझे दिया, उतना ही शारीरिक कष्ट मैंने तुम्हें पहुँचाया। जिस तरह तुमने मेरी आत्मा को दागदार करने का प्रयत्न किया, उसी तरह मैंने इन चित्रों में तुम्हारी आत्मा को भ्रष्ट कर दिया। मेरा खयाल है कि बदला लेने में संगीत काम नहीं आता, केवल चित्रकला काम आती है।"

"असफलता में न संगीत काम आता है, न चित्रकला। इन चित्रों को देख-देखकर मालूम होता है कि तुमने अपने-आपको कितना-कितना जलाया होगा।"

"सच है," धीरे-से कैरी ने कहा, "कभी-कभी सोचती हूँ, ये तुम्हारे चित्र नहीं हैं, मेरे चित्र हैं।"

कैरी का सारा शरीर सिर से पाँव तक काँप गया। अचानक वह उससे दूर

चली गई और रेडियोग्राम पर झुककर बोली, "अब तुम मेरे पास क्यों आए हो ?"

"मैं तुमसे कुछ माँगने के लिए आया हूँ।"

"मेरे पास अब तुम्हें देने के लिए कुछ नहीं रहा," कैरी निराशा से बोली, "मैं अब बिलकुल खाली हूँ !"

"क्या मतलब ?" केशव ने आश्चर्य से पूछा।

कैरी उसके पास चली आई।

"अगर मैं तुमसे कहूँ," उसकी आवाज में बला की तेजी और कड़ुवाहट थी, "कि तुम्हारे जाने के बाद मैंने भी वह पहला कदम ले लिया; वह पहला कदम, जिसके बाद स्त्री स्वयं ही पाप की ढलवान पर फिसलती जाती है; तो तुम मुझसे क्या माँगोगे ? क्या माँगोगे उस स्त्री से, जिसने सात बार अपने प्रेमी बदले, सात बार इन दीवारों का रंग बदला, सात बार सातों आसमानों को खँगालकर प्रेम का अंतिम सुर ढूँढ़ना चाहा; किंतु उसे न प्रेम मिला न आसमान, न रंग न सुर !—ऐसी स्त्री से तुम क्या माँगने आए हो ?"

"एक वायलिन !"

कैरी केशव का सादा उत्तर सुनकर और भी मुरझा गई। उसका चेहरा एकदम उतर गया और उस पर तेज दर्द, कोफ्त और कष्ट के चिह्न प्रकट हुए; और वह फटी-फटी आँखों से केशव की ओर बहुत देर तक मौन देखती रही।

"सिर्फ एक वायलिन !" कैरी ने निराशा से पूछा।

"हाँ," केशव ने अनुनय-भरे स्वर में कहा, "मैं मजबूर हूँ; मैं सिर्फ एक वायलिन माँग सकता हूँ।"

अचानक कैरी जोर-जोर से हँसने लगी। इतने ज़ोर से ठहाके लगाने लगी कि केशव भौंचक्का रह गया। हँसते-हँसते कैरी के पेट में बल पड़ गए और आँखों में आँसू आ गए और आश्चर्यचकित केशव की समझ में नहीं आता था कि वह कैरी से क्या कहे, क्या न कहे ! बस आश्चर्य से उसे तके जाता था।

बहुत देर के बाद कैरी ने अपनी हँसी पर काबू पाया। चंचल दृष्टि से केशव को ताकते हुए बोली, "वायलिन तो मैं दूँगी, पर तुम्हें इस वायलिन की कीमत देनी पड़ेगी।"

"मेरे पास तो एक पैसा भी नहीं है," केशव ने बेबसी से कहा।

कैरी उसके बिलकुल निकट आकर बोली, "एक पैसा नहीं है, तो क्या एक

क्षण भी नहीं है, एक दृष्टि भी नहीं है, एक प्यार भी नहीं है ?''

कैरी ने अपनी बाँहें उसके गले में डाल दीं और अपनी उँगलियों के नन्हें नाखूनों से उसकी ठोढ़ी खुजाने लगी। केशव स्तब्ध और हैरान खड़े-का-खड़ा रह गया, पत्थर की प्रतिमा की तरह। फिर कुछ क्षणों के मौन के बाद बहुत कोमलता से बोला, ''तुम जानती हो, मैं तुम्हें प्रेम नहीं दे सकता।''

''कौन तुमसे प्यार माँगता है ?'' कैरी ने दाँत पीसकर कहा, ''मैं कीमत माँगती हूँ।''

केशव ने सोचा, मूल्य और प्रेम में बहुत अंतर है। एक समय था कि दोनों में कोई अंतर न था, पर अब तो है। अब तो प्रेम प्रेम है और मूल्य मूल्य है। यदि प्रेम नहीं दे सकते, तो मूल्य ही चुका दो। वे जमाने गए कि जब वीणा केवल प्रेम चाहती थी और सीमित पालन-पोषण। यह तो वायलिन है, इसलिए अपना मूल्य भी माँगती है।

कैरी ने कहा, ''जिस दिन से तुम गए हो, उस दिन से मैंने वायलिन को हाथ भी नहीं लगाया।''

कैरी केशव को उसी कमरे में छोड़कर अपने बेडरूम में चली गई। थोड़ी देर के बाद कैरी के बेडरूम से वायलिन के संगीत की आवाज आने लगी। पेगनानी के तीखे तेज इतालवी सुर शिकायत करते हुए, कभी धीमे-धीमे सुलगनेवाले पुरसोज सुर, वियोग की आग में जलनेवाले··· फिर मद्धम-मुलायम, नरम व नाज़ुक सुर—रेशम की तरह फिसल जानेवाले।··· अचानक केशव को महसूस हुआ, जैसे वायलिन नहीं बज रही है, कैरी की लंबी, गुलाबी उँगलियाँ उसके गालों पर धीरे-धीरे चल रही हैं।

केशव ने ईजल के पास खड़े होकर क्षण-भर के लिए अपने अधूरे चित्र को देखा। फिर उसने ब्रुश उठाकर उस चित्र को काले रंग से काट दिया, और फिर सिर झुकाकर बेडरूम के भीतर चला गया।

16

शोभा एक गद्देदार आराम कुरसी पर अधलेटी एक सेविका से अपने नाखून रंगवा रही थी कि तभी जौहरी भगीरथ को लेकर कमरे में आया। सेविका ने चौंककर मालिक की तरफ देखा और नाखून रंगने का ब्रुश उसके हाथ में ही रह गया। उसने उठने का प्रयत्न किया कि जौहरी ने उससे कहा, "अपना काम करती रहो!" और यह कहकर वह और भगीरथ सामने की दो कुरसियों पर बैठ गए।

शोभा ने नाखून रंगने का पालिश सेविका के हाथ से ले लिया और आँखों के इशारे से उसे छुट्टी दे दी। इशारा पाते ही सेविका खामोशी से सिर झुकाकर चली गई। और जब चली गई, तब भी शोभा खामोशी से सिर झुकाए अपने नाखूनों पर पालिश लगाती रही।

"यह...यह...यह मेरे दोस्त भगीरथ हैं।"

शोभा ने गौर से अपनी छँगलिया के नाखून को देखा। फिर भगीरथ की तरफ देखकर मुस्कराई।

"हैलो," उसने लापरवाही की आवाज में कहा।

भगीरथ होंठ के कोने से ज़रा-सा मुस्कराया। वह गौर से शोभा की तरफ देखता रहा। उसने हैलो का जवाब हैलो से नहीं दिया।

जौहरी ने गला साफ करते हुए एक अजीब-सी-आवाज में कहा, "बात यह है शोभा, कि मैंने यह फ्लैट और इसका साज़ो-सामान भगीरथ के कर्ज में चुका दिया है। मुझे उसका बहुत-सा कर्ज चुकाना था।"

"अच्छा," शोभा ने उसी उपेक्षा के स्वर में कहा, "तो इसका मतलब यह है कि हमें यहाँ से किसी दूसरे फ्लैट में जाना होगा?"

भगीरथ ने मुस्कराकर कनखियों से जौहरी की तरफ देखा। जौहरी ने उससे आँखें फेर लीं। फिर धीरे-से बोला, "नहीं शोभा, बात यह है कि तुम यहीं रहोगी।"

शोभा ने पहली बार आश्चर्य से पूछा, "जब यह तुम्हारा फ्लैट नहीं रहा सेठ, तो मैं यहाँ किस तरह रहूँगी?"

जौहरी ने इस बात का कोई उत्तर नहीं दिया। उसका चेहरा कानों तक तमतमा रहा था। लेकिन उसके काँपते होंठों से कोई आवाज न निकली।

अंत में भगीरथ ने कहा, "बात यह है शोभा कि तुम भी इस कर्ज में शामिल हो।"

"मैं भी?" शोभा ने आश्चर्य से चौंककर पूछा, "यह फ्लैट और फर्नीचर, सोफा और कुरसी, गलीचे और फानूस, तसवीरें और बरतन, ये सब तक कर्ज में शामिल हो सकते हैं, पर मैं किस तरह?"

"हाँ तुम भी," भगीरथ ने बड़ी दृढ़ता से कहा, "तुम भी, तुम्हारा तोता भी और उसका पिंजरा भी—ये सब कर्ज में शामिल हैं। मगर घबराओ नहीं, मैं तुम्हें किसी तरह की तकलीफ न दूँगा। जौहरी सेठ जिस तरह तुम्हारी हर बात का ध्यान रखते थे, उस तरह मैं भी करूँगा। जो खर्च वह तुम्हें देते थे, वही मैं भी दूँगा। तुम्हारे ऐशोआराम में किसी तरह की कमी नहीं आएगी। बस, फ्लैट का मालिक बदल जाएगा और फ्लैट के बाहर नाम की तख्ती। और कुछ नहीं बदलेगा।"

"बस और कुछ नहीं बदलेगा!" शोभा आश्चर्य से भगीरथ के चेहरे की तरफ देखती रह गई। किस तरह के ये मर्द होते हैं, जो औरत के शरीर पर अपने नाम की तख्ती लगा देते हैं और उसे शादी कहते हैं या मुहब्बत कहते हैं या वेश्यावृति कहते हैं और सोचते हैं कि कुछ नहीं बदला! औरत क्या एक फ्लैट है, कि वह एक लकड़ी की तख्ती है, कि गरम गोश्त का एक लोथड़ा है, कि वह कर्ज है— जो कि आने-पाइयों के साथ चुकाया जाता है? महज एक शरीर है, जिसे समाज के कसाई काट-काटकर अलग-अलग ग्राहकों के हाथ बेचते रहते हैं! क्या वे जानते हैं कि औरत के शरीर के भीतर एक आत्मा रहती है? कुछ आरजुएँ, कुछ तमन्नाएँ, कुछ यादें, कुछ तसवीरें—जिनके नाम की तख्ती कभी नहीं बदलती? फिर ये मर्द क्यों इस तरह का बर्ताव हमारे साथ करते हैं? क्यों हमारी आरज़ुओं को कुचलते हैं, हमारी यादों को मसलते हैं? हमारी तसवीरों को अपनी हविश का शिकार बनाकर दागदार करते हैं और हमारी तमन्नाओं के गले पर छुरी रखकर कहते हैं कि कुछ भी नहीं बदलता?

शोभा खड़ी-की-खड़ी सोचती रह गई और उसकी समझ में कुछ नहीं आया कि वह क्या करे? बिलख-बिलखकर रोए या कहकहा मारकर जोर से हँसे? वह चुपचाप वहाँ खड़ी-की-खड़ी रह गई और जौहरी सिर झुकाए पलटकर

धीरे-धीरे कमरे से बाहर चला गया। और जब जौहरी उसके कमरे से बाहर चला गया, तो भगीरथ बड़े विश्वास से अपनी कुरसी पर से उठा और शोभा के पास आ गया। उसने विजयपूर्ण दृष्टि से शोभा पर नजर डाली और उसकी ठोड़ी उठाकर उसके सिर को ऊँचा करते हुए बोला, "हैलो!"

जवाब में पिंजरे में झूलता तोता भगीरथ की तरफ देखकर जोर से चीखा, "ब्लडी स्वाईन!"

गाली सुनकर अचानक भगीरथ को गुस्सा आ गया। वह शोभा से मुहब्बत करना भूल गया। वह तेजी से पिंजरे की तरफ बढ़ा। पिंजरा खोलकर उसने फड़फड़ाते हुए तोते को पकड़ लिया और दोनों हाथों से उसका गला घोंट दिया। लेकिन मरते-मरते तोता चिल्लाता रहा! "ब्लडी स्वाईन! ब्लडी स्वाईन!!"

भगीरथ तेजी से कमरे से बाहर चला गया।

उस रात रंभा अपने बिस्तर पर न सो सकी। रात-भर करवटें लेते-लेते सोचती रही, अब उसे क्या करना चाहिए? जौहरी ने अपनी बेटी को सबकुछ बता दिया था कि किस तरह वह भगीरथ से कर्जा लेते-लेते आज उसका इतना ऋणी हो चुका था कि अब उसके सामने घुटने टेक देने पर मजबूर था! अगर रंभा ने भगीरथ से शादी न की, तो कल उसे अपनी कोठी खाली करनी पड़ेगी और जवाहरात की दुकान भी कर्जे के बदले में देनी पड़ेगी और वे लोग एक दिन में लखपति से दिवालिया हो जाएँगे। बीच का कोई रास्ता न था। जौहरी ने यह तो न कहा कि रंभा ज़रूर ही भगीरथ से शादी करे, लेकिन उसने इस सिलसिले में बहुत कुछ न कहकर भी सबकुछ कह दिया था। और अब फैसला रंभा के हाथ में था। और रंभा जानती थी कि जिस तरह आज रात वह अपने बिस्तर पर करवट बदल रही है, दूसरे कमरे में उसी घर में उसका बाप जागते हुए, धड़कते हुए दिल से उसके फैसले का इंतजार कर रहा है।

ऊँह! मैं उस ख़बीस से शादी न करूँगी! हरगिज-हरगिज न करूँगी। आखिर मैं बिलकुल बेवकूफ और नादान नहीं हूँ। मैं एक कॉलेज की लेक्चरर हूँ। मैं अपने लिए कमा सकती हूँ और अपने बाप के लिए भी कमा सकती हूँ। बला से न हो कोठी, न रहे कार! न मिलें अच्छे कपड़े, फर्नीचर और गलीचे! मदन के साथ एक खूबसूरत, सीधी-सादी जिंदगी तो होगी। एक से विचारों की,

समान विचारों की, समान मित्रता और समान प्यार की! इस छोटी-सी जिंदगी में इंसान को और क्या चाहिए? मैं हरगिज-हरगिज उस गंदे लखपति से शादी न करूँगी।

इस तरह सोचते-सोचते वह चिंताओं में डूब गई। रेशमी बिस्तर के आरामदेह स्प्रिंग उसे गुदगुदाने लगे। मद्धम-मद्धम रोशनियाँ और बिल्लौरी फ़ानूस उसकी आँखों में खेलने लगे, ईरानी गलीचे के गुलगुले शरीर की हरी-हरी फूल-पत्तियाँ उसकी निगाहों में नाचने लगीं। संगमरमरी जोहरा की प्रतिमा, जो उसके बाप ने उसके लिए पेरिस में खरीदी थी; उत्कृत पश्चिमी काँचवाला सिंगारमेज, जिस पर सैकड़ों रुपए की खुश्बुएँ पड़ी थीं—उसकी निगाहों में डोलने लगीं। कमरे की महकी हुई हवाओं में सरसराते हुए मखमल के कोमल और स्वच्छ परदे उसकी निगाहों में झूलने लगे...ये सब ऐशो-आराम, यह जगमगाती हुई खूबसूरती, ये आरामदेह वस्तुएँ, यह जादुई दौलत का और उसकी ताकत और संतोष उसकी हकूमत का...ये सब क्या महज एक इंसान के लिए, एक छोटी-सी मुहब्बत के लिए, उसकी कुछ खूबसूरत बातों के लिए न्यौछावर किए जा सकते हैं? क्या यह मूर्खता न होगी? इतने बड़े त्याग के बाद क्या पछतावे उसे नहीं सताएँगे? क्या अंदर-ही-अंदर वह न कुढ़ेगी और पुराने दिनों को याद करके न रोएगी? अपनी अमीर सहेलियों को देखकर न जलेगी? क्या इस जलन, कुढ़न, ईर्ष्या के कारण मदन के लिए उसका प्रेम समाप्त न हो जाएगा? और एक दिन वह अपने त्याग पर खुश होने की बजाय उसे कोसने न लगेगी? फिर क्या यह त्याग व्यर्थ न हो जाएगा? इतना बड़ा त्याग करके भी वह अपना प्रेम कायम न रख सकी और दिल-ही-दिल में पछताने लगी, तो इस त्याग से मदन को या स्वयं उसको क्या लाभ होगा?

और फिर उसका बाप भी था। शहर का लोकप्रिय सभ्य लखपति! उसने रंभा के लिए दूसरी शादी न की थी। सारी जिंदगी अपनी बेटी का लाड़-प्यार करते हुए, उसकी हर खुशी को पूरा करने में गुजार दी। क्या अपने विशाल हृदय और दयालु बाप के प्रति उसका कोई कर्तव्य न था? उसका बाप बूढ़ा था और आराम की जिंदगी का आदी था। जौहरी का पीला और सुता हुआ चेहरा बार-बार रंभा के सामने आकर उसे परेशान करने लगा। हो सकता है मेरा बाप इस सदमे को सह न सके और मर जाए! ऐसी स्थिति में क्या बाप की मौत का कारण उसकी गर्दन पर न होगा? क्या लोग यह न कहेंगे कि रंभा ने अपनी खुशी

के लिए अपने बूढ़े बाप की जान ले ली और मानो यदि मेरा बाप बच भी गया, तो किस तरह की जिंदगी उसकी होगी ? उसका काम उससे छिन जाएगा, उसके दोस्त उससे छिन जाएँगे, उसका आराम उससे छिन जाएगा। अपनी बेटी के टुकड़ों पर पड़ा हुआ बाप क्या दिल-ही-दिल मुझे दिन में हजार बार न कोसेगा ?

रात-भर रंभा इसी तरह खयालों में डूबी सोचती रही। मुहब्बत ने दो-चार बार उसके दिल पर दस्तक दी, लेकिन यह दस्तक इतनी हलकी थी और दूसरे अंदेशे और विचार इतने दर्दनाक थे कि रंभा मायूस खयालों और मजबूरियों में डूबती चली गई।

और जब दूसरे दिन की मैली, टूटी हुई, उदास और भारी-सी सुबह प्रकट हुई, तो उसने काँपते हुए हाथों से घरेलू टेलीफोन उठाया और अपने बाप को दूसरे कमरे में टेलीफोन पर कहा, "पिता जी, मैंने भगीरथ से शादी करने का फैसला कर लिया है।"

इतना कहकर उसने पिता का उत्तर सुनने से पहले ही टेलीफोन का चोंगा पटक दिया। फिर वह अपने बिस्तर से अपना रात का गाऊन सँभालते हुए लिखने की मेज पर चली गई और मदन को पत्र लिखने लगी।

दस बार मदन को पत्र लिख-लिखकर उसने फाड़ डाला। आखिर उसने समझ लिया कि वह मदन को पत्र नहीं लिख सकती। टेलीफोन ही इस काम के लिए ठीक रहेगा। पत्र तो व्यक्तिगत होता है, बड़ा गहरा और नाजुक; और इस तरह के मामलों में तो बेहद फॉर्मल होते हुए भी बहुत व्यक्तिगत होता है। और वह अपने और मदन के व्यक्तित्व को आवश्यकता से अधिक घायल क्यों करे जबकि टेलीफोन मौजूद है ? टेलीफोन एक मशीन है, इसलिए काफी हद तक व्यक्तिगत नहीं है। पत्र में इंसान भावनाओं से कैसे अलग हो सकता है ? लिखते समय जैसे दिल का लहू बोलने लगता है। लेकिन यह टेलीफोन कितना कठोर और भावनाहीन-सा होता है ! तुम टेलीफोन पर कुछ भी कह सकते हो—आँखें झुकाए बिना, मगर पत्र तो एक चेहरा है, एक आईना है। और रंभा इस समय आईना न देखना चाहती थी। इसलिए उसने टेलीफोन का चोंगा उठा लिया और मदन को टेलीफोन करने लगी।

17

माझा के कहने पर केशव ने फ्री-स्टाइल कुश्ती के अखाड़े में जाना शुरू कर दिया था। अब वह माझा और गामा के यहाँ रहता था। वहीं खाना खाता था। वहीं सोता था। माझा और गामा, दोनों केशव से बहुत खुश थे, क्योंकि तीन महीने के अभ्यास से ही केशव का शरीर कुंदन की तरह निखर गया था और फौलाद की तरह सख्त हो चला था। इन लोगों को आरंभ से ही केशव से बड़ी आशाएँ थीं।

केशव माझा और गामा के अखाड़े में चार-पाँच घंटे अभ्यास करता। दूध, बादाम और असली घी के साथ पौष्टिक पदार्थ ही खाता। माझा और गामा ने उसे फ्री-स्टाइल कुश्ती के बढ़िया-बढ़िया गुर सिखा दिए। फिर भी वह अभी इतना कुशल न हुआ था कि माझा या गामा का जमकर मुकाबला कर सके। माझा से तो वह फिर भी दो हाथ कर लेता था, लेकिन गामा के सामने फौरन चित हो जाता था।

"तुममें सबकुछ है," गामा उसे नजरों से तौलते हुए कहता, वजन, ताकत, जिस्म, कद—सबकुछ ठीक है, पर तुममें लड़ाई की ख्वाहिश की कमी मालूम होती है।"

"पर तुम दोनों तो मेरे दोस्त और भला चाहनेवाले हो," केशव उत्तर देता, "तुमसे लड़ने की ख्वाहिश कहाँ से लाऊँ?"

"अखाड़े में उतरकर दोस्ती नहीं चलती। यों समझ लेना पड़ता है कि विरोधी पहलवान हमारा जानी दुश्मन है। हम अगर उसकी हड्डी-पसली न तोड़ेंगे, तो वह तोड़ देगा—यह तो पहलवानी का पहला नियम है।"

केशव एक क्षण के लिए मुस्कराया। फिर वह हँस पड़ा। उसने माझा को चौकन्ना न पाकर ऐसा अड़ंगा दिया कि वह अखाड़े में चारों खाने चित गिर पड़ा।

गामा जोर-जोर से हँसने लगा।

"ओए माझे! तेरा पट्ठा तो होशियार होता जाता है!"

माझा जवाब में अपने दोनों हाथों से अखाड़े की मिट्टी उठाकर उसके ढेले

तोड़ता हुआ उठा और केशव से लिपट गया। केशव ने अपने-आपको बचाने की बहुत कोशिश की मगर उसके सीखे दाँव-पेच किसी काम न आए और माझा ने आखिर उसे दोनों हाथों से उठाकर अखाड़े में पटक दिया।

इतने में मैनेजर माथुर अगले महीने का कुश्तियों का प्रोग्राम लेकर आ गया। माथुर काला भुच्च, चेचक के दाग़वाला, सूखा-सड़ा, अधेड़ आयु का आदमी था। बाईं आँख का कोना ज़रा दबा हुआ था, जिससे ऐसा लगता था कि आँख मार रहा है। इस नुक्स की वजह से कई बार अकारण ही औरतों से पिट चुका था, हालाँकि इसमें उसका कोई कसूर न था। दूसरी अजीब बात उसमें यह थी कि वह हर वाक्य को दो बार दोहराता था। एक बार जोर से, दूसरी बार आहिस्ता।

अगर उसे कहना हो कि अजीब मुसीबत है, तो वह एक बार तो जोर से कहता। अजीब मुसीबत है। फिर फौरन ही आहिस्ता से कहता—अजीब मुसीबत है। पहलवानों में उसकी यह आदत प्राय हँसी-मजाक का विषय बन जाती। लेकिन चूँकि वह बेहद दुबला-पतला था, इसलिए मजाक-मजाक में भी कोई पहलवान उसे हाथ लगाने या चपतियाने से घबराता था।

माथुर से पहले फ्री-स्टाइल कुश्तियों का मैनेजर एक रिटायर्ड पहलवान था जो क्रोध आने पर स्वयं पहलवानों से भिड़ जाता था। या पहलवान स्वयं क्रोध में आकर उसे पीट डालते थे। किंतु जब से माथुर मैनेजर हुआ था, पहलवानों ने मैनेजर से हाथापाई का सिलसिला कम कर दिया था कि कहीं वे खून या कत्ल के इलज़ाम में न धर लिए जाएँ! यह बात तो बिलकुल साफ थी कि गरीब की सेहत ऐसी न थी कि वह किसी पहलवान के एक मुक्के को भी सह सके।

"वह आ गया माथुर—कलीचढ़ी की औलाद!" गामा ने मजाक उड़ानेवाली निगाहों से माथुर की तरफ़ देखते हुए कहा।

माथुर ने शार्कस्किन का एक नया सूट पहन रखा था। इसलिए माझा के कहने के बावजूद वह नीचे जमीन पर न बैठा, बल्कि पास ही लकड़ी के बैंच पर बैठकर उन्हें महीने का प्रोग्राम समझाने लगा। प्रोग्राम बताकर जब वह उठने लगा, तो माझा ने उससे पूछा, "और केशव के प्रोग्राम का क्या हुआ?"

माथुर फिर बैंच पर बैठ गया और कोट की दूसरी जेब से एक कांट्रेक्ट-फॉर्म निकालकर बोला, "पहले तो केशव को इस पर दस्तखत करने होंगे। इसके बाद बात की जाएगी।"

"कांट्रेक्ट की शर्तें क्या हैं?" केशव ने पूछा।

इस पर माझे ने बताया, "मैनेजर का हुक्म मानना होगा। बिना इजाजत शहर से बाहर नहीं जा सकते। किसी चोट पर एतराज नहीं कर सकते। आमदनी का आधा हिस्सा कंपनी को देना होगा।"

केशव ने कहा, "आधा हिस्सा क्यों? पहलवानी मैं करूँ, आधी आमदनी कंपनी को जाए! क्यों साहब?"

माथुर ने बाईं आँख झपकते हुए कहा, "अभी तुम अखाड़े में नए-नए आए हो, अभी तुम अखाड़े में नए-नए आए हो—तुम्हारी पब्लिसिटी की जाएगी, तुम्हारी पब्लिसिटी की जाएगी। इस पर बहुत खर्च उठेगा, इस पर बहुत खर्च उठेगा। इसलिए कमीशन ज़्यादा है, इसलिए कमीशन ज़्यादा है......

"तुम दस्तख़त करो जी!" माझे ने लापरवाही से केशव से कहा।

उसने फौरन दस्तखत कर दिए। कांट्रेक्ट का फॉर्म जेब में डालते हुए माथुर ने केशव के बारे में अपनी स्कीम उन तीनों को समझाई। उसका सारांश यह था कि केशव को एक के बाद एक अलग-अलग पर ज़रा कमजोर पहलवानों से लड़ाकर हर बार जितवाया जाएगा। लगातार जीतने से और डबल-पब्लिसिटी करने से केशव का नाम दंगल की दुनिया में बहुत ऊँचा हो जाएगा और लोगों का शौक बढ़ता जाएगा। आखिर खुद लोगों के विवश करने पर केशव का जोड़ माझा या गामा से रखा जाएगा और तब उसे माझा से हरवा दिया जाएगा।

केशव ने हैरान होकर माथुर से पूछा, "मैनेजर साहब, आपने यह कैसे तय कर लिया कि इससे पहले के तमाम पहलवान मुझसे हार जाएँगे और आखिरी कुश्ती में माझा मुझसे जीत जाएगा? उस वक्त कौन जानता है, क्या हो!"

"ऐसी कच्ची गोलियाँ हम नहीं खेले हैं," माथुर ने फौरन जवाब दिया, "ऐसी कच्ची गोलियाँ हम नहीं खेले हैं। हम सब हिसाब रखते हैं, हम सब हिसाब रखते हैं। सब तय करके रखते हैं, सब तय करके रखते हैं। जीतनेवाले पहलवान को इतना देते हैं हारनेवाले पहलवान को उतना देते हैं, जीतनेवाले पहलवान को इतना देते हैं, हारनेवाले पहलवान को उतना देते हैं—दोनों से कह देते हैं कि किसको हारना है किसको जीतना है। यह मैनेजर का हुक्म है, यह मैनेजर का हुक्म है। समझ गए तुम, समझ गए तुम?"

केशव ने गुस्से से भिन्नाकर तीन बार कहा, "समझ गया मैं, समझ गया मैं, समझ गया मैं।"

माझा और गामा दोनों जोर-जोर से हँसने लगे। माथुर से बोले, "अबे कलचढ़ी की औलाद, यह तो तेरा भी बाप निकला।"

माथुर वहाँ से चलते हुए बोला, "अजब जमाना है, अजब जमाना है। जिसकी मदद करो, वही मजाक करता है; जिसकी मदद करो वही मजाक करता है। हम तो हैं ही उल्लू के पट्ठे, हम तो हैं ही उल्लू के पट्ठे!"

केशव का पहला जोड़ विनायकराव से रहा। विनायकराव पहलवान दाँव-पेंच में केशव से अधिक जानकारी रखता था। लेकिन हारने के दो हज़ार मिलनेवाले थे और फिर उसे भी मालूम था कि अगले किसी जोड़ में मैनेजर उसे उससे कहीं बड़े पहलवान से जितवा देगा। अतः इस समय हार जाने में ही भलाई है। ऐसा तो प्रायः होता ही है। इसलिए विनायकराव खुशी-खुशी केशव से हार गया।

केशव को पाँच हजार मिले। जिसमें उसने ढाई हजार मैनेजर को दे दिए। शुरू के दिन होते, तो वह कड़ाई से विरोध करता। कांट्रेक्ट फाड़कर वहाँ से चला आता। पर अब तो उसे इसी बेईमान दुनिया में रहना था। वह क्या कर सकता था? उसे किसी-न-किसी तरह दुनिया में जिंदा रहना था और अपने लक्ष्य तक पहुँचना था। और यों देखा जाए, तो इसमें बेईमानी क्या है? मैनेजर ने पहले ही कह दिया था। कांट्रेक्ट पर दस्तखत करवा लिए थे। यह तो मैनेजर था, जो इस तरह कुश्तियों के दंगल में लोगों से धोखेबाजी करता है। उसका पाप उसके सिर पर!

दूसरा जोड़ शमशेर सिंह पहलवान से रहा। केशव ने दंगल के बीच अपने-आपको स्वयं ही शमशेर सिंह से मजबूत पाया। अतः उसको हराने में केशव को ज़रा भी दिक्कत न हुई।

तीसरा जोड़ मशहूर पहलवान गुलजार से हुआ। गुलजार देखने में केशव से दुगना मालूम होता था। वह बड़ी-बड़ी कुश्तियाँ जीत चुका था और बड़े-बड़े उस्तादों से आशीर्वाद पा चुका था। इसलिए पब्लिक को पूरा भरोसा था कि गुलजार केशव के टुकड़े-टुकड़े करके रख देगा। और गुलजार ने इस दंगल में बड़े दाँव-पेंच चलाए। कई बार तो केशव को लगभग पछाड़-पछाड़ दिया। किंतु न जाने क्या होता था—आखिर में या तो गुलजार कोई गलती कर जाता था या केशव अपनी चालाकी से उसके शिकंजे से निकल आता था।

आधे घंटे की जान निकाल लड़ाई के बाद अचानक गुलजार का दम टूट गया और केशव के ताबड़तोड़ हमलों से चित हो गया।

उसका चित होना था कि पब्लिक जोशो-खरोश के आलम में केशव के इधर-उधर जमा होने लगी। लोगों ने शोर मचाकर और तालियाँ बजाकर दंगल के नए हीरो का स्वागत किया। अखबारों के फोटोग्राफरों ने उसके फोटो खींचे।

दूसरे दिन अखबारों में मोटी-मोटी हेड लाइनों में उसकी कुश्ती का विवरण प्रकाशित हुआ और केशव का नाम दंगल की दुनिया में एक नए सितारे की तरह उभरने लगा।

केशव का चौथा जोड़ पंजाब के मशहूर पहलवान आफ़ताब से हुआ, जिसे अब तक माझा के सिवा कोई गिरा न सका था। इसलिए अब केशव ने आफताब को भी पछाड़ दिया, तो चारों तरफ एक हंगामा-सा मच गया और हर तरफ से यह माँग होने लगी कि केशव को माझा से लड़वा दिया जाए। खेल के कालम में इस बात की सलाह दी जाने लगी और माथुर के पास इस सिलसिले में सैकड़ों पत्र आने लगे।

लेकिन माथुर भी काँइयाँ था। उसने पब्लिक का शौक बढ़ाने के लिए बहुत बुद्धिमानी से काम लिया और केशव का जोड़ एक यूरोपीय पहलवान बाँग-बाँग से कर दिया।

बाँग-बाँग एक इतालवी जहाजी था, जो कुछ दिन हुए अपने जहाज से छूटकर बंबई में रह गया था और अब अपने देश वापस जाना चाहता था। लेकिन उसके पास वापस जाने के लिए पैसे न थे। बाँग-बाँग का असली नाम टोनी विटोरा था। वह मीलान का रहनेवाला मशहूर जेबकतरा था, जो पुलिस से तंग आकर एक इतालवी जहाज पर नौकर हो गया था। उसने अपनी सारी जिंदगी में कभी एक दंगल न लड़ा था। वह बॉक्सर भी न था। उसका कद छह फुट से निकलता हुआ था और देखने में सुर्ख-सफेद, मांसल और भरे हुए बदन का दिखाई देता था। वह पहलवान तो न था, लेकिन पहलवान मालूम होता था। उसके संकट का अनुमान लगाकर माथुर ने उसका नाम विटोरा से बाँग-बाँग रख दिया था और उसे एक मशहूर यूरोपीय पहलवान की तरह 'ब्लिक में उतारा और दंगल से पहले उसका खूब-खूब प्रोपेगेंडा किया।

माथुर अच्छी तरह से जानता था कि स्वतंत्रता के बाद भी लोगों में इतनी

हीनता का भाव तो बाकी है कि अगर कोई हिंदुस्तानी पहलवान किसी यूरोपीय पहलवान को गिरा लेगा, तो पब्लिक की नजरों में और खुद दुनियावालों की नजरों में उस हिंदुस्तानी पहलवान की इज्जत चौगुनी हो जाएगी। और विटोरा इसलिए राजी हो गया कि वह जल्दी-से-जल्दी अपने देश जाना चाहता था। माथुर ने इसे जता दिया था कि मिलेंगे तो उसे हारने पर दस हजार रुपए लेकिन दरअसल उसे केवल तीन हजार मिलेंगे और बाकी सात हजार माथुर खुद ले लेगा और विटोरा उर्फ़ बाँग-बाँग इस पर खुशी से राजी हो गया था। 'जितनी जल्दी मैं इस बंबई के जहन्नुम से निकलकर मीलान पहुँच जाऊँ, उतना ही अच्छा है,' विटोरा ने यह सोचते हुए कांट्रेक्ट पर दस्तखत कर दिए।

बाँग-बाँग को हराने में केशव को किसी प्रकार की कोई भी दिक्कत पेश न आई। पहले दस मिनट में ही बाँग-बाँग उसकी चोटों को न सहन कर सका। और सहन न करने की वजह से अखाड़े में गिर गया। उसकी नाक और मुँह से खून बहने लगा। यूरोपीय पहलवान के मुँह से खून बहते देखकर पब्लिक की खुशी का क्या कहना! लोग खुशी से लगभग पागल हो गए। उन्होंने चीख-चीखकर सारे स्टेडियम को अपने सिर पर उठा लिया था और केशव को अखाड़े से निकालकर उसका जुलूस निकाला और सारे स्टेडियम का चक्कर लगाने लगे।

जब जुलूस स्टेडियम के चारों तरफ घूम रहा था, विटोरा अपने चेहरे से खून पोंछता हुआ माथुर से तीन हजार रुपए लेकर दस हजार की रसीद दे रहा था। तीन हजार रुपए लेकर और जेब में डालकर वह कुरसी से उठ खड़ा हुआ और धन्यवाद करने के लिए उसने माथुर की तरफ हाथ बढ़ाया। और जवाब में माथुर ने अपना हाथ बढ़ाया तो विटोरा ने उसके मुँह पर जोर का तमाचा रसीद किया और कमरे से बाहर निकल गया।

माथुर ने अपना गाल सहलाते हुए कहा, "आजकल भलाई का जमाना नहीं है··· आजकल भलाई का जमाना नहीं है। भला करो और चाँटा खाओ··· भला करो और चाँटा खाओ···।"

माथुर ने सात हजार रुपए जेब में रखते हुए कहा, "अजीब मुसीबत है··· अजीब मुसीबत है।"

पब्लिक की माँग बेहद बढ़ गई थी। अब लोग अपने हीरो केशव को माझा या गामा के मुकाबले में देखना चाहते थे। माथुर ने इस सिलसिले में आखिरी जोड़ पहले ही से माझे से तय कर रखा था। जीतनेवाले को पचास हजार मिलेंगे और हारनेवाले को पंद्रह हजार। यह भी तय था कि माझा जीतेगा और केशव हारेगा। लेकिन गामा दाँव-पेच दिखाकर और पब्लिक को खुश करके उन्हें उनके टिकट के दाम खरे करवाकर हार जाएगा। दंगल का तमाम हिसाब बाकायदा नपा-तुला और पहले से तय था।

दंगल भी आखिर कोई खेल नहीं है, बिजनेस है। इसे बिजनेस की तरह चलना चाहिए, ऐसा माथुर का खयाल था। केशव भी खुश था। पिछले दंगलों में लगातार जीतने से उसका बैंक-बैलेंस खासा हो गया था। वह अमीर तो न हुआ था, लेकिन अब गरीबी के खतरों से बाहर था और अब माझे के दंगल में हारने से उसे पंद्रह हजार मिलेंगे, जिसमें से साढ़े सात हजार बच जाएँगे।

केशव के दिल में खयाल आया कि शिव निश्चित रूप से उस पर कृपालु हैं। किंतु फिर फौरन ही दूसरे खयाल ने पहले खयाल को दबा दिया और उसने अपने दिल से कहा—कौन-से शिव ? और कैसे शिव ? वह तो दुनिया के और लोगों की तरह एक इंसान है, जो दूसरे लोगों की तरह इस संसार को भोगने के लिए पैदा हुआ है। अंतर केवल इतना है कि वह अपनी किसी दिमागी खराबी से अपने माँ-बाप का नाम भूल चुका है। शिव का क्या अहसान है उस पर ? किसी दिन वह अखबारों में अपने माँ-बाप की तलाश के लिए विज्ञापन देगा और अपना चित्र भी। संभव है—उसके माँ-बाप उसका चित्र देखकर उसे पहचान लें। केशव को यह उपाय बहुत अच्छा मालूम हुआ और उसने उसी समय टेलीफ़ोन उठाकर तीन-चार दैनिक अखबारों में विज्ञापन दे दिया और शाम तक अपना चित्र भिजवाने का वायदा भी कर दिया।

18

बड़े दंगल से दो दिन पहले जब वह पूना रेस खेलने जा रहा था, तो उसे गाड़ी में शोभा मिल गई। उसके माथे पर कुमकुम चमक रहा था और माँग में सिंदूर की रेखा थी और वह एक हल्के ऊदे रंग की रेशमी साड़ी में सिमटी-सिमटाई नई-नवेली दुल्हन की तरह दिखाई दे रही थी। निस्संदेह वह कोई नई-नवेली दुल्हन तो न थी। किंतु उसकी आँखों की पवित्रता उसी तरह की थी और उसी तरह उसके चेहरे पर लज्जा थी; और वही उसके भावों का रंग था, और कुछ उसी तरह की महक का घेरा उसके चारों तरफ था। जब केशव ने उसे फर्स्टक्लास के डिब्बे की खिड़की में देखा, तो वह क्षण-भर के लिए चौंक गया और आश्चर्य से बोला, "शोभा!"

शोभा का रंग उड़ गया और वह लजा-सी गई।

"कहाँ जा रही हो?"

"वापस अपने गाँव!"

"क्यों?"

"मैंने शादी कर ली है," शोभा ने साड़ी के पल्लू से अपना मुँह छिपाते हुए कहा। उसका चेहरा लज्जा से लाल हो गया और वाकई वह उस समय बहुत प्रसन्न मालूम हो रही थी।

"किससे?" केशव ने आश्चर्य से पूछा।

"पंडित दीनदयाल से, जिनका शिव मंदिर में सबसे बड़ा हिस्सा है।"

"मगर वह...वह...तुम्हारे उस सेठ का क्या हुआ?"

"हुश्श! धीरे-से बोलो। वह सुराही में पानी लेने गए हैं। अब आते ही होंगे।" फिर रुककर बोली, "मेरे उस सेठ ने मुझे दूसरे सेठ के यहाँ बेच दिया। हाँ, बेचना ही कहेंगे इसे। पहले तो मैं बहुत घबराई और परेशान हुई। पर दूसरा सेठ पहले से भी ज्यादा दयालु और अच्छा आदमी निकला। उसने हर तरह से मेरा दिल बहलाने की कोशिश की। फिर एक दिन उसने मुझे बीस हजार रुपए इकट्ठे दिए और कहा, अब मुझे किसी औरत की जरूरत नहीं है। तुम्हारा जहाँ भी चाहे जा सकती हो, क्योंकि अब मेरी शादी होनेवाली है, तुम्हारे

पहले सेठ की लड़की रंभा से।"

"रंभा?" केशव ने चौंककर पूछा और अचानक उसे ऐसा लगा जैसे किसी ने उसके पेट में घूँसा मारा हो। उसने शोभा की खिड़की के निकट रेलगाड़ी के दरवाजे की रेलिंग को जोर से पकड़ लिया।

"क्यों, क्या तुम रंभा को जानते हो?" शोभा ने पूछा। "रंभा जौहरी सेठ की लड़की है और अब उसकी शादी भगीरथ सेठ से होनेवाली है। भगीरथ सेठ ने कहा, 'यह लो बीस हजार रुपए और जहाँ जी चाहे चली जाओ!' मैंने तीस हजार पहले से बचाकर रखे हुए थे। जब मेरे पास पचास हजार हो गए तो मैंने तय किया कि इस गंदगी से निकल जाना ही अच्छा है। अब मुझे जल्दी-से-जल्दी एक पति खरीद लेना चाहिए। और तुम जानते हो कि पति के बिना स्त्री की मुक्ति नहीं है।

"सबसे पहले तो मुझे तुम्हारा खयाल आया। पर तुम मुझे इतनी बार धता बता चुके थे कि अब तुमसे फिर से कहने की हिम्मत मुझमें न थी। इसलिए पंडित दीनदयाल से बात की, जो हमारे गाँव से बंबई आए हुए थे, अपने किसी काम से। पहले तो उन्होंने इनकार किया पर जब उन्हें मालूम हुआ कि मेरे पास पचास हजार रुपए हैं तो वह फौरन मान गए और अब वह मुझसे शादी करके वापस अपने गाँव ले जा रहे हैं। वहाँ पर हम लोगों का इरादा एक सहकारी फार्म खोलने का है। मंदिर की आमदनी तो थी, पर अब वह हमारे लिए काफी नहीं होगी। इसलिए सहकारी फार्म··· अरे अब तुम चले जाओ, वह आ रहे हैं और उन्हें अब नापसंद होगा कि अब मैं किसी अजनबी आदमी से बात करूँ।"

इतना कहकर शोभा फिर मुस्कराई। उसका खुशी से दमकता हुआ चेहरा कह रहा था कि वह अपनी भविष्य की कल्पना से बहुत प्रसन्न है।

केशव बिना कुछ कहे वहाँ से भाग खड़ा हुआ। वास्तव में उसने शोभा की पूरी बात सुनी ही नहीं थी। उसके दिल में घड़ियाल-से बज रहे थे। रंभा की शादी भगीरथ से? और क्यों न हो? आखिर उसने रंभा से अपना वायदा पूरा नहीं किया था। फिर रंभा क्यों भगीरथ से शादी न करे? पर रंभा तो उससे प्रेम करती थी। जी हाँ, प्रेम करती थी! कैसे प्रेम करती थी? तुम कैसे विश्वास कर बैठे कि वह तुमसे प्रेम कर बैठी? आजकल कोमल बाँहों, सर्द आहों और गरम चुंबनों का मतलब ही क्या होता है? ताजा कटे हुए फूलों की तरह आदमी उन्हें एक दिन के लिए अपने प्रेम के गुलदस्ते में सजा लेता है। दूसरे दिन वे फेंक दिए

जाते हैं। वह स्वयं जगह-जगह ऐसा ही देख रहा था। किंतु उसका और रंभा का प्रेम तो ऐसा न था! उसके अपने दिल में ऐसा दृढ़ विश्वास क्यों था? जैसे—जिंदगी-भर रंभा उसका इंतजार करेगी। क्यों उसने ऐसा सोचा था कि रंभा केवल उसके ख़यालों में सारी जिंदगी अपने ड्राइंगरूम के सोफे पर बैठी-बैठी उसके नाम की माला जपेगी? कुछ हो, वास्तव में उसने कुछ सोचा इसी तरह था। और अचानक उसे अपने डिब्बे की तरफ जाते हुए ऐसा लगा था कि जैसे गाड़ी के डिब्बे और रेल का प्लेटफॉर्म, जमीन और आसमान—उसके चारों तरफ घूम रहे हों और किसी ने चुपके से जमीन उसके कदमों के नीचे से खिसका दी हो। अब डिब्बे तक जाते-जाते उसे ऐसा महसूस हुआ कि जैसे वह शून्य में चल रहा हो।

अपने डिब्बे में पहुँचकर वह लड़खड़ाते कदमों से चलने लगा। अपनी सीट पर गिर गया और देर तक एक प्यासे कुत्ते की तरह हाँफता रहा। फिर उसने कोशिश करके फ्लास्क में से ठंडा पानी निकालकर पिया। किसी-न-किसी तरह उसने अपने को सँभाला, अपनी चेतना को सँभाला। सीट से पीठ लगाकर और आँखें बंद करके सोचने लगा। इस लड़की के लिए कहाँ-कहाँ मैं मारा-मारा नहीं फिरा। मैं उसके साथ एक झोंपड़े में रह सकता था। पर उसके ऐशो-आराम के लिए मैंने अपनी जिंदगी के बड़े-बड़े सिद्धांतों को भी छोड़ दिया। और रुपए के लिए दर-दर की ठोकरें खाता रहा। और अब जबकि मैंने पहलवानों के घूँसे खा-खाकर रुपए जमा कर लिए हैं, तो यह लड़की जाती है और भगीरथ से प्रेम कर लेती है, क्योंकि भगीरथ के पास ढेरों रुपए हैं। वह गधा वीणा का एक स्वर नहीं बजा सकता। पर उसके पास रुपया है। इसलिए वह केशव से बड़ा आदमी है। और चूँकि वह बड़ा और पैसेवाला आदमी है, इसलिए वह मेरी रंभा को जीत सकता है और एक नजर न आनेवाली चीज, जिसका नाम सुर है या दिल है या भावना है या खूबसूरती है—उस नजर आनेवाली चीज से मात खा जाती है, जिसका नाम रुपया है; और सुर रुपए से इसलिए घटिया है, क्योंकि तुम उसे बैंक में जमा नहीं कर सकते और दिल इसलिए कि तुम उसे किसी चैक की तरह भुना नहीं सकते; और भावना इसलिए कि तुम उससे हौज-बाजार में से कुछ खरीद नहीं सकते; और खूबसूरती इसलिए कि वह रुपए की तरह किसी लखपति की मुट्ठी में नहीं आ सकती। आश्चर्य है कि यह किस तरह की दुनिया है और कैसे उसके जीवन-मूल्य हैं?

केशव के मस्तिष्क की नसों में खून क्रोध से खौलने लगा और रगों में लावे की तरह बहने लगा। उसने अपने दिल और दिमाग में चिनगारियाँ-सी उड़ती महसूस कीं। पूना में रेस खेलते समय भी बार-बार वह मुट्ठियाँ खोलता और भींचता और इसी क्रोध और लापरवाही से उसने एक रेस में तीस हजार रुपए कमा लिए। पर अब उसे रेस जीतने पर भी ज़रा भी खुशी न हुई थी।

तीस हजार के नोट लेकर उसने इस तरह अपनी जेब में रख लिए, जैसे कागज के पुरजों को अपनी जेब में रख लिया हो। अब उनका लाभ क्या था? अब उनका अर्थ क्या था? और ये काग़ज़ के पुरजे उसकी जेब में क्या कर रहे थे? निस्संदेह वह उन पुरजों से एक कार, एक फ्लैट, एक टेलीफोन, एक रेफ्रीजरेटर खरीद सकता था। किंतु किसके लिए?—क्योंकि कोई खुशी, कोई खूबसूरती, कोई भावना उस समय तक पूरी नहीं होती, जब तक कोई दूसरा उसमें शामिल न हो। जिस दूसरे के खयाल को उसने अब तक दिल में बसा रखा था, वह उसकी साफ-साफ उपेक्षा कर गया था। फिर वह रुपए को अपने दिल का गम कैसे दिखाए?—क्योंकि रुपया तो एक चमकती हुई चपटी कठोर चीज होती है, जिसे लाख दबाओ, पीसो, निचोड़ो, लेकिन उसमें से आँसू की एक बूँद नहीं निकल सकती। काश, वह शोभा की तरह इतना मूर्ख और स्वार्थी होता कि रुपए से अपने लिए एक पत्नी खरीद सकता! किंतु उसका दिल तो एक संगीतकार का दिल था। भाग्य का यह कैसा उपहास था कि वह घोड़ों की रेस उस समय जीता, जब वह मुहब्बत की रेस हार चुका था!

एक दिन के बाद दंगल था। इसलिए वह उसी रात की गाड़ी से पूना से वापिस बंबई चला आया। माथुर अपनी गाड़ी लेकर स्टेशन पर उसके स्वागत के लिए मौजूद था।

माथुर ने केशव को ग्रेट वेस्टर्न होटल में पहुँचा दिया, जहाँ पिछले बीस दिन से उसके लिए एक आलीशान सूट बुक था। माथुर केशव से दूसरे दिन समय पर अखाड़े में आने का वायदा लेकर वहाँ से चला गया।

रात के दो बजे तक केशव अकेला अपने कमरे में बैठा रहा। फिर सो गया। दूसरे दिन सुबह उठकर वह सबसे पहले बैंक गया और अपना सारा रुपया निकलवा लाया और लाकर उसे अपने सेफ में बंद कर दिया। फिर अखाड़े चला गया। वहाँ जाकर उसने दो घंटे गामा के साथ अभ्यास किया और माझा

खड़ा-खड़ा मुस्कराता रहा और उसके तंदुरुस्त और खूबसूरत शरीर को देख-देख दिल-ही-दिल में हँसता रहा, क्योंकि यह तो तय था कि माझा जीतेगा और केशव हारेगा।

19

शाम ही से दंगल का स्टेडियम पहलवानी के शौकीन लोगों से भर गया था। अधिकांश लोग माझा और केशव की जोड़ देखने आए थे। उपस्थित लोगों में से अधिक संख्या ऐसे लोगों की थी, जो केशव की जीत देखना चाहते थे। वे लोग बेहद बेसब्र और उतावले हो रहे थे और बार-बार शोर मचाकर केशव और माझे के जोड़े के लिए चिल्ला उठे!

सूची के अनुसार पहले के जोड़ खत्म हो गए और दर्शकों के शोर और नारों के बीच माझा और केशव की कुश्ती शुरू हुई। पहले दो राउंड माझा के हक़ में गए। पाँचवे राउंड में केशव का पल्ला भारी रहा और अब छठे राउंड में पहले से यह तय था कि दाँव-पेंच दिखाकर केशव को माझा पछाड़ देगा।

लेकिन जाने क्या हुआ कि केशव माथुर से किए वायदे से फिर गया औ जान लड़ाकर अपनी जीत के लिए लड़ने लगा। दर्शकों के लिए इस खेल भं मजा-ही-मजा था। वे नहीं जानते थे कि खेल में किसी तरह का परिवर्तन पैदा हुआ है। किंतु जो लोग पास से दंगल के दाँव-पेंच जानते थे और जितने पहलवान वहाँ पर मौजूद थे, वे सब समझ गए थे कि केशव वायदे से फिर गया है और अब सचमुच लड़ रहा है।

दो-तीन बार माझे ने दाँव मारते हुए केशव के कान में धीरे-से कहा भी कि अब भी वक्त है कि गिर जाओ। लेकिन केशव माझे को सुना-अनसुना करके टाल गया और बराबर लड़ता रहा। उसने सोचा, ''अब मैं बेईमानी करूँगा तो किसके लिए करूँगा? यह सही है कि माझा मेरा दोस्त है, उसी ने मुझे इस पेशे से परिचित कराया है। मुझे पहलवान वास्तव में उसी ने बनाया है। पर जब इस

दुनिया से वफा उठ ही गई, तो दोस्ती और प्यार का अर्थ ही क्या है ? केवल खाली-खूली, उलटे-सीधे, दकियानूसी शब्द ! मैं क्यों गिरूँ ? क्यों न भरपूर मुकाबला करूँ और पचास हजार रुपए का इनाम जीत जाऊँ ? ऐसा अवसर फिर कब हाथ आएगा ?"

जब माझा ने केशव को इस तरह जी-जान से लड़ता देखा, तो पहले तो उसे आश्चर्य हुआ । फिर जब उसके समझाने पर भी केशव न माना तो माझा को भी क्रोध आ गया, जिसमें ऊपरी पैंतरेबाजी के बजाय एक-दूसरे पर छा जाने, पछाड़ मारने और हड्डी-पसली एक कर देने की भयानक इच्छा छिपी हुई थी । माझा ने बढ़-बढ़कर हाथ मारे ! फ्री-स्टाइल में यों भी हर तरह की आजादी दोनों प्रतिद्वंद्वियों को होती है । इसलिए माझा ने क्रोध में आकर केशव को वह मारा, वह मारा कि उसके जबड़े और नाक से खून बहने लगा । लेकिन इस पर भी केशव दाँत पीसकर जी-जान से लड़ता रहा । उसे ऐसा लग रहा था कि जैसे यह उसकी जिंदगी का आखिरी दिन हो और उस आख़िरी दिन में उसे पूरी तरह से जीत हासिल करनी है । वह हारेगा नहीं । मर जाएगा, पर हारेगा नहीं । वह अपने शरीर की हड्डियों तक में महसूस कर रहा था कि माझा दाँव-पेच में उससे अधिक अच्छा है । किंतु शक्ति और शरीर की तुलना में अब वह माझा से कहीं अच्छा है । और यही भावना उसे आखिर तक लड़ने के लिए विवश कर रही थी और आशा दिला रही थी।

दर्शकों के लिए इससे बढ़िया खेल आज तक न हुआ था । वे यदि केशव के मार खाने पर आश्चर्य कर रहे थे, तो उसकी हिम्मत और मुक़ाबला करने की ताकत से प्रभावित होकर उसको शाबाशी भी दे रहे थे और वाह-वाह करते हुए अपने हीरो के लिए चीख रहे थे !

माझा ने अपने सारे दाँव-पेंच और हर तरह के गुर आज़मा डाले । पर केशव घायल और लहूलुहान होकर भी पाँवों पर खड़ा होकर लड़ता रहा और आखिर एक वक्त ऐसा आया कि जब केशव को लगा कि माझा का दम टूट चुका है और वह थककर चूर हो चला है और उसकी आँखों में भय और हार के आसार प्रकट हो रहे हैं । इस अवसर को उचित जानकर केशव हल्ला करके माझा की रानों में घुस गया । बिजली की-सी तेजी के साथ उसने माझा को अपने कंधे पर उठा लिया और दर्शकों ने केवल इतना देखा कि एक क्षण पहले माझा केशव के कंधे पर था और दूसरे क्षण एक भयानक धमाके के साथ जमीन पर पछाड़

खाकर गिर गया था और बेहोश हो गया था।

माथुर अपने आफिस की कुरसी पर गिरकर कराहते हुए बोला, "तुमने मुझसे धोखा किया, तुमने मुझसे धोखा किया।"

लहूलुहान केशव ने सुर्ख आँखों से माथुर की तरफ देखा और उलटे हाथ से उसके मुँह पर एक चाँटा दिया और बोला, "निकाल मेरे पचास हज़ार रुपए।'

और अब वह पचास हजार रुपए और वे पचास हजार रुपए, जो उसके पास जमा थे, सब लेकर एक टैक्सी भगाते हुए रंभा के घर जा रहा था। वह उसी तरह घायल और लहूलुहान था। और खून पपड़ियों की सूरत में उसके होंठों के किनारे पर जम गया था और मुँह से बहता हुआ उसकी गर्दन तक पहुँच गया था।

लेकिन इस हालत में भी उसने अपने शरीर को साफ करना व्यर्थ समझा था। जब दिल में गुस्से का तूफान उबलता हो और प्रतिशोध का लावा खौलता हो, तो बढ़िया कपड़ों की जरूरत क्या है! इस समय तो वह यही चाहता था कि जल्दी-से-जल्दी रंभा के पास पहुँच जाए। और सारा रुपया उसके मुँह पर दे मारे। झूठी, कमीनी, हरामजादी! वह इस धोखे का मजा जरूर चखेगी!

"टैक्सी तेज चलाओ!" केशव ने दाँत पीसकर टैक्सी-ड्राइवर से कहा।

"जब हमको अपने बाजू की हरी बत्ती मिलेगी, तब हम आगे चलेगा।" टैक्सी-ड्राइवर ने भी उतनी ही तेज कड़ुवाहट से उत्तर दिया।

"गाड़ी आगे निकालो, हरी बत्ती की परवाह न करो। हम तुम को सौ रुपए देगा।"

'साब, तुम हमको एक सौ नहीं एक लाख भी दो, तो भी हम ट्रैफिक के खिलाफ नहीं जाएगा," टैक्सी-ड्राइवर ने बड़े इत्मीनान से जवाब दिया।

केशव ने जेब से पिस्तौल निकाल लिया। पर सौभाग्य से ठीक उसी वक़्त ट्रैफिक कंट्रोल करनेवाले ने हरी बत्ती दे दी और टैक्सी-ड्राईवर टैक्सी लेकर आगे बढ़ गया।

टैक्सी भागती हुई जौहरी की दुकान के सामने रुकी। केशव छलाँग मारकर टैक्सी से बाहर निकला और तेज-तेज कदमों से सीढ़ियाँ चढ़कर ऊपर बरामदे में चला गया।

सेठ भगीरथ हाल के दरवाजे में खड़ा था और जौहरी के सामान को बाहर निकलते हुए देख रहा था।

''रंभा कहाँ है ?'' केशव ने आगे बढ़ते हुए पूछा।

''रंभा भाग गई !''

''भाग गई ?'' केशव ठिठककर खड़ा हो गया।

''हाँ, भाग गई मदन के साथ,'' भगीरथ ने इतना कहकर अपने होंठ जोर से भींच लिए।

''क्या रंभा मदन के घर पर है ?'' केशव ने फिर पूछा।

''नहीं ! वहाँ भी नहीं है,'' भगीरथ धीरे से बोला, ''वे···वे···वे···दोनों एलौरा चले गए हैं।''

''एलौरा ? एलौरा क्यों गए हैं ?''

''एलौरा से ऊपर उत्तर की ओर कुछ टीलों में नई गुफाएँ निकली हैं। सरकार वहाँ पर खुदाई का काम शुरू कर रही है। इसके लिए उन्होंने कैंब्रिज से हिस्टरी के प्रोफेसर जेसमिन हिल्टन को बुलाया है और जेसमिन हिल्टन ने छह महीने के लिए मदन को अपना असिस्टेंट रखा है।'' भगीरथ ने बड़ी निराशा से ये तमाम बातें केशव को बता दीं।

''मगर···मगर···रंभा तो तुमसे शादी कर रही थी ?'' केशव ने फिर आश्चर्य से पूछा।

''ऐन वक़्त पर उसने अपना इरादा बदल दिया। उसने कहा, मुझे मदन से मुहब्बत है।''

भगीरथ ने इतना कहकर अपना मुँह फेर लिया।

केशव पर जैसे बिजली गिर पड़ी। कुछ क्षण वह स्तंभित-सा खड़ा रहा।

सेठ जौहरी का सामान बाहर निकाला जा रहा था। केशव ने मुँह फेर भगीरथ से पूछा, ''सेठ जौहरी का सामान कहाँ जा रहा है ?''

''बाहर सड़क पर !''

''क्यों ?''

''क्योंकि सौदा बीच में ही टूट गया। सेठ जौहरी ने रंभा से मेरी शादी कराने का वायदा पूरा नहीं किया। इसलिए मैं इस मकान का कब्ज़ा ले रहा हूँ,'' भगीरथ ने बड़ी सादगी से कहा।

''बहुत अच्छा किया तमने।'' केशव ने भगीरथ का हाथ पकड़कर उसे

जोर से दबाते हुए कहा। फिर अचानक पलटा और तेज-तेज कदमों से दौड़ता हुआ मकान के बाहर चला गया और अपनी टैक्सी में जाकर बैठ गया।

टैक्सीवाले ने पूछा, ''साब कहाँ ले चलूँ ?''

''वापस होटल में,'' केशव ने दर्द-भरे थके हुए स्वर में कहा।

वह थका-हारा सिर झुकाए होटल की सीढ़ियाँ चढ़कर अपने कमरें की तरफ़ जा रहा था कि एक बैयरे ने कारीडोर से गुजरते हुए उसे पहचानकर कहा, ''साहब, आपके कमरे में बहुत-से लोग आपका इंतजार कर रहे हैं

''कौन हैं वे लोग ?'' केशव ने पूछा।

''मैं उनको नहीं जानता हूँ साहब। पर वे लोग कहते हैं कि आपने अखबार में इश्तहार दिया था।''

अचानक केशव को याद आया। उसने अपने माँ-बाप को ढूँढ़ने के लिए अखबारों में विज्ञापन दिया था। अपने कमरे की ओर चलते-चलते वह ऊपरी दिखावे के तौर पर स्वयं भी मुस्कराया। जब रंभा का प्रेम न मिला तो बिछुड़े हुए माँ-बाप पाने से क्या लाभ ?

वह कमरे का दरवाजा खोलकर अंदर गया। प्रवेश करते ही उसने देखा कि कमरा स्त्रियों से खचाखच भरा हुआ है। उसे देखते ही सब लोग उठ खड़े हुए। एक लंबा गंजा, मोटे-मोटे शीशोंवाली ऐनक को नाक पर संभालता हुआ उसकी ओर बढ़ा और उससे लिपटने की कोशिश करते हुए बोला, ''बेटे ! मेरे बेटे केशव !''

एक दोहरे बदन की थलथल करती हुई भयानक औरत पान चबाते हुए आगे बढ़ी। उसने दुबले-लंबे गंजे को धक्का देकर अलग कर दिया और केशव से लिपटकर रोने लगी, ''अरे इकलौते बेटे ! मेरे बच्चे ! जाने तू कहाँ खो गया था ? तेरा बाप पूरनमल शाह तेरे लिए रोते-रोते मर गया, मेरे चाँद !''

''नो माई गॉड। इट इज़ किड्डी !'' एक ईसाई स्त्री ने चीखकर कहा, ''यह तो मेरा डार्लिंग किड्डी है। है न ?'' वह अपने पति की ओर देखकर बोली। ''एकदम वही सूरत ! माई लिटिल ब्वाय, किड्डी !''

वह केशव के मुँह को चूमने लगी।

''ये सब झूठ बोलते हैं,'' एक मोटा सिक्ख जोर से चिल्लाया, ''वाह गुरु दी

सों। ऐते अपना गुलजार सिंह है। अपना छोटा भाई गुलजार! ओ ए गुलजारे!" वह सिक्ख जोर से झपट्टा मारकर केशव से लिपट गया।

"गलत, बिलकुल गलत" एक नाटे, काले, खिचड़ी रंग दाढ़ीवाले ने आगे बढ़कर कहा, "यह तो अपना गुलाम मुहम्मद है, मेरा नन्हा गुल्ला, जिसे बचपन में पठान उठाकर ले गए थे।" वह खिचड़ी रंग दाढ़ीवाला बुड्ढा भी केशव पर पिल पड़ा।

कमरे में अजीब घमासान मचा हुआ था। हर आदमी केशव को अपनी तरफ घसीट रहा था। केशव ने बड़ी मुश्किल से अपने-आपको छुड़ाया। फिर छलाँग मारकर मेज पर चढ़ गया और जोर-जोर से हाथ हिलाते हुए बोला, "सुनो सुनो, मेरे माँ-बापो! गड़बड़ न करो! तसल्ली से मुझे बताओ कि तुम क्या चाहते हो?"

"हम तुम्हें चाहते हैं," सबने जोर से चिल्लाकर कहा।

"यह गलत है," केशव ने गुस्से से अपने हाथ-पर-हाथ मारकर कहा, "इसी बंबई में मैं महीनों भूखा-प्यासा, बेआसरा और बेरोजगार घूमा हूँ। लेकिन किसी ने मुझे अपना बेटा तो क्या, अपना साला तक नहीं बनाया। लेकिन ज्योंही मैं मशहूर हो गया और मेरे पास पैसा आ गया, तो अचानक ही मेरे बहुत से माँ-बाप पैदा हो गए हैं। क्या यह संभव हो सकता है कि मैं तुम सबका बेटा हूँ!"

"नहीं, तुम सिर्फ मेरे बेटे हो," वह मोटी औरत गले में बाँह डालते हुए बोली।

"नहीं मेरे लाल, तुम सिर्फ मेरे हो," दूसरी औरत चिल्लाई।

"मेरे बच्चे!" बूढ़ा गंजा आदमी दोनों हाथ नाटकीय ढंग से फैलाकर भीगे स्वर में बोला।

"मेरे...मेरे...मेरे...!"

बहुत-सी आवाजें कमरे में गडमड हो गईं।

"खामोश!" केशव जोर से गरजा और कमरे में एक क्षण के लिए एकदम सन्नाटा हो गया।

"मैं अपने इस जन्म के माँ-बाप के बारे में कुछ नहीं जानता। कोई जान-पहचान, कोई निशानी, कोई भूली-बिसरी याद की लकीर तक मेरे दिमाग में बाकी नहीं है, जिसके सहारे मैं आप लोगों के झूठ-सच को परख सकूँ।

इसलिए मैंने यह तय किया कि आप लोगों में से कोई एक भी मेरे माँ-बाप नहीं हैं। आप सब मेरे माँ-बाप हैं।"

"नहीं-नहीं," बहुत-से लोग एकदम चीखे।

"और चूंकि आप सब मेरे माँ-बाप हैं, इसलिए आप सबको वह मिलना चाहिए, जो आप दरअसल चाहते हैं," केशव बड़े जोर से बोला। और यह कहते हुए उसने अपनी भरी हुई जेबों से नोटों की वे गड्डियाँ निकालीं जो वह रंभा के मुँह पर मारने के लिए ले गया था

केशव इन नोटों को हवा में बिखेरते हुए अर्ध विक्षिप्तों की तरह चीखता हुआ बोला, "यह लो अपना बेटा, यह लो अपना बेटा! तुम भी और तुम भी···और तुम भी···!"

कमरे में भगदड़ मच गई। सब लोग नोटों पर पिल पड़े। चीखों, कहकहों, लातों और घूँसों के बीच भयानक छीना-झपटी शुरू हो गई।

केशव सारे नोट हवा में बिखेरकर खाने की मेज से नीचे उतरा और बड़ी निश्चितता से अपनी पतलून की जेब में हाथ डालकर कमरे से बाहर जाने लगा। किसी का ध्यान उसकी तरफ नही गया।

20

जब सूरज डूब गया और एलौरा के इलाक़े में गहरी सुरमई मटियाली उदास शाम छा गई, तो रंभा अपने खेमे के भीतर जाकर सफेद चिमनी वाला लैंप उठा लाई। पेंच घुमाकर उसने बत्ती को उकसाया और उसे कैंची से ठीक किया। फिर माचिस जलाकर लैंप जलाया और सफेद चिमनी को फिट करके, लैंप को सामने मेज पर रखकर और अपनी किताब पढ़ने में लीन हो गई। किताब पढ़ना शुरू करने से पहले उसने एक उचटती-सी नजर एलौरा से ऊपर 'उत्तरी' टीलों पर डाली, जहाँ पर प्रोफेसर हिल्टम और उसके पति मदन की निगरानी में खुदाई का काम चालू था।

रंभा ने अपनी घड़ी देखी। छह बज चुके थे और अब आधे घंटे में मदन काम पर से आता होगा। रंभा ने किताब के शेष पृष्ठों को देखा, केवल तीस पृष्ठ शेष थे। निस्संदेह वह इन पृष्ठों को मदन के आने से पहले पढ़ लेगी। निश्चितता की साँस लेकर वह कुरसी पर बैठ गई और किताब पढ़ने लगी। किंतु किताब के शब्दों के साथ-साथ उसके जूड़े में गुँथे हुए जूही के फूलों की सुगंध आ रही थी। और इस सुगंध के साथ-साथ उसकी निगाहों में किताब के शब्दों के ऊपर अपने प्यारे मदन का प्यारा, सोच में डूबा हुआ चेहरा घूमने लगा। अब वह आ रहा होगा, उसका प्यारा मदन! अपनी खाकी पतलून से मिट्टी झाड़ते हुए, घड़ी देखते हुए। अपने परेशान बालों में उँगलियाँ फेरते हुए। कभी-कभी प्रोफेसर हिल्टन से खुदाई में मिलनेवाली वस्तुओं के विषय में वार्तालाप करता हुआ।

शाम के सुरमई चेहरे, धरती की सौंधी खुशबू और आसमान में फैले सितारों की चमक से बेखबर, पाई हुई पुरानी प्रतिमाओं के बारे में सोचता हुआ मदन! पर रंभा को देखकर वह सब जंगली बातें भूल जाता था। सारी सिकुड़नें उसके चेहरे से छँट जाती थीं और वह इस तरह सबकुछ भूलकर रंभा के चेहरे की तरफ देखने लगता, जैसे 'जिंदगी में पहली बार सुबह देख रहा हो।'

रंभा के चेहरे पर प्यार और चाह की एक हलकी-सी मुस्कराहट आई और उसने धीरे से किताब बंद कर दी। किताब बंद करके उसने ज्योंही निगाह उठाई तो उसने देखा कि उसके सामने एक अजनबी खड़ा है। दाढ़ी बढ़ी हुई, कपड़े तार-तार, रंग धुँआ-धुँआ-सा, सिर से पाँव तक रेत और धूल में अटा हुआ सा।

रंभा अजनबी को देखकर घबरा गई। वह अपनी कुरसी से उछलकर उठ बैठी और भयभीत स्वर में बोली, "कौन हो तुम?"

अजनबी देर तक चुप रहा। रंभा की आँखों में आँखें गाड़े देखता रहा। फिर विचित्र-से स्वर में बोला, "अब मुझे पहचानती भी नहीं हो?"

"केशव!" रंभा जोर से चिल्लाई और उसका भय दूर हो गया। उसने केशव की तरफ हाथ बढ़ाकर कहा, "आओ, बैठो!"

लेकिन केशव ने रंभा का बढ़ा हुआ हाथ अपने हाथ में नहीं लिया और रंभा का हाथ निराश होकर नीचे गिर गया। केशव उसी गंभीर और विचित्र स्वर में

बोला, ''मैं बैठने के लिए नहीं आया हूँ। तुमसे केवल एक प्रश्न कर रहा हूँ। एक प्रश्न पूछने आया हूँ।''

''कहो !'' रंभा ने सहमकर कहा, क्योंकि केशव के स्वर में विचित्र-सी कठोरता थी।

''तुमने मेरा इंतजार क्यों नहीं किया ?'' केशव ने पूछा।

''क्योंकि मुझे तुमसे प्रेम नहीं था,'' रंभा ने बड़ी स्पष्टता से कहा।

''जब प्रेम नहीं था, तो तुमने मुझे बंबई में दर-दर की ठोकरें खाने पर क्यों विवश किया ?''

''उस समय मेरा खयाल था कि मुझे तुमसे प्रेम है,'' रंभा बोली, ''उस समय वास्तव में मुझे तुमसे प्रेम था। तुम्हारे खूबसूरत चेहरे से, तुम्हारे सुडौल शरीर से, तुम्हारी दिलचस्प बातों और अदाओं से। पर मैं उस समय कम जानती थी और शायद बिलकुल ऊपरी तरीके से जानती थी और शायद उसी ऊपरी तरीके से मैंने तुमसे प्रेम किया था। शायद मैं अपने दिल के भीतर बहुत गहरे न उतरी थी। वहाँ तक झाँककर न देख सकी थी कि वहाँ किसका चेहरा है, मैं किसको चाहती हूँ, किसे चाहती हूँ और कहाँ तक चाहती हूँ—इन बातों का उत्तर हमारी पेचीदा मार्डन जिंदगी में इतना आसान नहीं रहा केशव ! एक स्त्री को बहुत-से प्रेम में एक प्रेम को चुनना पड़ता है, केवल एक प्रेम को। और वही एक प्रेम तो स्त्री की सारी जिंदगी होता है। इसकी खोज में कभी-कभी उससे भूल हो जाती है, जैसे तुम्हारे सिलसिले में हुई। पहले मैं शायद तुम्हें चाहती थी। मेरे हालात कुछ ऐसे बदले कि मुझे भगीरथ से शादी के लिए स्वीकृति देनी पड़ी। फिर आखिरी वक़्त में मुझे इतना बड़ा त्याग करने का साहस न हुआ। और मैं मदन के साथ भाग आई क्योंकि मैं जीते-जी आत्महत्या न कर सकती थी।''

रंभा चुप हो गई। फिर कुछ रुककर बोली, ''अब मैं बहुत खुश हूँ।''

केशव ने कड़ुवाहट से कहा, ''और मैंने तुम्हारे एक शब्द पर विश्वास किया और तुम्हारे एक शब्द पर सारी जिंदगी दाँव पर लगा दी और तुम्हारी एक इच्छा की पूर्ति के लिए अपने सारे सिद्धांतों की धज्जियाँ बिखेर दीं—इस तरह कि आज मेरी आत्मा मेरे शरीर के मैले कपड़े ही की तरह तार-तार और टूटी हुई है। और तुम मुस्कराकर कहती हो कि तुम बहुत खुश हो।''

''मुझे बहुत अफसोस है,'' रंभा ने लज्जित होकर कहा, ''मुझे मालूम न था कि तुम इस स्थिति तक पहुँच जाओगे, पर अगर मुझे मालूम भी होता, तो भी मैं

वही करती, जो मैंने अब किया है। मैंने कभी सच्चे दिल और गहरे दिल से तुमसे प्यार नहीं किया है। वह जो कुछ था, अस्थाई था और क्षणिक था। बस एक युवती के दिल की चंचलता थी।"

"युवती के दिल की चंचलता नहीं थी," केशव ने गुस्से से भड़ककर कहा, "साफ-साफ धोखा था। तुमने मुझसे धोखा किया। मुझसे फरेब किया। तुम एक आवारा, बदमाश और अपनी बात से फिर जानेवाली लड़की हो और मैं तुमसे वही व्यवहार करूँगा, जो ऐसी लड़की से करना चाहिए!"

यह कहकर केशव ने जेब से पिस्तौल निकाल लिया।

"नहीं-नहीं!" रंभा भय से पीछे हटते हुए बोली, "नहीं-नहीं, केशव तुम ऐसा नहीं करोगे, तुम ऐसा नहीं करोगे···तुम ऐसा नहीं करोगे!"

केशव ने हाथ उठाकर पिस्तौल चला दिया।

गोली की आवाज के साथ-साथ एक जोर की चीख गूँजी और रंभा जमीन पर गिर गई।

और रंभा के गिरते ही एक जोर का कड़का हुआ और जमीन और आसमान हिल उठे और केशव के कानों में बादलों की गरज और उसकी आँखों में बिजली की चमक कौंधने लगी। सारी जमीन उसके पाँवों तले घूम गई। वह चकरा गया और गिरते-गिरते कुरसी का सहारा लेकर उठा। उठते ही उसे लगा कि जैसे उसकी धमनियों में शीशा पिघलाया जा रहा है, उसके पाँव मन-मन के भारी हो रहे हैं और वह फिर से पत्थर बनता चला जा रहा है।

"नहीं-नहीं, यह सच नहीं है," केशव भय से चीखा। किंतु दूसरे ही क्षण केशव को पता लगा कि यह भ्रम न था। यह सब सच था। उसकी साँस रुक-रुककर चल रही थी, जैसे हवा पत्थर की दरारों से गुजरती हो। भय उसकी नसों और रगों में मिलता जा रहा था। उसकी नजर धुँधली पड़ती जा रही थी और कानों में जैसे दूर किसी गुंबद से लौटती हुई कोई गूँज वापिस आती हो। उसके पाँव भारी और सुन्न हो रहे थे और बाँहें इतनी मुश्किल से उठती थीं जैसे उनमें एक-एक करके लोहे की जंजीरें पड़ती जा रही हों।

"नहीं-नहीं, शिव यह सच नहीं है," केशव ने भयभीत स्वर में अपने-आप से कहा। उसमें भय और डर से यह प्रकट हो रहा था कि यह सब सच है। पिस्तौल केशव के हाथ से नीचे गिर गया और रंभा के शरीर के पास जा पड़ा। केशव ने धुँधली निगाहों से रंभा के शरीर को देखा और देखकर झुककर उसने

अपनी दोनों भुजाओं में उसे उठा लिया और एलौरा की पुरानी गुफा की तरफ चलने लगा। किंतु हर कदम पर उसके कदम वजनी और भारी होते जा रहे थे और रंभा को उठाकर चलने की कोशिश में उसे महसूस हो रहा था, जैसे उसके शरीर की सारी हड्डियाँ चटखती जा रही हैं। फिर भी वह अपने शरीर और आत्मा का जोर लगाकर चलता हुआ, लड़खड़ाता हुआ, डगमगाता हुआ—एलौरा की गुफा की तरफ बढ़ने लगा।

धीरे-धीरे उसके शरीर की त्वचा चुरमुराने लगी और सिकुड़कर पत्थर की मूर्ति में बदलने लगी, जैसे उसे कोई अपनी मुट्ठी में भींचकर, सिकोड़कर, तोड़कर और मरोड़कर उसके शरीर के कण-कण से जिंदगी का अंतिम रस निचोड़ रहा था और उसे पथरीला और बेजान बना रहा था। कोई उसकी त्वचा पर लाखों हथौड़े मार-मारकर उसे कूट-पीटकर पत्थर की मूर्ति में बदल रहा था। हथौड़े ही हर चोट पर वह कराहता और गति की हर चेष्टा पर डगमगा उठता। लेकिन किसी-न-किसी तरह वह चलता गया और एलौरा की गुफा की तरफ घिसटता गया और लड़खड़ाता, डगमगाता, हौंकता-धौंकता रंभा के शरीर को उठाए हुए गुफा के भीतर घस गया। किंतु भीतर जाकर उसमें इतनी शक्ति न रही कि वह चल सकता। अब वह रंभा को उठाते हुए घुटनों के बल घिसट रहा था। घिसटते-घिसटते वह किसी तरह की मूर्ति के चरणों के नीचे पहुँच गया। वहाँ पहुँचकर रंभा का शरीर उसके हाथों से गिर गया और वह लुढ़ककर शिव के चरणों से जा लगा।

वह फिर पूरी तरह से पत्थर हो गया और उसे कुछ याद न रहा कि अब कहाँ पर है।

आधी रात के समय शिव ने आँखें खोलीं। केशव को अपने चरणों तले पड़ा देखकर वह मुस्कराए।

आज तीसरे वर्ष की अमावस्या की रात्रि थी। सारे देवी-देवता शिव के चारों तरफ इकट्ठा होकर बड़ी दिलचस्पी से केशव की पत्थर की मूर्ति को देख रहे थे।

शिव ने केशव की मूर्ति को अपने पाँव से छुआ। केशव तुरंत एक झुरझुरी लेकर उनके चरणों में उठ बैठा।

''क्यों केशव, क्या हाल है ?'' शिव ने पूछा।

केशव अब हजारों वर्ष पहले की अपनी दुनिया में पहुँच चुका था। इस दुनिया में जो कुछ उसने किया था, उसको सोच रहा था और सोचकर जिस निष्कर्ष पर वह पहुँच रहा था, तो उससे काफी घबराया हुआ, परेशान और शर्मिंदा मालूम हो रहा था। उसके सामने रंभा का शरीर पड़ा हुआ था—एक व्यंग की तरह। केशव ने एक क्षण के लिए अपनी आँखें बंद कर लीं और सिर झुका लिया, जैसे इस कठोर वास्तविकता का सामना न करना चाहता हो।

"क्या यह उसी स्त्री का शरीर है, जिससे तुम प्यार करते थे?" शिव ने मुस्कराकर दूसरा प्रश्न किया।

दूसरा प्रश्न सुनकर सब देवी-देवता हँसने लगे और केशव लज्जा से धरती में गड़ गया।

"तुम तो दुनिया में प्यार करने गए थे, फिर यह हत्या क्यों कर डाली?" शिव के स्वर में ज़रा-सी कठोरता थी, "मैंने सरस्वती और पार्वती के कहने पर तुम्हें जिंदगी के एक वर्ष के बजाय तीन वर्ष दे दिए। पर तुम इतनी लंबी अवधि पाकर जीवन के कर्त्तव्य, प्रेम और उसके फल से भी बेखबर हो गए!"

केशव की आँखों से आँसू बहने लगे। वह भीगे हुए स्वर में बोला, "मैंने इससे प्यार किया था, पर इसने मुझे धोखा दिया।"

शिव बोले, "यह तुम्हारी गलती थी। तुमने पुरानी दुनिया के सिद्धांतों से नई दुनिया को परखना चाहा। तुम भूल गए कि नई दुनिया की स्त्री स्वतंत्र हो चुकी है। उसे अब अपना निर्णय बदलने का अधिकार प्राप्त है।"

"किंतु प्रेम का भी तो एक सिद्धांत...," केशव ने तर्क किया।

"कबीले के प्रेम का एक सिद्धांत था। फिर सामंतशाही प्रेम का एक सिद्धांत था और वह कबीले के प्रेम-सिद्धांत से भिन्न था। फिर जाति-पाँति के ज़माने के प्रेम का एक नया सिद्धांत बना। आगे शायद इंसानियत का ज़माना आए जहाँ इससे भी अच्छे प्रकार के प्रेम का सिद्धांत बनाया जाए। तुम आगे आनेवाले ज़माने पर रोक लगानेवाले कौन होते हो? क्या तुम चाहते हो कि सारी दुनिया तुम्हारे जमाने की तरह छकड़े पर चला करे?"

"नहीं! रेलगाड़ी, हवाई जहाज, कार—ये तो बहुत अच्छी चीजें है," केशव ने स्वीकार किया।

"किंतु ये बढ़िया चीजें यों ही नहीं पैदा हुईं। इसके लिए आदमी का दिमाग और उसके हाथों के काम करने के तरीके बहुत बदले हैं। वरना ये चीजें तुम्हारे

ज़माने में क्यों न पैदा हुईं ?" शिव ने पूछा, "जब इसान का दिमाग एक तरफ से बदलेगा, तो दूसरी तरफ से कैसे बिना असर के रहेगा ? यह कैसे हो सकता है कि छकड़ा तो रेलगाड़ी में बदल जाए पर प्रेम वही रहे।"

"पर यह ज़माना हमारे ज़माने से बुरा है। सब अच्छे सिद्धांत टूट चुके हैं," केशव ने अफसोस से सिर हिलाकर कहा।

"हर पुरानी पीढ़ी अपने ही ज़माने को अच्छा समझती है। यदि गुफाओं के ज़माने का आदमी तुम्हारे ज़माने में आ आए तो तुम्हारे सिद्धांतों के बारे में यही सोचेगा। लेकिन तुम भूल गए कि हर जमाने के अपने सिद्धांत होते हैं, उनका अपना प्रभाव और रंग होता है। नए जमाने में यदि कुछ पुराने नियम टूटे हैं, तो कुछ नए और अच्छे नियम व सिद्धांत सामने भी आए है; अच्छे और बुरे भी। पर ज़माने की अच्छाई और बुराई की विशिष्टता पहले से अलग होती है। नदी समुद्र को गंदा कर सकती है, लेकिन समुद्र की तरह विशाल नहीं हो सकती। नदी धरती को पानी से तर कर सकती है, लेकिन समुद्र की तरह बादलों की घटाओं को जन्म नहीं दे सकती।"

"मैंने क्या किया है शिव ?" केशव अपने दिल के दर्द की तीव्रता से चिल्लाकर बोला, "मैंने केवल प्रेम किया है।"

"यह तुम कहते हो !" शिव ने आग-बबूला होते हुए कहा, "पर मुझे तो इस बात पर और भी दुख है और आश्चर्य है कि नई दुनिया में जाकर जिस समय तुमने वायलिन को छोड़ा, तुम्हें क्यों न इस बात का अनुभव हुआ कि यदि दुनिया एक साज़ न होती—यदि वह माँ होती, यदि उसमें एक कोख होती, तो तुम्हारे समय से हजारों वर्ष बाद वायलिन उसकी बेटी होती है ? उस समय तुमने कैसे यह महसूस नहीं किया कि तुम, जो बीत चुके हो, तुमने भविष्य में आकर कितनी बड़ी गलती की ? दादी से प्यार करनेवाला कैसे उसकी पोती को अपने से प्रेम करने पर विवश कर सकता है ? यह प्रेम नहीं, यह तो गंदगी है।"

"मुझे क्षमा कर दो शिव !" केशव ने शिव के चरणों में अपना सिर रखते हुए कहा, "मुझसे बड़ी गलती हुई, मुझे क्षमा कर दो और इस लड़की को जीवित कर दो, जो मेरे ज़माने से बहुत आगे है।"

"यह लड़की तो जीवित रहेगी, क्योंकि गोली उसके सीने में नहीं उसके कंधे से छूकर पार हो गई है। यह लड़की इसलिए जीवित रहेगी कि अतीत भविष्य को घायल कर सकता है, किंतु भविष्य की जान नहीं ले सकता। भविष्य जीवित

रहेगा और अतीत की गूँज के बावजूद आगे बढ़ता जाएगा और हर कदम पर शिव के नृत्य को बदलता जाएगा। यदि तुम इस ब्रह्मांड की वास्तविकता को समझ चुके हो, तो उठाओ अपनी वीणा और साथ दो मेरे नृत्य का!"

और कृतज्ञता की मिली-जुली भावना से प्रभावित होकर केशव ने अपने आँसू पोंछे। वीणा उठाई और नृत्य की धुन बजाने लगा। वह धुन, जिस पर शिव नाचते हैं और जिसकी प्रत्येक गति नई धरती को छूती चली जाती है।

सुबह-सुबह सूरज की पहली किरण रंभा ने चेहरे पर पड़ी, तो शिव ने अपने चरण से रंभा के माथे को छू दिया। रंभा हड़बड़ाकर स्वप्नावस्था से जागी। उसने देखा कि वह सदियों पुराने एक वीणावादक की प्रतिमा के सामने खड़ी है और उसकी सहेलियाँ, जो उसके साथ कॉलेज से एलौरा की मूर्तियाँ देखने आई थीं, अब उससे बहुत आगे जा चुकी हैं।

रंभा ने चौंककर वीणावादक की मूर्ति की ओर देखा, जो चट्टान में उभरा हुआ अपने स्थान पर स्थिर और मौन खड़ा था। रंभा ने चौंककर कहा, "शिव!" फिर धीरे से सिर हिलाती हुई इस तरह वहाँ से चली गई, जैसे किसी लंबे-गहरे स्वप्न से जाग रही हो।

● ● ●